李汉荣 著

河流记

大地伦理与河流美学

天津出版传媒集团
百花文艺出版社

图书在版编目（CIP）数据

河流记：大地伦理与河流美学 / 李汉荣著. -- 天津：百花文艺出版社, 2019.1(2025.5 重印)
ISBN 978-7-5306-7569-4

Ⅰ. ①河… Ⅱ. ①李… Ⅲ. ①散文集–中国–当代 Ⅳ. ①I267

中国版本图书馆 CIP 数据核字(2018)第 235045 号

河流记：大地伦理与河流美学
HELIU JI:DADI LUNLI YU HELIU MEIXUE
李汉荣著

出 版 人：薛印胜
选题策划：汪惠仁　张　森　**封面制作：**任　彦
责任编辑：沙　爽　**版式设计：**王宝萍
出版发行：百花文艺出版社
地址：天津市和平区西康路 35 号　**邮编：**300051
电话传真：+86-22-23332651（发行部）
+86-22-23332656（总编室）
+86-22-23332478（邮购部）
网址：http://www.baihuawenyi.com
印刷：山东临沂新华印刷物流集团有限责任公司
开本：787 毫米×1092 毫米　1/32
字数：217 千字
印张：11.875
版次：2019 年 1 月第 1 版
印次：2025 年 5 月第 2 次印刷
定价：58.00元

如有印装质量问题，请与山东临沂新华印刷物流集团有限责任公司联系调换
地址：山东省临沂市高新技术产业开发区新华路 1 号
电话：(0539)2925886　邮编：276017

目录

河流在血脉里蜿蜒

关于河流的记忆和印象

河在大地上散步

河流在血脉里蜿蜒

一个人就是

他生长环境的手抄本

在以后的岁月　无论怎样

涂抹　改写　润色　无论怎样

设计封面　选择插图　变换版式

但早年的手稿　已然决定了

这本书的品质和灵魂

慢速流淌的河

我故乡那条河很美，很清澈，很温柔。

那是一条慢速流淌的河。

她为什么流得那样缓、那样慢呢？

我沿河行走，仔细观察她的河岸、河湾、河心、河滩，以及两岸的树林、草地、村庄。

我想知道她缓慢的原因。

早起的渔船会让她兜许多圈子；扎猛子的鸭们也让她必须画圆一个又一个漩涡；产卵的鱼逆水上行，河就慢慢儿送他们一程，更有那戏水的孩子们把密集的水花儿缀在身上；河边歇息的大伯把双腿伸进水里，她就停一会儿仔细抚摸那粗糙的皮肤，还捧起沙粒轻轻按摩他结满老茧的脚底；有时，一头过河的黄牛贪恋河风的清凉，就站在水里用尾巴系住一朵朵波浪；七八头水牛结伴儿蹚进河心，像军舰一样停泊在深水区，只把头仰在水的外面向天空喷吐泡沫……以上种种难以一一叙及的事物，都会放慢她流淌的速度。

晌午，准备做饭的大嫂们来到河边，将一只只水桶放下去又提上来，一部分河水就走进了村庄的水缸、灶台和生活，炊烟知道自己的根源在哪里，它们绕来绕去就绕到河的上空，似乎在安慰因它们而减少流量降低了流速的河流，生怕她延误了下游。

在开满野花的河湾，洗衣的姑娘们，会把各色衣服泡在水里，反复揉搓；也把各色的心情泡在水里，反复揉搓。这条河有多少河湾呢？河湾里有多少姑娘在洗衣呢？我没有统计，其实也根本无法统计清楚。一条河就被她们反复揉搓着，说不定，每一滴河水都在姑娘们的手中逗留过，然后，带着她们的手温和手纹，不情愿地返回河里。这美好的停留，放慢了河流的速度，河，因此有了深度，有了不为人知的许多细节。

在偏僻的河段，会有一些从远方归来的人，来到老柳树下，坐在古老的石头上，这恰好是他小时候坐过的石头，饱经沧桑的身体重叠于年少轻狂的记忆。他掬起河水，看它一点点从指缝漏尽，属于一个人的时间也是这样一点点漏尽；他撩起河水，看那一层层水花一直坚持到河心，然后被一个波浪带走；他久久地凝望河面，他相信，河流的内涵已经被他改变，就像生活的内涵已经把他改变。一条丰富的河流，总是忙于接纳、沉淀和自净，始终保持了清澈的内心。河，在他的影子里放慢了流速，似乎不忍心再让他的影子有半点破碎。

而在夜晚，裸浴的月亮刚刚出水，准备返回半空，哗，多半条银河就落进河中，天上的河要与地上的河交换波光交换心事。牛郎和织女同时在两条河里对望着，他们的爱情要经过两次以上的考验，人间天上同时有多少眼睛注视着他们，河水似乎停止了流动，生怕万一涨潮，冲毁了那已经快要搭好的鹊桥……就有一个喜欢夜吟的诗人，来到河边，也来到天河的岸边，河，就在他的心里拐几个弯，流进一首诗，蜿蜒成他的语言……

就这样，一条河形成了缓慢的流速，她也满足于这缓、这慢。缓慢地，她不急于带走太多东西，而是让掉进河里的一切，比如雨水、落叶、雪、虹、石头或女孩子的发卡，都有沉淀的机会和重新上岸的机会。缓慢地，她不忽略任何事物，她耐心地为每一个投来的倒影造像。即使一只鸟的倒影，她也要让它完整地呈现；即使一弯残月的倒影，她也要用每一个夜晚，去仔细修复它的创伤，直到它重新浑圆；即使一个简陋的水瓢，她也要让它盛满。人们从她这里听到的，总是不急不慌的絮语。

是的，在她的缓和慢里，两岸的人们似乎并没有失去什么，即使失去了什么，他们至少没有失去缓和慢，以及在温柔的缓慢里，看到和想到的许多细节。

而这条缓慢流淌的河，并没有因此耽误她的下游。属于她的下游，属于她的海，一直在远方等候着。

……对故乡那条河流的考察，已过去好多年了。不知她现在的流量如何？流速如何？不知她现在是否仍清澈见底？不知我当年看见的那些动人情景，现在还是否能够看到？

在一切都变得越来越快，也越来越燥热的现代天空下，不断传来关于河流的噩耗（污染、断流、干枯），使我不由得产生了恐惧的联想：那条美好的河，缓慢的、温柔的，呈现着自然的神性之美和人间的诗性之美的河，会不会断流？

我一定要返回故乡，就在明天出发，我一定要去看望那条河流。

临河而居

一

离发源地不远。极清冽。仿佛流淌的不是水，是婴儿的目光。奶声奶气的，极好听。这是河的最初的口音，也是天地最初的口音吗？那么简单又那么丰富，没有意思却含着无穷的意思。掬一捧在手中，不忍心饮，怕自己的口腔和内脏不干净；又舍不得还回河里，就那么久久凝视手中的水，直到它从指缝里一点点漏尽。

“逝者如斯夫”，一定是圣人站在清澈的河边发出的感叹。时间如水，透明又深奥，圣人舍不得它匆忙地流逝。如果圣人站在浑浊的水边，他不会说出如此清明、感伤又深刻的话，他也许会觉得这浑浊的东西应该流逝得更快些才是。

澄明的智慧都出现在人类的早年。那时，人天真，天地也天真。天真与天真相遇，真理就发现了。

二

柳树一直站在那里，想收起自己的影子；空中散步的云彩，在河心里打捞不慎失落的头巾；憨厚的石头，浸在水中洗那饱经沧桑的脸，越洗越沧桑，满脸的青苔，自己做了自己的祖父。

河上那人，你在钓什么？

河依旧流着，鱼依旧游着。钓鱼竿纷纷锈成泥土。很晚了才明白：其实我们并不知道河的秘密，垂钓者一茬茬走过来又走过去，只是使平静的河水一次次受惊。

谁能把那尾新月，从水里钓上岸，握在注定空空的手中？

三

夜半伫立河边，闭了眼睛，谛听河的朗诵，便听见古人吟诗的声音了。

清越的，平淡的，徐缓的，悠长的，豪迈的，隽永的，深情的，忧伤的。游子意，故人情，思妇的幽怨，隐士的长啸；酒的声音，剑的声音，月落的声音，星沉的声音，梅开的声音，心跳的声音……

首句起自空茫，空茫里仿佛有一颗博大的灵魂，它在上游，时间的上游和记忆的上游。最后一句依旧归于空茫，空茫里仿佛有一颗博大的灵魂，它在下游，我的想象无法企及的遥远下游。

中间几句正好从我站立的地方含蓄地漫过。我被河朗诵着，被一首心灵的史诗朗诵着。

我被一首不断展开着的诗带进永恒的大海。

四

我听见月光落进河里的声音。

七夕夜，牛郎织女相会的天桥是在我故乡的小河里修成的。我听见鱼儿们用小肩膀将桥梁缓缓抬出水面扛上天去时的喘息声。

我听见风踮着脚尖在水面上小跑,风的裙子被水打湿了。

我听见一块石头和另一块石头,在激流里相拥着,正在交换内心的秘密,那秘密从远古就已密封,至今已深藏无数年代了。我猜想它们在交换内心里封存的火山的灰烬。

我听见先人们的魂灵,从水里升起来,对着这熟悉的夜晚和陌生的岸,他们仍在诉说着,用古时候的暗语和口音……

五

水边出没着许多生灵,没有一样不令人爱怜和尊敬。它们并不比我们低贱和愚蠢,它们也是神的遗迹,是河的高贵的子孙:忠实的狗,温柔的羊,憨厚的牛,尊严的虎,伟岸的狮,聪明的狐狸,忧郁的狼,朴实的猪,神秘的猫,纯洁的兔子,诚恳的驴,羞怯的鹿，美貌的锦鸡……不错，水面上交织着翅膀们的舞蹈：白鹤画着雪的弧光，紫燕背诵着远古的诗歌，麻雀交流着越冬的经验，蝙蝠用黑夜的语言注解白昼的词典，黄鹂一次次帮助岸上的孩子们理解杜甫的诗意，虽然它们声称从来没有见过杜甫，而杜甫确实见过它们并让它们永恒地成为诗的物种。是的，它们全是往返于天界和人界的使者，全是担负着传播诗教普及美感重任的诗人、美学家和生态伦理学教授。

那出没于林间草丛的蛇，也是从神话里迁徙凡尘的精灵，令我们想起在我们的生活之外，还有无数我们无法理解的生活；在我们的灵性之外，还有无数我们无法抵达的灵性。你瞧，那神秘幽深的眼睛，是哪颗星斗的火焰才能铸成？那在古树上攀缘的蚂蚁，哪一个不是探索宇宙的智者，哪一个不是冒险远征的英雄？

在水边，我有数不清的朋友和兄弟。

六

并不为什么，忽然想射箭。河边有大片芦苇，每一枚苇叶都举着青色的箭。风里晃动的都是温柔的箭镞。

我把一支支苇箭射向天空。

没有目标。我是向天空发射小小的心愿。

天空并不接纳我的心情。箭纷纷坠落我的周围。每一支箭都携着我碧绿的心起飞。它们坠落了。地上全是被天空遗弃了的我的心。

我在空中寻找隐约的弧线，寻找心的航迹，却被风吹得无影无踪。天空拒绝天空之外的东西，拒绝它认为多余的东西。

被我的心访问过却终于拒绝了我的心，天空，依旧是空荡荡的天空。

那么，我怀着激情究竟在射击什么？

我在射击远方，同时在射击虚无。

大约，我们的所有努力都是向虚无的一次次出击？

我抚摸着坠落的苇片，它们会很快变成泥土。

而苇箭将继续生长，它们仍将命中虚无……

第一次过河

跟在爹后面，挽起裤子，过河。

河不大。但在我眼里，它是一条很大的河。

爹一会儿就过去了，他坐在岸上，看他的儿子怎样过河。

在我和爹之间，一条河滔滔不绝地说着话，那么恳切，好像早就认识我们。

我看了爹一眼，又看了河一眼，我下了河。

细沙在脚底搔痒儿，河真有意思，河在逗我玩。

水渐渐深了，一些石头阻拦我，劝我回去。

一块大石头适时出现在面前，我扶着它的肩膀，涉过第一个波浪。

许多小鱼亲热地围着我的脚，抚摸我，好像要抬我过河。

它们这么小就在水里游泳，它们真有本事。

河水越来越深了，水浪大起来，河说话的语气也气冲冲的。

我有些胆怯，双腿一阵颤抖，我抬头看爹，他若无其事地抽烟,若无其事地看着我,看着河流。

第一次,我的身边涌过这么多波浪和漩涡。

浪花和水沫哗笑着,泼溅着。

童年,就这样被打湿了,全身湿透。

这时,一只过河的蝴蝶也被打湿了。

它歇栖在我的肩上,那么安静。

接着,它翅膀一扇,飞起来,很快到达对岸。

很快,我也到达对岸。

爹说:过来了,我娃有出息。

我说:那只蝴蝶也过来了,它比我有出息。

爹说:过来了就好。

后来,我渐渐知道,世界的很大一部分是由液体构成的。液体的深度就是世界的深度。

命运也是如此。

就这样,一个孩子,尝试了他最初的激流……

夜晚的河流

远远地，我听见河流的声音，那是一个熟睡的老人，在梦境里发出的鼾声。

我轻轻走过去。轻轻地，我不能冒失地走近一位长者。我怀着尊敬的心情，去探望沉入睡梦中的孤独老人。

我看见了河流的睡相。在蒸腾的夜气里，在灰白的雾帐下面，他枕着冰冷的石头，裸身睡在古老的河床。

河流的身体多么柔软和修长，服从坚硬的地理，他弯曲着睡眠，他一路折叠了多少波涛？

我站在河流的身边，我站在一位躺着沉思的老人身边。我不必问他在想什么，他的每一滴水都是思想。

即使最平静的时候，他仍然在记忆深处，抚摸过去年代的沉船。

我根本不能想象，一个老人白发后面积压了多少霜雪；我根本不能想象，一条河流的身体里埋着多少世纪的闪电。

即使在最黑的夜晚，河，仍然睁着明亮的眼睛，河不会迷路。没错，即使河闭着眼睛，也能到达他的目的地。

谁都陪伴过他，谁都很快离开了他。石头陪他一程，很快变成沙粒；鸟陪他一程，很快变成幻影；人陪他一程，很快变成传说；苍茫里，一条孤独的河自己走着自己。

谁不曾被河流照料？谁不曾听过河流的叮咛？即使最残忍的暴君，也不能靠嗜血度过一生，当他渴了，端起盛水的碗，他是否也会看见，河流那仁慈的眼神？

我们似乎不知道，在这唯一一次的人生里，能与河流相遇，是怎样的幸运？这是万古一次的相遇，一条河环绕我们短促的一生。可是我们一次次辜负了河流，也伤害了河流。河给予我们清澈，我们报之以浑浊；河给予我们辽阔，我们报之以阻塞；河给予我们甘泉，我们报之以污秽；我们把恶毒的欲念抛给他，把手中的垃圾抛给他，把胡言乱语抛给他……

饱受凌辱的河流，默默地转过身去，一次又一次原谅了我们，在夜色深处，他独自吞咽着那难以下咽的食物，把痛苦的泥沙埋进心底。

此时，我弯下腰，把手伸进河流，我感到了河水的寒意，我知道，这是河流在为燥热的我降温，在为因高烧而龟裂的岸降温。

我继续弯着腰，我用双手搅动河流，我想制造一点波浪和漩涡，河水随着我的手起伏了片刻，又很快恢复了平静，我由此知道：一生一世，我对河流的影响，比一条鱼对河流的影响，要小得多。

我躺下来，与河流并排躺在黑夜的床上，我好像躺在伟大祖先的身旁，与他一道流过万古千秋。一卷卷史书，被我一页页展开，一页页打湿，一页页翻过。你听啊，随便打开一本书，总是哗啦啦的声音，那正是河流的声音。

我躺下来，与河流并排躺在黑夜无边的床上。像河流那样坦荡入睡真是幸福啊，没有噩梦没有鬼怪，宽广的梦境里覆盖着全宇宙的星光。

我躺着，我想象着，河流的心里一定怀着一个简单的期待：与他相遇的人们，都是纯真的孩子，干干净净地走过或游过这一段湿润的时光，他将收藏他们干干净净的身影。

我躺着，我想象着：河流走着走着就把自己走丢了，当他一觉醒来，看见了海，却找不到自己，那时候，他该是何等惊慌？

我知道，我的到来并没有减少河流的寂寞，这位习惯于躺着沉思的老人，仍然像远古那样，怀抱着巨大的孤独和感伤……

河是如何转弯的

河最好看的地方是转弯的地方。

越看越觉得,这个弯转得恰到好处。只有转过一个弯又转过一个弯,在转过很多弯之后,这条河才如此耐看。

河的上游,峡谷逼仄,顽石列阵,转不过身的河水,只好在险峻处急转弯,急浪陡立,激流沸雪,能听见憋屈的河水如雷的气喘。河在乱石里擦着身子侧着身子弓着身子,河终于把自己射出去。那射出去的,都是河的血泪,是河的破碎的灵魂。

那缓缓转过的大弯,形成了草木摇曳、落英缤纷的妩媚而宽广的河湾,河走到这里已见多识广了,河要从容地深呼吸,河要与两岸做一次长谈。于是,河放慢自己,时间和生活都放慢了,太阳落山的速度也放慢了,野花、芳草、树木、白云、月光、游鱼,都在这里驻足,岸上游玩的中学生,也时常停下来,向水底那些白云和星星,学习清澈的语言。

总是这样，急转弯，慢转弯，转了许多弯之后，一条河才成为从容吐纳、波澜不惊的大河。

这就是为什么在河的下游，很少听见喧哗、咆哮的声音，转了许多弯之后，河已经有了足够的气度，容纳岸上和天上降落的一切。河已经看见了大海，河不需要再说什么了……

那一串血的殷红

想起小时候的事情。

那天，我病了，受凉，发高烧，半死样躺在被窝里，胡话不断，尽是被鬼死死捏住的可怕发音。

夜深了，医院又远，救儿要紧。母亲急忙摸黑跑到河边采来柴胡、麦冬、车前子，放进生姜和醋，熬了浓浓草药姜汤，让我喝了，捂了三床棉被，出了几身透汗，只觉得身体里面洪水滔滔，要把多余的东西冲走。

天亮时，我从汗津津的被窝里出来，看窗外天那么蓝，不像以前的天，是新造的天吗？于是欣喜极了，模仿梁上燕子数了一串“1234567”，跑到门外院子晾晒的青草上连打了三个滚，对着换了一身蓝衣衫的老天高喊:我好了，我好了。

母亲用老母鸡刚下的一个鸡蛋，做了一碗蛋汤，加了葱花，好香，我几口就吃了。

撂下碗，就叫了云娃、喜娃，去到河边奔跑、钻柳林、捉迷藏，看对岸柏林寺和尚在河边放生。

忽然，在一丛荆棘下面，我看见一些血迹，点点滴滴，断续洒到河边，在半截浸入河水的一块青石上也有血痕。

而荆棘丛下，被采折的柴胡和被挖掘的麦冬们，似乎在提醒我什么。

我知道了，这是母亲昨夜为我采救命药的地方。

那双手，在这里流了多少血，她可能当时并不知道，只觉得手上有热流，有点黏糊，猜想可能是血，就到河边用水冲洗了。

她不能用这双染血的手，使受惊的夜晚再受惊。

我想当时的河水里，漂过一缕又一缕的血红，河的温度也微微有些升高了，那血红和微温持续了许久，然后散了。河，很快恢复了什么事情也没有发生的样子。

母亲也一样，很快恢复了什么事情也没有发生的样子。

家乡的那条小河，在汉江的上游，那条河，那条江，在流过《诗经》的时候，就被上古的女儿和母亲，用采菊的、采莲的、采芣苢的和洗衣的手，一次次掬起、暖热，肯定也有许多泪水滴入水中。

才知道，也有血滴注入水中。流过万古千秋的江河里，藏了多少血的殷红。

无论走过哪条河、哪条江，无论到了哪个河湾，看见了殷红、淡红、或鲜红的花，或枫叶，我总是想起母亲，想起那浸血的手。

这些河边的花木，一直在收藏着什么，代替我们千年万载地忆想着。

绝密事件

很多年前的一个深夜，人们都已熟睡，只有喜欢夜游的我，陶醉于清夜的月光，独自在广阔的大地漫游。

我来到一条河边，听见树林里鸟儿的三两声啼叫，很快停下来，夜，就显得更静了。

我又看见，一条狗在岸边迟疑了片刻，然后跳上木桥，一阵小跑去了对岸。这时再看那桥，孤寂地横过河面，只有月光，在桥上静静行走。

我就觉得，桥那面的月光要厚一些，也更亮一些，我怀疑是这边的月光都沿着桥走到对岸去了，这边的月光就薄了，淡了。

一只黑猫走过来，在我的不远处停下，蹲着，仔细研究我，它的眼睛那样亮，像两束激光；眼神那么深，足足有几千万年深。它，莫非是黑夜的特邀研究员，要探索宇宙的幽暗本质？要浪费掉多少星辰，才能铸造出那么深邃的瞳仁？

猫走过去，它放弃了对我的研究。可能觉得我没有多少研究价值，在它眼里——当然我也承认，我只是一个比较大一点的黑影。

就在这时，忽然，我看见天上嚓的一闪，几道抛物线划过银河南岸，一束亮光倾斜着降落，在中途大部分熄灭，剩下的那一点亮光，从天上垂直而下。

接着，“扑通——哗啦——”，一颗流星，掉进我前面的河湾。

顿时，水花溅起数丈，陡涨的河水拍岸。奇怪，林中的鸟们竟未发一声，狗也未叫，看来，它们世世代代露天过夜，对黑夜里发生的事件见得多了，所以见惯不惊。要说谁见过大世面，不是皇帝不是将军不是富翁不是名人，而是这些无名无姓无功无业无权无势的鸟啊狗啊猫啊，这些在大自然里出没的草民，它们知道：天地万物并未最后定型，仍在剧烈演变。

河水很快平静下来，星空安详，四野无声。河，仍是那条河，流着清清幽幽的月光。

天大的秘密，就落进了这条河。我是事件的目击者，也是秘密的拥有者。我，该怎么办？

出于对天意的敬畏，我没有下河打扰这颗远道而来的灵魂。让它安睡吧，它在天上流浪多少亿年，多么不容易，谁知道它在险陡天路上惊心动魄的经历。而且，它不回避我，它信任我，就在我的视线里，完成了它从天上到地下的悲壮降落，而且就安卧在我附近的河流。这对我是多大的信任，又是多大的缘分和福分。我必须为它的身世保密。我感到我负有崇高的责任，我要为整个宇宙保密，为这条河流保密。

我当然没有告诉任何人，我担心那些疯狂寻找金子的人们，为了挖出来自天上的贵金属，他们会掏空河流的内心——这是完全有可能的，因为“拜金”已经成为继“拜神”之后人们的共同宗教。

直到现在我仍然守口如瓶，那条河得以保持它源远流长的波涛和妩媚婉转的河岸，它一直荡漾在古老的河床，如果你在岸上行走，停下步来，就能听见河水以怎样纯真的语言与你交谈。

我相信那颗流星仍然在水底行走。我相信它的到来不是没有原因，它一定带着神秘的使命。它会打通一个我们意想不到的源头，让这条河拥有源源不断的情感、传说、梦想和不竭的涛声，它将灌溉我们那被另一种洪水冲刷得空空荡荡荒芜贫瘠的内心，让我们知道：在我们的宇宙里，在我们的生命里，还有一种更高的东西、更深的东西、更久远的东西，存在着，深藏着，值得我们去倾听，去尊敬。

若干年前，一个秘密曾经降落在我的夜晚，使我的记忆有了天上的擦痕。

跳鱼潭

小河蜿蜒，斗折蛇行，白石卧其底，幽草护其岸，水极清冽，时见云影，徘徊水中，像在打量自己的前身，对了，云，真的找到了它的流水前身。

缘河而行，听水声，会听出古琴、古筝、二胡、琵琶、箫、笛等乐器的声音。或独奏、或合奏，或欢喜、或忧伤，或低回、或清越，转一个弯换一种指法，绕一座山换一个曲调。不时出现的石头和水草，改变着它的情绪，加深了它的意境。就明白了为何中国乐器只能是这些柔和、古朴、清简的竹木乐器，而不是西洋乐器那钢的、铜的重金属的隆隆轰响。古老中国，高山流水洗其心、田园明月养其情，这高古意境、草木氛围、温柔性情，正适合竹木管弦徐徐倾诉，慢慢道来。

索性闭了眼睛，心，空空的，水就流了进来。空空的心，就做了流水的河床，从千年万古流来的水，又流回千年万古。

人不动，人不在，只有水流过心的河床。此时的心，无古无今，无物无我；此时的心，无限透明、广远、浩渺，没有涯岸。

睁了眼睛，心，从时间那边折回，一时回不了神，不知此身是谁，不知此夕何夕？

原来是在跳鱼潭，有巨石横亘，形成落差，河水于此跌落、走低，漩涡画出层层波澜。每年春天，有鱼儿从下游桃花水中，逆水上行，到上游平缓水湾产卵，完成母亲的天责。

游至此，高坎阻路，顽石狰狞，激流喷溅，怎么办？辞职？国王可以辞职不干，作家可以封笔不写，总裁可以申请破产，唯有这母亲无法辞职不干，这母血不能封存冻结，这生殖的事业不能破产，这河流的记忆不能中断。怎么办？且看鱼儿——

只见它们如一支支银箭嗖嗖射出，有的射上去了，有的即将射上去，却被俯冲而下的急浪打下来，就在水底喘口气，咬紧牙，又射，直到射上去，到达春天温暖的腹部。

也有的，被激流狠狠踢下，折断撞碎于水底岩上，母性的血，生命的芽，使本来乐呵呵的流水变得特别苦涩，无法不带着呜咽和哭腔。

在激流险滩里，在死的险恶布局里，爱的冲动、生殖的冲动，究竟是怎样苦苦坚持，是怎样一个又一个坚韧的跳，义无反顾的跳，才使河流的故事得以流传？

生命、生殖和爱，是在布满虚无墓穴的长夜里的一次次逆水而行，一次次温柔而英勇的战斗。虽然，生命，最终要败给死，但是，在死之前，生命，曾经战胜了死。越过死的巨石列阵，终于，在上游，跃动着新生的月光。

那一次次悲壮的跳，令山水动容。

我们人类一直不停地解剖鱼，我情愿把这个行为理解成：我们是在寻找和研究鱼的心灵。

但是很遗憾，我们每一次的解剖，都只发现了鱼的苦胆。

生命的秘密一经解开，便苦不堪言。

但是，我要说，鱼是有心灵的，万物是有心灵的，万物的心灵，来自宇宙。而宇宙，就是一颗大心。宇宙之心，均匀地分布、珍藏于万物，这就是万物的心。

从那一次次悲壮的跳，我们看见了鱼的心灵，河流疼痛的心灵，那是多么值得尊敬的心灵。

我身上的体温被河水带到哪里去了

从四岁学会游泳，我在大河小河里，在山中溪涧里，游了几十年了。每次下水时，身子总是热乎乎的，上岸时就有些凉了，显然，流水带走了我身上的温度。我有时就想：我身上的体温，被谁带走了，带到哪去了呢？

在我的童年和少年时代，河水很旺，河也好看，岸草青青，流水荡荡，河里生活着游鱼、鳖、螃蟹、泥鳅、野鸭、水鸟，等等，河流领着自己的土著和孝子贤孙，一路充满激情地奔腾着，充满悬念地叙述着。那时，河是生命的养育者和故事的讲述者。我在水里游，生灵们也在水里游，我的身前身后，游荡着大群的水族。这情景，假若让乘着飞碟侦察地球的外星人看见，一定以为是一条大鱼在辅导一群小水族学游泳，其实不然，因为在我下水之前，人家已经在水里游了多少个世纪了。我其实是河流晚来的学生，是水族们的徒弟。我的到来，只是为河流正在讲述的故事增加了一点微不足道的细节。

那么，我身上的体温都被带到哪里去了？

我想，我的大部分体温肯定是被身边的流水带走了，带到了更远方的河里、江里、湖里、海里。远方，江河湖海水温的细微升高，多多少少与我释放的体温有关；而海洋潮汐的起落和大气层的变化，也肯定与我身上释放的温度有着蛛丝马迹的关联。这是因为，我即使再渺小，也不可能被排斥在地球的水域和宇宙的气场之外。这就注定了：在大海的体温里，保存着我的体温；在宇宙的脑沟回里，收藏着我的思绪。

我的另一部分体温，一定是被那些鱼儿们带走了。

那些擦身而过的鱼，那些啄我脚丫子的鱼，那些绕着我身体游荡的鱼，它们感应了、触摸了我的体温，也一定吸收了我的一部分体温。这些一生一世都在水里出没的生灵，除了熟悉阳光的温度，它们没有接触过别的温度，它们保持着冷凝的血性。但是，我固执地认为，冷血不是它们的本性，因为，我发现，当它们与我的身体相遇，它们感觉到了来自另一种生命的温热，并立即对这温热报以好感——特别是那些天真的小鱼，当它们接触到我的体温，竟忽然有了好奇和激情，立即就亲热地、温柔地撞击我的身体，但绝没有伤害的意图，而是想偎依和伴随这陌生的身体和体温。

那时，我还小，但我有我小小的思想。在河里，在鱼的旁边，我曾有过这样的对于鱼的幼稚思想：

这些鱼们，世世代代生活在水里，它们根本不知道岸上的情况,不知道别的生命的情况。除了自生自灭和来自岸上的无休无止的伤害,它们,没有得到过来自别的生命的同情和体贴。

我就想,当我的身体与它们在水中邂逅并相遇、相依,那微妙的温热,是否令它们感到了一种从未有过的友爱和体贴?

而我一次也没有伤害和捕捉过那些靠近和紧挨我的鱼儿,我不认为它们生来仅仅是让我吃的食物,更不是供我伤害的对象。不,它们是河流的子孙,是水的灵感,是水的诗句,是水的思想。它们靠近我,一定是想了解另一种生灵的游泳方式和生活方式;它们靠近我,一定是想得到来自另一个生灵的欣赏和体贴。

那一次次短暂、匆忙的相遇相依,鱼儿们一定感到了另一个生灵的友好和善意,它们发现,这个生灵手里没带钓饵、没带尖刀、没带毒药、没撒大网,这个生灵带来了微妙的温热,那是他随身携带的善良的感情和友爱的温度,这个生灵还虚心模仿着它们游泳的姿势。鱼儿们单纯的心里,一定会想:哦,是的,这是岸上第一次派来了友好的使者,是来向我们问候,是来表达对我们的歉意和体贴。

那一刻,饱受来自岸上的伤害,因而总是提防着岸上的鱼儿们,忽然对它们并不知道的"岸上"有了好感和敬意:哦,岸上吗,那是产生体温、产生友爱的好地方啊,此刻,我们就偎依在友爱的暖流里。

我相信,那时,我的心跳、我身上的一部分体温,都被与我邂逅的鱼儿们当作礼物带走了。

当然，那些曾经与我相遇的鱼儿，它们后来的去向我不得而知，但是，我想，它们无论终老江湖，或远赴大海，或不幸流落岸上，它们的记忆里都会保持着对另一个生灵的印象，特别会记住那友爱的体温。

终老江湖的，它们会带着对岸的好感和对一种体温的记忆，成为水中的智者和精灵。

远赴大海的，它们将在无边的波涛里，持续回味那平淡岁月里的温柔瞬间，并以此作为记忆之筏，横渡永恒的动荡和苦涩。

不幸流落岸上的，它们将忆想那曾经有过的温暖时刻，并努力原谅岸对它们的伤害——毕竟，那友爱的触摸和微妙的温度，也曾经来自岸上，虽然不多，虽然只是片刻……

河边，早晨的空气

清早起来，我沿着小河岸边的小路独自走动，野草与灌木时疏时密，小路时隐时现，但终归在脚下断续牵连。这有点像读一首稍长也较费解的古诗，虽然心绪随那意象数度迷失、跌宕，在心里转了许多个弯，但毕竟一缕情思隐约贯串诗中，读到最后，还是进入了一种意境。所以，我是很喜欢走这种小路的，也喜欢读那些不怎么雄辩、不怎么流畅的诗文，它含蓄，甚至有点晦涩，却让人品味出更繁复的意味。这样的诗文，能把思绪带到心的远处和深处，带到精神世界的幽微之处。

山里早晨的空气湿润得有点寒意，河水的气息、草木气息和腐殖土气息，带给人清凉、寒素、深远、原始的感觉。心想，古时候，我们一代代的先人，就呼吸的是这种空气。那么，此刻，我的肺、我的心胸、我的血脉里，也换上了古人的气息了。我此时的身体和心境，是否也有一点接近古人了呢？这时候，若是捧一本《诗经》《楚辞》或唐宋诗词，就坐在水边诵读，肯定会进入诗的情愫和意境，也许能够还原到古人作诗时的心绪情怀。

我就想，现在拥挤在都市里的人，他们不得不寄存在水泥钢筋里，不得不委身于冷漠的格子间里，不得不沉浮在网络信息的汹涌汪洋里，不得不喘息在股市楼市的无常泡沫里，不得不奔忙在飞旋的轮子上，他们，还读古诗吗？还能读懂古诗吗？还能走进或体会古人的情怀意境吗？

我有点怀疑。

每当我走进山水林间，走进乡村旷野，我总会突然记起许多古诗句，并领悟到其中的意境之美和诗句之妙，而这些诗都是当年熟读过的，平时在都市里却很少被记起，即使偶尔记起，对这些诗的理解和体会，也总是“隔”着好远。而在稍稍原生态一些的乡间野外，那种久违了的诗感和诗味就找到了，有了与古人悠然心会的密契和神交。

由此，我有了一个不无沉重的想法：

现代化、现代性、机械化、城市化、电子化、数字化、智能化、自动化、格式化、全球一体化，这些震天响的东西，这些潮流们时尚们现代们，究竟是什么意思呢？究竟要把人们带到哪里去呢？

我想，它们至少在这方面已经做了或正在做，并且准备做得更彻底：这就是，弱化甚至删除世界的诗意，弱化甚至删除大自然的神性和神秘性。让被技术化、数字化、格式化、商品化了的彻底人工化的世界，变成一个一览无余的货场、卖场、赛车场、数据场、娱乐场和消费场，让人变成数据终端、电子终端、物流终端、消费终端，变成毫无诗意和灵性的消费机器。

我多么希望，世界能保留一点原始的荒野，原始的神秘，原始的空气，原始的贞操，原始的诗意。

我多么希望，我们的后人还能读懂那元气饱满、感通天地、情思深挚、直指人心的精妙诗词。

倒淌河

我故乡靠南的山里,有一条倒淌河。河水由山上泉水、涧水和雨水汇流而成,河不大,倒也满满荡荡,清清冽冽,不染尘埃,透明见底,掬起可饮。

有趣的是,河水本来一路向东,流着流着,忽然像记起了什么,掉过头拐了个大弯,就向西,向来路上流去了。

朝前的水和倒流的水撞在一起,好像都没反应过来,也来不及礼让,河床就有点拥挤,有点吵,有点乱。但在转了一个弯之后,水就走顺了,来的走来的路,去的走去的路,来的和去的有时也平行,平行一阵又交叉,交叉一阵又平行,水却都不掉队,也不站乱了队,你看见的还是那两股子水;有时只看见来的,那是去的藏在了来的下面;有时只看见去的,那是来的藏在了去的下面。捉了一阵迷藏之后,还是泾渭分明各走各的路,一个朝前奔腾,一个向后倒流。

怎么知道哪是来的水,哪是去的水呢?老人们的说法是,来时的水嫩、冲、生、硬，去时的水老、缓、熟、软；从水色看，前者泛白，后者发蓝；从神态看，前者急切，后者安详。以此辨别，大致是不会错的。这是在以人论水，水哲学后面是人生哲学。

其间深意，需用一生去悟，等到悟出究竟，人也就变成倒淌河，返回或寻找那更深的源头去了，他不再悟什么道理了，他成了道理本身……

水、母亲与母亲河

每次回故乡看望母亲，我都要看望村子边的小河，这是我多年来养成的习惯。看母亲，看母亲河，这两件事其实是同一件事，都是看望我们的生命之母和情感之源。

我是太喜欢水，太喜欢河流了。当然，许多人也许都在心里珍藏着对水、对河流的一份感情。我们来源于水，我们身体的百分之七十是水，那么，也许我们身上那些可爱的情感、美感和灵性，有百分之七十是水赐给我们的。

人的生命，其实是蓄积、吐纳、映照水韵波光的一段流程，水，一直在生命内部谱写和改写我们的生命；我们，其实是行走着的水域，是站立着的波涛，我们是水的作品，是水的替身和造型。若稍加考察，就会发现，你的眼神藏着你家乡的那口水井的波光，你的口音录着你家门前那条小河的水声；你若是个深情的人，仔细追溯你情感的源头，会找到喂养你童年的那些美好的山泉；你若是个细腻的人，可以断定，在你生命的途中，许多清亮的溪流交织成了你记忆的水系。你若是个豪放的人，你家不远处的大河可以做证，他激越的波涛和浩瀚的水面，结构了你精神的河床，储备了你情感的吞吐量。

我们常常感叹人心不古，人情浇薄，除了信仰迷失、金钱拜物教的误导、社会转速太快使人难有内心方向和道德定力等等原因之外，我隐约觉得还有一个原因，这就是：我们生存的环境里，水，越来越少了，好水，更是成了稀缺资源。水的各种天赐载体，如泉、瀑、涧、溪、塘、潭、泽、池、汊、沟、堰、渠、湾、滩、湖、泊……在大地上越来越少了，或断流，或干涸，或枯竭，或污染，或消失。而这些天赐好水，千万年来，都是养身之水，也是养眼之水，更是养心之水。先人留下那么深邃美妙的诗词歌赋、琴棋书画、哲学思想、道德文章，都是这盈盈好水养育出来的。你想想，人置身于莹莹、盈盈、潺潺、淙淙、滔滔、哗哗、浩浩、涓涓、隐隐、濛濛之水色、水声、水汽、水光之中，这时候，人之心、人之情、人之意、人之灵性、人之美感、人之情感、人之灵感、人之思想，也是水灵的，柔软的，荡漾的，鲜活的，唯美的，温良的，母性的，深沉的，宽阔的，包容的。被好水浸润、养育出来的人，怎不会如那芳草佳木，临水而照丽影，迎风而发幽香，向天而放浩歌？

而如今，好水都陆续作古了。仅存的那点残山剩水，正在被商业开发和买卖，成为榨取利润的工具。城市的人们，整天在硬邦邦、干巴巴、灰蒙蒙的水泥森林里为生存奔逐拼命，眼中手中心中，尽是尖锐之物、争夺之物、诱惑之物；眼中手中心中，却鲜有温柔之物、静美之物、养心之物。眼中无水，唯有猎物；手中无水，唯有猎枪；心中无水，唯有欲望。一个缺水的世界，是植被和草木凋零的世界；一个缺水的人心，是美德和情义凋敝的人心。

我为这个好水越来越少的世界焦急和心痛，而对那还活在世上、还在养活我们身体和情感的所剩不多的好水，我是越来越牵念、心疼她们，生怕她们也渐渐被榨干、被“作古”。我不止百次为河流、为水写诗写文章，那不是为着廉价轻薄的赞美，不，河流、水，她们是厚德载物的君子美人，她们不需要你轻薄的溢美之词。我写的那些文字，其实是表达我对河流、对水的感激，还有我对她们的担心和焦虑。

我喜欢小溪，我热爱河流，我尊敬大江，我崇拜大海，那年到西藏，还特意在一个夜里独自坐在雅鲁藏布江边静听这高原之河的深夜独白。不远处雪峰凝立，雪峰之上是无穷星斗在静静燃烧，在这样的天穹下，身边的深沉涛声，恍若是神的诉说，我竟有了置身彼岸天界的奇异之感。

无论江、海，以及高原之河，它们的气象和声音都给了我内心的震颤，都保存在我记忆的回音壁里。但是，在我心里，故乡小河的水声还是最亲切动人的，无论平日里的潺潺、淙淙之声，还是涨水时的哗哗、滔滔之响，都很自然地拨动心灵深处的情思之弦，让人沉浸在对往事的回忆，或神游于对生命与自然的感念。当然，这份偏爱，肯定是因了故乡的缘故，故乡的一切，一草一木，一塘一溪，一山一鸟，包括这清秀小河，都变成了一个人生命的一部分，甚至深植于他的基因和血脉里了。

想来，我还算是有福气的，在一个好水越来越少的世上，我故乡的身边，我母亲的身边，还有一条健在的小河。

每一次回乡，看望了母亲，就去看望小河。我都要到河边柳林走走，在芦苇滩上坐坐，在杨柳河湾转转，若是夏天，我定要跳进河里游泳，即使水浅淹不住身子，也要跳下去扑腾一阵才觉得心安。这是我小时候与小朋友捉迷藏打水仗摸鱼儿采野花听鸟叫的乐园。上中学时，我经常带几本书坐在河边默读或朗读，在河边读书，有一种特殊的气氛，读书读得特别深入，人与书、与自然、与生灵完全相依相融。树影、水声、波光、鸟语、蝉鸣，构成一种活生生的阅读背景，加深了对于书中的情节、情感和诗意的体会。那时已读了些唐诗和新诗，有了朦胧的诗意感受，尝试着写些分行的幼稚句子，若从诗的艺术角度看，那时写的未必是真正的诗，但那份真挚的感情，那种笼罩着神秘和彩虹般想象的青春梦幻和诗意情怀，却是纯洁、珍贵的。如今，我这个仍然写诗的人，几十年的诗龄里，我觉得离诗的本体、离诗的灵性最近的，或者说整个生命完全被诗意之光照亮的时刻，还是在河边度过的那些诗意时光。

每一次，我离开故乡时，总要到河边与我的小河道别，几乎是本能般的，我会情不自禁地俯下身子，或跪在河边，用双手掬起一捧水，洗手，洗脸，有时就仰头喝下去。这很有点宗教洗礼的意味，但不是遵守某种教义的刻意之举，而是内心情感使然。匍匐水边的这一刻，我觉得我还没有长大，我还是个婴孩，我需要圣洁之水的洗浴，需要母性之乳的呵护。

观澜以涤心，掬水而洗尘，我知道这并不能完全洗掉几十年来手上和心上沾染的不洁的东西，也不能完全冲掉生活的碌碌风尘和倦怠，但洗过之后，总感到手变得干净些了，可以与那些已不多见、越发值得珍惜的美好事物相握了，可以掬月光而捧白雪，可以采香草而邀君子，可以写诗了。因为，我觉得，诗，以及一切美善之物，总该是握在干净、充满怜惜之情的手里的。掬水洗脸的时候，就隐隐记起自己当年那张可爱、天真的脸，那时候，脸上洋溢着怎样的热情，怎样的纯洁，怎样的对生活的渴望，怎样的想以纯真之爱拥抱世界的浪漫冲动？然而，现在呢，这张渐渐老去的脸上，淤积着过多的灰尘、忧郁和惆怅，甚至脸皮也变厚了，还有着隐约的狰狞。那张脸就是这张脸的初版，那是多么纯真、纯正的初版。然而，这张脸呢，这张老去的脸竟是当年那张脸的修改版，或盗版么？多么走样、变异的盗版啊。洗吧，洗掉颜料、脸谱和尘埃，洗掉邪气、世故和丑陋，在故乡的清水里，那张纯洁的脸，那生命的初版，渐渐显影、重现，我又记起了并且强烈地念想起人生应该永远葆有的纯真情怀了，我的脸上似乎又泛起青春的光晕，并且又开始反射来自天宇的永恒星辰的映照了。

然而，每次回乡看望，总觉得母亲是越来越老、一年不如一年了，稀疏的头发全白了，牙齿掉落得没剩几颗，背驼得像时刻在给土地深鞠躬，弯曲的腿颤抖着，过一个屋檐细水沟，都吃力得像跨越天堑。每次看望母亲，都有点像看望下沉的夕阳，总想拦住归路，想阻挡下沉的速度，又生怕不小心一个恍惚，夕阳竟一步去了天外。这样，心里就笼罩了一种苍凉之感。虽然如此，看望老母，仍然带给我一种暖意和慰藉，做儿子的就仍然觉得自己还是孩子，妈妈在，我就不老，我还小，我还是妈的孩子。这样，妈妈的存在就遮蔽了我们再往前面走注定要面对的虚无，遮蔽了我们正在赶赴的最后的时光，妈妈还在，我们就都还是有人牵挂的孩子，即使妈妈再老，我们面对的仍然是妈妈，而不是别的。就如同，再老的夕阳，也是太阳，即使我们面对的夕光再微弱，也依旧是面对着阳光，而不是面对黑夜。妈妈，她就像岁月的盾牌，挡住了时光严酷的面孔。

然而，如今，每次回故乡，不仅要面对母亲的老迈带给我的感念和伤怀，当我看望我的小河，她也是越来越瘦、越来越小了，她是哼着歌谣看着我长大的，我长大了，她却一天天瘦下去小下去，比起以往，她的眼眸也越来越浑浊了，她也老眼昏花了吗？她还能看清我吗？她似乎连我的一个倒影都看不见，也懒得收藏了。

站在瘦小、浑浊的小河边，我竟感到揪心的难受，顿然觉得这貌似热闹的大地，她的内心该是何等的委屈、寂寞和伤痛，她竟然连一条健康、清澈的河流也没有了，这就是说，她连一根充沛的乳腺都没有了，连最柔软的泪腺都被伤害了，她伤心，却没有多余的眼泪哭泣。

我不禁有些惶恐了：以后，我看望妈妈，是否总能看到我的妈妈，若是面对的不再是妈妈，那我面对的将是什么？以后，我看望我的小河，她是否会更加浑浊，或枯竭断流？以至于我想掬一捧清水，洗一下手，洗一下脸，却无清水可掬了？那么，我还到哪里去找到能让我变得干净和湿润的清水呢？

我真有点害怕，一旦没有了母亲，没有了母亲河，我的生命，我的内心，我的故乡，我的大地，将是何等荒凉和贫困啊。

老屋后面的溪流

小时候，我家的老屋后面，有一条绕村而过的溪流。

溪流，溪流，你念念这个词儿，是什么感觉？是不是有一种透明、清爽和凉意，向你袭来？

当时人还小，没有太多的感受，只觉得它好，好到怎样也说不清，就以为它只能这样好了。

溪流很清澈，常有小鱼在里面游泳，溪边长着密密的水草，随水流起伏，如飘动的丝绸；下雨天，水涨了，有点浑，天一晴，溪流就更清了，下雨涨水时，给它里外洗了一个澡，溪流更干净更好看，也流得更轻快了。

小鸟眼尖，早早就认准了要做溪流的好朋友，它们知道小溪流与它们做朋友是般配的，小喜欢小，不会欺负小；憨喜欢憨，不会愚弄憨；单纯喜欢单纯，不会伤害单纯；天真喜欢天真，不会糟蹋天真。小鸟们都爱上了溪流，燕子、画眉、黄鹂、鹦鹉、麻雀……都在溪边饮水、唱歌、玩耍、梳洗羽毛。

春天，溪边开满各种小野花，苜蓿花、水芹菜花、灯芯草花、野水仙花、野草莓花……就像母亲把她刚绣好的图案放在这里了。

天热的时候，我们坐在溪边歇凉，朗读课文的时候，我就把双脚伸进水里，那种凉，一直延伸到此时写的这段文字。

一篇篇课文都是溪流和我同时背诵的，我背一句，溪水也背一句，我敢说我会背的文章溪流也会背。多年以后，有些文章我早已忘了，溪流仍然能倒背如流，站在溪流面前，溪流就提醒我那些应该记住而忘记了的。比如，一篇文章，一首诗，一个口诀，或一句格言。

夜晚，我们睡在小屋里，听窗外溪流叮叮、淙淙地自言自语着，心想，天这么黑，溪流摸黑走路，它害怕吗？它孤独吗？好在有那么多水草和游鱼陪伴着，它的心情会好的。就这么想着溪流的心事，听着溪流的低语，渐渐就走进了梦乡。

溪流有时十分平缓安静，天上路过的白云会与它有片刻邂逅，夜里，高空的星子垂直地奔它而来，降落在它的深处，种子一样种在那里；它珍惜这机会，它在很深的地方挽留着白云和星子，像揣着天长地久的秘密。这时我静静蹲在溪边，惊讶水在透明的时候，怎么会有那么深，比它本身要深很多倍，几乎有无限那么深。（后来我才明白，在透明的状态下，事物就超越了它自身的边界，而与无限会合，再小的事物也能达到无限的丰富。因此，只有那些饱经沧桑而始终保持内心纯洁的人，才能拥有真正的人生智慧，充分的经验让他知道世界的繁复浑浊，而纯真的内心又让他能保持对真理的忠诚，从而有可能以灵魂之光穿越世界的泥沼，最终抵达精神的明亮高地。一个随波逐流过于成熟过于认同现世过于追逐名利的人，他顶多只能成熟为一个老练的市侩和精明的投机者，他一生都不会对真理或与心灵有关的事物发生内在联系并倾注真挚的道义和激情，他积累了一生不过积累了更多的尘埃污垢。）

在溪流里，我放下第一只纸船，人生的初航，从这里开始。溪流并未挑动我对大海的野心，恰恰相反，溪流一开始就暗示我，人活着，不在于闹出多大的动静，也不必制造多大的风浪，其实，小小溪流，也有着动人的风景和珍贵的细节。你即使征服了地球，用宇宙的眼光看来，你也不过征服了一粒灰尘。其实，宇宙根本就不知道有个什么地球，更不知道有个你。

我发现，这溪流，是我的首席人生启蒙老师和美学老师。

它一直在不动声色地为我传授着什么，它早就收下我这个学生了。

我站在它面前，我睡在它身旁，我走在它的波光里，我静立在它的絮语里，我呼吸着它那野花的秘密清香，在远离它的时候，就一次次让它在心里流淌、波动、环绕——我其实一直都在接受它对我的教育。

它并不明确说什么，但它已经向我暗示了一切。

它是润物细无声的好老师。

我感谢，生命中曾经与一条溪流相遇。

它与我那么近，就在身边，后来渐远，后来它在大地上消失了，我到处寻找，最后我在我身体里找到了它，它已经成为我身上一部分静脉和动脉。

记住：大地上有一泓水，从远古，从开天辟地的那一天，它就开始流淌，它一直在寻找那些注定要与它相遇的人和事物，它为此到处流浪。后来，它终于注入一脉流水，它绕过无数山脉、原野和沙滩，它绕来绕去，好不容易绕成一条溪流，终于绕到一个地方，绕到一些草面前，绕到一些花面前，绕到一些牛马羊狐鹿蚂蚁雀鸟和众多生灵面前，绕到一座房子面前，终于绕到一个孩子面前。

绕了多少万年，它才找到这个孩子……

水勺：盈盈的心

是柳木做的。你生长在水边。水遗传了你爱水的天性和耐水的韧性。一转身，由青枝绿叶的前生，来到这今生——空空的，似乎遗忘了过去的记忆；空空的，渴望着有什么来填满，来充盈。今生，你注定期待。

然而你并未走远，睁开眼睛，仍是在水边，这淙淙着、潺潺着、清清着、盈盈着的，都是从前生流过来的水。

一生都在水里度过，很像是一种鱼；然而，水里的鱼从来不知道水外面的生活，在最深的水里，鱼也只有浮浅的经验。只有你，在水里看见岸的饥渴，在岸上知道水的心思。

你熟悉泉水的冷暖，那从地脉里走出来的，该是来自地老天荒的胸膛，是怎样深沉的情感？你被那泉涌打动着，涓涓的流溢，情不自禁的倾吐，你知道了什么叫山高水远。如果一个人也像你一样，经常被透明盈满，被清流沐浴，那他的灵魂，该是怎样干净和空灵？

你知晓河水的清浊，你比候鸟熟悉水的情况，因为你无法迁徙在水之外，你是水国的居民。当世道恶浊，人心粘浊，水也就浑浊；当世道清明，人心清洁，水也就清澈。爱清洁是你的天性，但你无法逃避浑浊。有时你焦灼地等在岸上，希望浊流沉而为泥土，清流荡而为浩波；有时你就走进浑水里，以小小的吞吐，试图激浊扬清；有时你就沿河而上溯流而行，到深山更深处，到记忆和爱情发源的地方，去寻找并舀回那能照见我们面影的干净的一勺，那藏在内心深处的，最初的好水。

你了解水缸的深浅，你比生活更了解生活，它的涨落、盈亏、苦乐、动静、明暗。沉下去，你知道它的根底；浮起来，你懂得它的边缘。你搅起的波浪很小很小，但大海不能嘲笑你的水域太逼仄，你其实在搅动一个家族的潮汐，而再大的海也不会去关心，一个乡村家庭碗的冷热和锅的深浅。我知道世世代代的民间厨房里，那忠厚地守在水缸里、荡在水桶里、忙在灶台上的，不是皇家的龙，也不是仙家的灶神，实实在在，木木讷讷，安安静静，本本分分，就是你，浑身湿润的水勺。

一生都在水里出出进进，把水舀给水，把生活舀给生活，把情感舀给情感。而你仍然空空的，永在期待。

其实，你喜欢这样空着。午夜，你静坐在生活的水边，空空的，时间也空空的，大地也空空的。就有满天的月光漫过来，就有整整一条天河的水漫过来，就有一生的记忆漫过来，把你空空的心，盛得满满的……

溪水

一条大河有确切的源头，一条小溪是找不到源头的，你看见某块石头下面在渗水，你以为这就是溪的源头，而在近处和稍远处，有许多石头下面、树丛下面也在渗水，你就找那最先渗水的地方，认它就是源头，可是那最先渗水的地方只是潜流乍现，不知道在距它多远的地方，又有哪块石头下面或哪丛野薄荷附近，也眨动着亮晶晶的眸子。于是，你不再寻找溪的源头了。你认定每一颗露珠都是源头，如果你此刻莫名其妙流下几滴忧伤或喜悦的泪水，那你的眼睛、你的心，也是源头之一了。尤其是在一场雨后，天刚放晴，每一片草叶，每一片树叶，每一朵花上，都滴着雨水，这晶莹、细密的源头，谁能数得清呢？

溪水是很会走路的，哪里直走，哪里转弯，哪里急行，哪里迂回，哪里挂一道小瀑，哪里漾一个小潭，乍看潦草随意，细察都有章法。我曾试着为一条小溪改道，不仅破坏了美感，而且要么流得太快，水上气不接下气似在逃命，要么滞塞不畅好像对前路失了信心。只好让它复走原路，果然又听见纯真喜悦的足音。

别小看这小溪，它比我更有智慧，它遵循的是自然的智慧，是大智慧。它走的路就是它该走的路，它不会错走一步路；它说的话就是它该说的话，它不会多说一句话。你见过小溪吗？你见过令你讨厌的小溪吗？比起我，小溪可能不识字，也没有文化，也没学过美学，在字之外、文化之外、美学之外，溪水流淌着多么清澈的情感和思想，创造了多么生动的美感啊。我很可能有令人讨厌的丑陋，但溪水总是美好的，令人喜爱的。从古至今，所有的溪水都是如此的可爱，它令我们想起生命中最美好纯真的那些品性。

林中的溪水有着特别丰富的经历。跟着溪水蜿蜒徐行，穿花绕树，跳涧越石，我才发现，做一条单纯的溪流是多么幸福啊。你看，老树掉一片叶子，算是对它的叮咛；那枝野百合投来妩媚的笑影，又是怎样的邂逅呢？野水仙果然得水成仙，守着水就再不远离一步了；盘古时代的那些岩石，老迈愚顽得不知道让路，就横卧在那里，温顺的溪水就嬉笑着绕道而行，在顽石附近漾一个潭，正好，鱼儿就有了合适的家，到夜晚，一小段天河也向这里流泻、汇聚，潭水就变得深不可测；兔子一个箭步跨过去，溪水就抢拍了那惊慌的尾巴；一只小鸟赶来喝水，好几只小鸟赶来喝水，溪水正担心会被它们喝完，担心自己被它们的小嘴衔到天上去，不远处，一股泉水从草丛里笑着走过来，溪水就笑着接受了它们的笑……

我羡慕着溪水，如果人活着，能停止一会儿，暂不做人，而去做一会儿别的，然后再返回来继续做人，在这“停止做人的一会儿里”,我选择做什么呢?就让我做一会儿溪水吧,让我从林子里流过,绕花穿树,跳涧越石,内心清澈成一面镜子,经历相遇的一切,心仪而不占有,欣赏然后交出,我从一切中走过,一切都从我获得记忆。你们只看见我的清亮,而不知道我清亮里的无限丰富……

泉

小时候，走在一片山野里，随时都能看到一眼眼泉，咕咕嘟嘟，叮叮咚咚，把地底、把岩层深处清澈的情感，泄露给天真的眼睛和心灵。

我经常从早到晚长时间蹲在泉边，猜想，地底和岩层藏着一些什么样的人，什么样的心？竟有这么多倾诉不完的情感？或者，藏着怎样的眼睛，流不尽如此深情的泪水？就想象着，在地底，在岩层，藏着无数的心，无数的眼睛，那也许是祖先们集体藏在那儿吧，失踪了的世世代代的心，失踪了的世世代代的眼睛，都藏在地底岩层，形成了大地上无尽的泉眼。

上中学时，学着写诗，知道了一个词：诗眼。就尽力在诗中学着布置诗眼。有时，就来到泉边酝酿诗思，突然明白：大地是一首诗，这一眼眼泉，就是大地之诗的诗眼啊。

后来，旧地重游，来到当年走过的那一片片山野，曾经那么多的泉，全都干枯了，那么多清澈的眼睛，全都瞎了。似乎，藏在地下的祖先全都集体失踪，收走了他们的心，他们的眼睛。

我突然有了一个悲凉的灵感，是关于诗的灵感，但无法凭此灵感写成一首诗，因为，这灵感，是关于诗的不祥的灵感——

曾经遍布大地的无数泉眼，陆续消失了或正在消失着，如今的大地，很少或已经没有了诗眼。

是的，大地的诗眼越来越少了，那我们自己呢？我们生命里曾经揣着的那颗诗心，还在吗？如今的我们，还有那颗纯真诗心吗？

在诗的废墟上，我们仍然写着无数没有诗意的所谓诗。用我们的小聪明和修辞术，制造着似是而非的所谓诗意和诗眼。

在商业和技术篡改的大地上，在被人的无尽欲望榨取得越来越贫瘠的土地上，在房地产商收购了的大地的遗址，似乎已没有了诗，我们用似是而非的所谓诗，模拟着诗，怀念着诗，有时，也丑化着诗。

在没有诗的大地上，我怀念真的诗人和真的诗歌，我怀念那遍地的泉，遍地的诗眼……

走在山路上，渴了，就跪在泉面前，双手掬起泉水，饮下这清冽的馈赠。跪下，你必须跪下，像婴儿匍匐在母亲的怀里，你饥渴的手和嘴唇，才能触到和掬起这伏在低处的清流。这就是说，必须是谦卑的心，谦卑的姿势，才能触到这同样谦卑地隐于岩石和草木后面的心灵的泉源。

是的,我曾经一次次双膝跪地,谦卑地匍匐在一泓泉水面前,我跪着,我是在谦卑地膜拜清澈,膜拜我们心灵的起源。

泉,教会我懂得虔诚和谦卑:在至深的真理泉源面前,在纯洁的人或事物面前,唯有谦卑的人,唯有怀着虔诚的心,他才能领略真理和纯洁带给心灵的滋养、慰藉和喜悦。

如今,走在任何地方,你都很难遇到一眼泉,小时候见过的那么多的泉,都干枯了,不过短短几十年时间,那荡漾和涌流了千万年,甚至更久远的泉,竟纷纷集体作古,似乎,是谁按了一个不祥的删除键,突然,就删除和清空了那么多古典的事物、古典的诗意、古典的泉源。诗意事物的消失速度是如此之快,令人吃惊和痛心。

随处可见的泉的镜子,曾照见了我们的浑浊,于是,我们蹲下来,或跪在泉面前,让清流一点点注入和洗涤,重新组装我们的内心;这样,从泉的注视里一路走过来,我们的心,我们的眼睛,我们的语言,总能保持一份纯洁,都多多少少带着些波光泉韵。

现在,我们狂奔在尘埃飞扬的途中,很少有泉的镜子照我们了。我们走过一摊摊污水,污水对我们也熟视无睹,我们觉得自己并不浑浊,比起污水,我们甚至觉得自己很干净。

早年的记忆:转过一个山坳,突然,遇到一眼泉,似乎,这里藏着一个等待你的人,他在几百年或几千年前就在这里等你,你一直没有出现,你一直走在路上;那位古人就固执地等你,等你。你终于来到这里,但是,你来晚了。然而,你认定,那位古人还在这里,还在这里——因为,你是一个深情的人,深情的人,最懂得那颗深情的心,你知道那颗心没有走远,那颗心,已沉潜在至深的泉源。于是,你跪下来,流着泪,面对这深不可测的心,这深不可测的思念。

于是,你有了与地质学家完全不同的关于大地的精神地质学:其实,所有的生命和所有的心灵,最终都没有完成,就突然终止和走失了。至深的大地深处,深藏着无数没有完成的生命和提前走失的心灵,由此,形成了我们无法抵达的大地的深不可测的内心。

地质学家说:山顶上的那场雨,它打湿草丛,落进树根,融入苔藓,缓缓地,它渗入岩层石缝,要穿越两千多年时间,当它从岩层水脉缓缓渗下来,才酿成山下那一汪泉水。

此刻,我在山洼一眼泉边停下来,开始我坐在地上,继而,我跪下来,越想,心境越深沉,越肃穆,我情不自禁跪下来,这哪里仅仅是水,这是两千多年前的那场雨啊,它一直在岩层里,在地底摸黑走路,它终于找到了我,我终于见到了它,这是两千多年前的那场雨,这是曾打湿古代祭坛的雨,这是曾打湿祖先粗糙衣衫的雨,这是曾打湿孔夫子鬓发的雨,这是曾打湿屈原眼睛和脸颊的雨,这是来自远古的清澈啊。

那天,我与你手拉手,走在山顶的一片狭长草地。雨来了,我们就在雨中散步,雨打湿你的睫毛,我说,背一首古诗吧,背一首古人写雨的诗,让古时的雨和今天的雨下在一起;你说,写一首诗吧,不然辜负了古人的诗,也愧对今天的雨。于是,我在雨的韵脚里,吟出了一首诗。就这样,一场雨,将我和你,将我们和古人,统一在一首诗里。

两千多年后,会有人来到这座山下的山洼,忽然,那人眼前一亮:一汪泉,清清地荡漾着,轻轻地低语着。

除了清洌泉韵,此时的群山,一片空寂。

需要多么丰富的想象,才能填满这空寂?

那人也许不知道,我们,和古代的那一场雨那一首诗,从山顶到达这里,在岩层深处整整跋涉了两千多年,终于,才好不容易见到他。

他似乎并不知道也不在乎这些,他没有也顾不得去往深里想,他忙着赶路,忙着手边事务和当下效率,他不屑于这似乎玄虚实则意味无穷的意境。

他不知道:这盈盈一汪,或浅浅一脉,竟有千万年那么深……

泉边，诗的时光

上中学时，课外读了《中国文学史》《唐诗三百首》等，在语文老师那里借阅了多期《中华活页文选》，还读了些现代文学作品和新诗，艾青的一些诗就是那时读的。本来就喜好语文，这些有意思的课外阅读，竟撩拨起我写诗的冲动。加之正值青春全盛期，对人生、理想、自然等等，充满着朦胧而浩荡的情思，此时，与诗相遇，诗竟如火苗点燃了生命里茂密的柴薪，噼噼啪啪就燃烧起来了，我想，若是谁能看见青春的内部情景，那是有点像火海的。

诗就一首首写起来了，一天不写，就很憋闷，两三天不写，就像害了一场病似的。于是天天写诗，有时熬夜到黎明时分，非得把诗写出来，不然觉是睡不着的。

于今看来，那些诗多是情绪宣泄，是青春期的精神代偿品。其特征是情绪的泡沫远多于诗性元素，诗的意境、蕴含和诗艺难免是稀薄的。那时写诗，可以看作是以分行的文字为生命泄洪、为青春救火的一种方式。虽则是虔诚地以审美方式进行的，但又是应用价值大于审美价值的——当然它是精神的活动而非世俗的物质活动，因为它很纯粹，没有精神之外的别的杂念。它的价值在于给青春一次淋漓的诗的洗礼，并提供了一艘精神的渡船，帮助年轻的心灵在生命激流里做着美好的飞渡，避免了沉沦和迷失，而且给人生敞开了一个诗意的方向，从而使我们有可能在告别青春走向社会以后，在接受庸常的同时也拒绝和超越着庸常——因为青春曾告诉我们：人活着不仅仅只是生存，生存之上还有一个诗意世界。

那时的一段日子，我几乎每天都暗暗地、秘密地、疯了一样地进行着史前造山运动——诗的运动。痴迷地在内心里打捞诗，在自然里捕捉诗，在激情里烹调诗，觉得诗才是世界的主题，诗之外的世界反而有些虚幻。

课余时间、劳动间隙，都用于发现、冥想诗了，常常于夜晚久久徘徊在星光下的学校操场、乡间路上、小河之畔，也早早知道了失眠的滋味。

记得一个星期天，我在家乡的五泉山帮助父亲挖完了那片待种的坡地，就拿着专门写诗的笔记本来到一眼山泉边，折一片水葫芦叶，卷成漏斗状，舀了泉水喝下，那清冽、甘甜与爽快，直达肺腑，满溢身心（写至此，忽想起我和大家几十年再没喝过那样好的泉水了，身体里不知淤积了多少吨化学漂白粉、商业添加剂、权力致癌物、金钱致幻剂、文化地沟油等等现代物质的和精神的垃圾与病毒，这些东西充斥着的身体和灵魂，怎么还有可能酝酿和分泌出诗的灵物？仅凭此就可解释现代何以无诗，何以少有真的诗人）。

喝了泉水，满心荡漾着透明的、莫可名状的欣悦。坐在四周摇曳着水仙、野葫芦、灯芯草、野薄荷、菊花、车前草的泉边，天光、云影、水影和花影交叠于泉中，真是梦境映着梦境，幻象叠着幻象，我就坐在这重叠的梦和幻象之间，成为梦中之梦，幻象中之幻象。涌流的泉声已提前为一种心境押了韵，泉的上方是倾斜着而渐在高处陡起来的高坡，上面长满蕨草、葛藤、松树和各种野花，有几株野百合正在盛开着，于蓬勃草木里捧出四月的白雪，那似乎是给我的礼物，那洁白，是如此吻合了我那纯洁的心。仙境也不过如此吧？但这分明是我熟悉的故乡的山、故乡的泉，它们是这般映照着我那唯美、空灵的心魂。心中的潮水荡漾起来了。赶紧写诗吧，否则对不起这泉，对不起这春的盛情，对不起这满山吹拂着草木清气和五谷香气的清风，对不起这颗透明、欣悦的心。

于是我在泉边青石上躺下来，聆听着泉声，构思着诗句。

听着，想着，心里幽幽的，静静的，诗句，竟然久久不出现，出现的，却是被泉水和泉韵洗濑得越来越清澈、越来越空远的心境。

我觉得这是比平日写诗写疯了的时候更好的心境。

此时心里没有情绪的激荡，没有心事的拥堵，没有语词的阻隔，没有欲念的喷涌，被泉水洗过的、无限敞开着的心，如寂静空灵的幽谷，如此时头顶那洁净无尘、一碧万顷的天空。

我静静地让自己停靠在这无边的空明心境里。

朦胧中，我感到脸上有什么在降临，接着有微微的酥痒，但没有别的不祥动静，我微睁了眼睛，看见一只蝴蝶停靠在我的鼻子上，轻轻扇着的翅膀鼓起一丝小风，我感到这是自然界所能有的最细微、最柔软、最美好，也是风力最小的风。

它把我当作春天的一部分，当作山泉的一部分，把我的身体当作春天里刚刚修好的一座安静的寺庙，把我的鼻子当作一个温柔的小亭子，一个通向花海的驿站。

它就这么停下来，坐在我的鼻子上。我的身体，我的心灵，似梦非梦地，以前所未有的极度安静和单纯，轻轻地、均匀地呼吸着，似乎静止在一种空蒙里。

我的脸的正中，停靠着春天的呼吸，停靠着一只蝴蝶的小小的疲倦。

直到它的翅膀带起一阵小风，这春天的女王，起身走了，到别处巡视和观光去了。

我坐起来，目送它的身影，一点点淡去。

这个下午，诗终于没写出来。

停止了写诗，心，却静静地、完全地变成了一颗诗心。

我体验到了从未有过的心灵的澄澈、透明、空远和宁静。

我体验到了文字不能企及的、无以言状的诗的意境。

那是人的心能够进入的最好、最接近神性的时刻，是真正属于诗的时刻。

人在那样的心境，一字不写，他也是个真的诗人。

沉浸于那种意境里的人，就是一首高度诗化了的纯诗。

（我联想到如今，多少野心勃勃、日产万言的所谓写手，也许从未体验过诗真正降临时的意境，竟从暗昧杂乱的心里掏出一堆语言的碎屑和泡沫，拼凑着似是而非的文字的形体，以这种丑陋的非诗和非文学，来侮辱诗侮辱文学，无非是在告知：诗已经死了，文学也已病重，这是它风干、变形了的躯体。）

我坐在四月的山泉边。

一只蝴蝶停靠在我的身上。

我停靠在内心的澄澈、空明里。

内心，其实正停靠在一种诗境里。

那个下午我没有写出一句诗。

但是，在那个没有写出诗的下午，我正是在一首诗里度过的。

我在河边长大

我是在河边长大的。

河不大,却有一个温润而诗意的名字:漾河。漾河,每当我想起你或叫起你,心里就漾起多少柔情啊。

我四岁就学会了游泳,没有人教我,我偷偷地找了一处清浅的河湾,手扒在岸上,两脚不停地扑腾。那时我多么羡慕鱼儿呀。它们是那么小,却天生都会游泳。我心里闪过一个念头:如果妈妈把我生成一条鱼,该有多好。我生下来就是一个水手,整整一条河流都是我的,我会游到很远很远的地方。但我那时不曾想过:如果我真的是一条鱼儿,我还能返回到岸上,在家门口叫一声"妈妈"吗?

六岁的时候,我帮大人放了两个月牛,当我将那根又粗又长的缰绳牵在手里,看着一头庞然大物站在我面前,我又害怕又高兴,甚至有些受宠若惊:这么一个比我大许多倍的东西属于我了,它是那么温顺,总是跟着我走,听我的话。它是一头黄牯牛,我便给它起了个名字:老黄。我感到对不起老黄:我这么小,却要支配这么大的东西,有时还训斥它,难道它不知道,我也是被大人们饲养、放牧和训斥的“小畜生”吗? 我常常把老黄牵到河滩的杂树林里,它吃青草,我采野花;它卧在树下反刍,我坐在石头上看小人书。有一天我忽然听到对岸的秧歌和锣鼓声,多想过去看看热闹,但是我不敢过河,听大人们说,河神会溺死偷渡的小孩的。这时,老黄好像猜到了我的心思,它前腿踩进河里,后腿蹬在岸上,向河对面哞哞叫两声,又转过头向我哞哞叫两声。我明白了它的意思,它要驮着我过河。当我跳上黄牛脊背,我忽然感到我一下子长高了,高过了河堤河岸,高过了两岸的庄稼和房屋。牛背是多么温暖而安全哟。我敢说,即使全世界的皇帝用他们的王位与我交换,我也绝不出让我的牛背。这是我第一次到河的对岸去,第一次出远门走水路,就是到了今天,我也在内心里时常怀念那温顺而善解人意的老黄,那驮我到彼岸去的老黄。

一到春天,河两岸便成了孩子和妇女们的乐园。孩子们在河边摸鱼儿、捉迷藏,妇女们则忙着洗衣服、拉家常,只听满河的棒槌声和嬉笑声,掠水而飞的鸟叫声,小河哟,简直是一处世外桃源。我最爱玩的游戏是扔漂石,选一枚薄薄的石片握在手里,使足劲平甩出去,石片就像一尾飞鱼贴着水面飞得很远很远。有一次我甩出一尾“飞鱼”,它飞到对面洗衣服的妇女们面前才沉下去,她们以为真是一尾鱼,便跳下去追呀捉呀,我觉得很好玩,忍不住举起手中的石片喊了一声:鱼在这里呢! 便招来一阵笑骂,听得出她们不是在骂我，倒像是用一种戏谑的方式，感谢我在她们平静的水面溅起一串惊喜的浪花……

夏天，大人们爱到柳林边的河湾游泳，他们不让小孩和他们一起游泳，说小孩看了大人的身子，晚上会做噩梦的。一次，趁大人们下河了，我们几个小孩便悄悄钻进柳林偷看他们。啊，看到了看到了，他们和我们并没有什么不同，除了一些年岁的标记，他们和我们是一样的。我们特别留意那位很红火的“造反英雄”，看他究竟有没有与众不同的地方，看来看去，只发现除了他比别人要黑瘦一些之外，再无什么不同。于是便想：他是不是就因为自己太瘦了才去造反呢？我们又发现另一位上岸穿衣服的“红人”却是出奇的胖，那么……我们的小脑袋再也想不出什么答案了。从这一天开始，我们再不那么迷信和崇拜大人了，他们和我们是一样的，他们不过是长大了的小孩，村长是长大了的小孩，国王是长大了的小孩，佛爷、上帝、玉皇是不是都是长大了的小孩呢？

不知不觉间我也长成了大人。人大了，河就小了。于是我到远方去，到江边听涛，到海上弄潮，到精神世界的浩瀚汪洋里扬帆远游。

但是不管走到哪里，我总忘不了那条小河。她曾用她的乳汁，不计回报地喂养过我的童年和少年。我对于世界和人生最初的憧憬和理解，是小河教给我的，是生活在小河岸边的勤劳质朴的人们传给我的。如果我的记忆里少了这一条小河，我的生命里就会失去很多清纯、朴素的东西。而如果我的记忆里就仅只有这一条小河,我的生命里就难以有壮阔浩瀚的激流和波光。小河给了我最初的滋润,我不能忘怀她;小河也限制了我的视野和情怀,我必须告别她,到大河里去,到大海里去,到浩渺的银河里去。小河是不会责怪我的,我听见,小河对我说:孩子,去吧,去吧,和我一道走吧,我也要到大海里去,到远方去……

河流与爱情

“关关雎鸠，在河之洲，窈窕淑女，君子好逑……”

“蒹葭苍苍，白露为霜，所谓伊人，在水一方……”

古老的《诗经》做证，中国的诗情，是从水边起源；中国的爱情，也从水边起源。

爱情与诗情，这两样世间最好的美物，都源于河流的哺育和映照。

大地上纵横交织的河流，灌溉了万物，也灌溉了世世代代人们的心灵。

我想，最初，在史前，在漫长的蛮荒年代，先民们的男女之情，是包裹在泥沙俱下的本能和欲望里。我们上古的那些老祖母，遭遇过不止一个男子，却未必遇过一颗澄澈的男儿心；而上古的那些老祖父，邂逅了许多女子，也未必拥有过一颗温润的女儿心。

那都不能怨他们，只能怪他们还没有来到河流边，还没有找到心灵的源头和情感的镜子。或者找到了河流，却一时还没有听懂河流的语言，还没有从河流的镜子里，照见自己深处的自己，照见自己的心灵。

那个时刻终于来了。

前面，水声哗哗，水光盈盈。

再走近，只见山影、云影、月影、鸟影、虹影，交会水上，倒影叠叠，充满暗示。

是的，有倒影的地方，才是最能唤醒心灵觉醒、情感发育的灵地。

河流里，倒影映照着倒影，幻象重叠着幻象——这是在提醒，我们的身体里还藏着一个永恒的生命，而这个生命里藏着更深的秘密，更深的秘密里藏着一个神圣的本体，那就是我们的心灵，而我们的心灵里，藏着更深的感情，藏着对心灵所接纳的事物的无限感念。

河流，是上苍安置在大地上的生命课堂、心灵课堂和美学课堂。自然之神和生命之神担任主讲，他们藏伏在水波后面和云烟之中，昼夜开课，讲述生命和心灵的学问。

当我们的祖先临水而居，波光水镜映照出他们辛劳的身形、愁苦的面容和惊讶的眼神，那一刻，或那一刻之后不久，他们渐渐打开了河流的课本，渐渐听懂了河流的语言，他们在日夜流淌的水里，辨认和倾听自己日夜流淌的内心。

就这样，河流映照着他们，灌溉着他们，启蒙着他们，教导着他们，提炼着他们。

他们那粗粝朴拙的身形，经水光照拂，渐渐有了神姿仙影。

他们那粗糙率直的情欲，经由水光的提纯，渐渐变成相思和温情。

终于，我们看到了，那在水边为追逐伊人——为追逐心中的爱神，而痴迷不舍的身影，我们听到了他伤感的歌唱，我们感到了他高贵的忧郁，时至今日，我们仍觉得他还在公元前的那湾秋水里徘徊、眺望，那苍苍蒹葭，就是他千年的白发。

此后，古中国大地上的河畔水边，就滔滔回荡着爱情的歌唱。

“青青河畔草，绵绵思远道。远道不可思，宿昔梦见之……”

“涉江采芙蓉，兰泽多芳草，采之欲遗谁，所思在远道……”

“杨柳青青江水平，闻郎岸上踏歌声，东边日出西边雨，道是无晴却有晴。”

“我住长江头，君住长江尾；日日思君不见君，共饮长江水。此水几时休？此恨何时已？只愿君心似我心，定不负相思意。”

…………

在河边，在波光水雾和草木里出没，生死，劳作，恩爱，受苦和歌唱，人的心里就折叠了多少波浪，收藏了多少倒影？河流让那些眼睛，永远保持着深情的湿润，举目望去，总把这宇宙也看成无边情海、无涯深泽和无尽忧伤。生活在河边的古人，并不幻想有一个比人间更好的“天上”，天上，只是一面更大的幻镜，反照并隐喻着人间。你看，河边的古人，早早发现了天上也有一条河，那条天河里，也有阻隔的心灵，也有溺水的命运，也有不变的苦恋，也有永久的牵挂：

“迢迢牵牛星，皎皎河汉女。纤纤擢素手，札札弄机杼。终日不成章，泣涕零如雨。河汉清且浅，相去复几许？盈盈一水间，脉脉不得语。”

“纤云弄巧，飞星传恨，银汉迢迢暗度。金风玉露一相逢，便胜却人间无数。　　柔情似水，佳期如梦，忍顾鹊桥归路！两情若是久长时，又岂在朝朝暮暮。”

多么纯真的情思，何等深挚的感念！让我们反复吟咏和体味这些也许再也不会有人吟出的伟大诗篇吧。诗，原本用不着谁来解释，诗已经很好地解释了诗，正如唯有沉浸于挚爱中的人最知道什么是挚爱。而包裹我们的永恒时间和无限空间，却无情地对比出我们生命的速朽，包括这感天动地的爱情，也终被时间的滚滚激流席卷淹没，如同根本没发生过一样——这又是何等让人惊恐的虚无和寂灭啊？沉浸于爱中的人们最能体验到由爱引发的生与死的深沉感伤。相遇、相爱在河边的人儿，他们从那不停奔流、不停带走他们倒影的滔滔逝水里，看见了生命里潜藏最深的对流逝、对遗忘、对死的恐惧。他们希望，他们滴落在河里的那些深情或忧伤的眼泪，能被河流妥为保管并永恒收藏，经由持续的流转和轮回，能够不停地灌注进时光的长河，不停地到达另一些生命的岸边，被另一些清澈的眼睛看见，被另一些多情的手捧起，从那盈盈一掬和匆匆一闪，他们也许会忽然想起，从前，从前，很久很久的从前，那些挚爱的心灵，那些深情的泪眼……

河流记忆:露天初恋

那时我们很年轻,没有胡子,没有自己的房子。

集体宿舍里,有一块床板的三分之一,属于我的夜晚。

高二年级的我,晚自习后,就把自己的疲倦、梦、青春期的简单骚动,停泊在这属于我的三分之一的床板。

床板的另外三分之二,用于安置另外两个同学的身体和夜晚。

几十本书+白天的二分之一张课桌+夜晚的三分之一床板,是这个中学生的全部家当。

当然,另外还有那跳动的心、层出不穷的青春痘、少量的思想、大量的激情、超量的烦恼——这青春的附加值,不知从何而来,却有增无减。

这个穷孩子恋爱了。这个中学生,越过了那个年代伦理的严密栅栏,他恋爱了。

他的所爱就在同一个教室。左边,隔着三张课桌,靠窗的那个桌子，靠窗的那个座位，是他初恋的席位。

咫尺，但隔着千山万水。革命，快速改变了地理：远处却远得那样近，近处却近得那样远，身边的这株幽草，它在古代摇曳。

革命，却一时未能修改身体，和身体里的那颗心，以及心海里血液的流向、流速和温度。

革命，无法拉直午夜的闪电，无法改变雪的形状，无法提前或推后日出的时间，无法稍稍挪移北斗七星任何一颗的位置，无法制止萤火虫打着灯笼向黑夜出示古老的春心。

革命，未能制止我的初恋。

每到星期天，我和她都有一次秘密逃亡，一次羞怯而美好的远征。

在那个叫"磨扇坡"的山顶，赶在黎明之前我就到达，我要仔细看太阳是如何一点点破土，一寸寸长大，我要和她一起看，把这属于宇宙的事件，看成我们自己的精神事件，记录进我们的青春档案。她来了，她比太阳提前五分钟升起，升起在我十八岁的峰峦。谁铸造了太阳呢？那该是怎样一颗高温的心脏呢？宇宙寒夜里伟大的纵火者；在火焰里舞蹈的自焚者；这把火何时燃完？燃完了，天空又将怎样？太阳系会不会随之解散？我们眺望的目光会到达太阳吗？会不会略微升高它的温度？假如太阳在路上行走遇到麻烦不得不停下来，耽误十分钟或五分钟，或偏离运行轨道，天空将怎样？黑夜会怎样？没关系的——她说：那就让云们多在天上做些游戏，随意画一些图案。我们就这样议论着太阳，议论着宇宙的秘密，好像在议论我们自己的秘密。附近的山都严肃地等待着，石头的脸黝黑，还是古代的表情，树木们的手臂一直举着，在风里缓缓摇动，鸟开始一字一字说话，接着是一句一句朗诵。好像有大事要发生。果然，我们看见了，太阳，它出来了，从对面山上那个豁口，它安静地出来了，比一块烧饼出炉还要简单，连一点焦味、一点烟火都没有。比我们写一篇日记还要简单，它不需要笔、纸和颜料，它很快就完成了对自己的叙述，连一个形容词都没有，连一声感叹都没有。而我却感叹起来，我说：伟大，原来也很平静啊。她说：它离我们太远了，或许它很痛苦，一个燃烧着的生命，痛苦也许正是它的幸福，谁知道呢，我们离它太远了，我们分享的，只是被距离过滤后它呈现的笑容和温暖……我们就这样说着一知半解的天文学，认真地思考着天体运行的秘密，也认真地省略着我们身体运行的秘密。我们绕过身体，好像身体是离我们很远的天体。身体也习惯了这种忽略，它在一旁聆听我们说话，它随着我们的语言行走、飞翔，它成了我们灵魂的听众和追随者。心灵的空间也可以成为身体的空间，当我们凝神于一朵野花，身体也绽开成一朵单纯的野花；而当我们神游于广袤的太空，身体也辽阔成一个浩瀚的空间。此时，太阳、天空、群山、树林、飞鸟，展开了我们的心，也展开着我们的身体。我们的身心，在宽广的早晨，缓缓飞升、飞升。只有此时，生存的尘埃，才仿佛被我们抖落干净。

在那条小河里，我为她捉鱼，捉了两条鲫鱼，五条鲢鱼，她说，她不愿在我们快乐的时刻里闻见腥味看见死亡，她要看见每一条河都快乐，每一滴水都快乐，每一只鱼都快乐。我又把捉上岸的鱼放回水里，它们噼噼啪啪溅起一串水花，她说，看到了么，此时河流也欢喜，这就是河流对我们的报答。到了中午，天热起来，柳树上的蝉们没命地叫着，石头闪着光斑好像马上就要爆炸。她说，她想游泳。我急忙下到河里试探水的深浅，我锁定柳林旁边的河湾，我说此时这条河流全属于你，请用吧。她不让我看她的身体。我当然不能看她的身体，这似乎是那时候初恋的法律。我走进柳林，背对着河，坐在树下的草地上，仔细听着河里的动静，她在脱鞋，她在解裙子，她在脱上衣，她下水了，她在蛙泳，她在蝶泳——可以看看蝴蝶的泳姿吗？可以，只看一会儿，于是我转过身来，我看见了水上的蝴蝶，梦中的蝴蝶。我羡慕那河水，它多么幸福，它托举着、抚摸着这青春的蝴蝶。我羡慕那些鱼儿，它们可以啄她的手、咬她的脚丫子。时间到了，我又转过身去，背对着她，我听着河的动静，我听见蝴蝶收起了翅膀，我听见蝴蝶出水，我听见蝴蝶上岸。要是发生一点小小的事故多好，如果此刻她突然抽筋、溺水，我就可以奋不顾身打捞她，在她生命的上游，当一次英雄，该是怎样幸运啊。事故当然没有发生。河平静地流着，青春平静地流着。然而，有谁知道河床深处的波澜，青春深处的漩涡？

在大地湾那个斜坡上，长满芨芨菜、车前草、苜蓿花、野薄荷、野刺玫，不远处就是定军山——著名的三国古战场，一千七百多年前，诸葛亮率蜀军在此与曹操的魏军激战，最后蜀军大胜，那座山上，至今还被老乡不时挖出当年的马蹄铁和生锈的箭矢。我们坐在草地上，遥想千年前的烽火鲜血，感叹英雄的传奇为什么非要用剑书写。我抓起一块石头，轻轻敲了几下，让她听当年的马蹄声和嘶喊声。她却指着一朵芨芨菜花，说，这花蕊里肯定有某个战死沙场的兵士的血泪，一朵小小的花里轮回着历史的血泪。我们同时发现了那株三叶草，从古至今，它都是三片叶子，此时，它的三片叶子指着东、南、西三个方向，它没有北方，它的地理有一片盲区，它已经失去对北方的记忆，那么，北方一定是它的伤心地，它已经放弃了北方。在只有三个方向的宇宙里，空间将变得更遥远，时间将变得更漫长，命运将出现更神秘的情节。许多花开了，却无法命名；许多事情发生了，却无法解释。这都是因为它们在一个巨大的盲区。其实，只有三个方向的宇宙，也许是一个更加简明的宇宙，我们很快就了解了它，然后我们也学会发明宇宙，按照青春的原理，按照三叶草所提示的原理，我们发明的宇宙，也许是能让所有事物各得其位，让所有生命各得其乐的宇宙，用不着杀杀砍砍，用不着悲悲切切，每一个生命都能在这个新发明的宇宙里不受苦难与伤害，就获得各自的幸福和安宁。我们这样议论着，三叶草一律向三个方向打着手语，似乎同意了我们的猜测，同意了我们对另一个更好宇宙的设计方案。

那场短短的初恋，只进行了不到两星期时间。放暑假了。好消息传来，她的右派父亲平反，她回到了北方，回到了三叶草遗忘了的北方。一个简明的宇宙终于没有发明出来。单纯的三叶草只是一个暗示，它永远在暗示一种简单的答案。但命运和宇宙，自有它复杂的真相。我的梦搁浅在无波无浪的夏天。她填补了三叶草的盲区。她的北方。我的黑夜。北斗,开始是一个问号,画在我单薄青春的高处;渐渐地,北斗,成了一个感叹号,那么确定,又那么感伤,就永远凝固在记忆的长夜,记忆的北方。

但我仍然忆念,磨扇坡那静谧的峰顶,那清晨的日出,它把生命的版图,延展得晴空一样辽阔高远,虽然虚了点,没有填进去更多云彩,但那种透明宽广,使我即使在后来那些转不过身的窄地或洼地,心,也有可以停靠和飞行的领空。红尘圣地,也可能被房地产商买断,但那片初恋的天空永远是我的,永远展开在那个赞美诗一样纯真的早晨。

我仍然忆念,那条河流,是我的远古神话,我的生命的上游。即使所有的河流都污染了,我的内心深处仍荡漾着一湾清澈;我想邀请美学家、水利学家,到这里欣赏河的美学,而河是大地的美学老师,也是生活的美学老师。一种不伤害不占有的方式,曾经让我看见了河流最美丽的波浪。当伤害和占有成为流行的时尚和最普及的生活方式,我们,将失去河流的爱,失去纯真的草木,失去妩媚的河湾,失去羞怯的水面,失去河流灌溉的一切风景;我们会把所有的河流折腾成化脓的伤口。这一切已经成为事实。此刻,我正面对一条污浊的河流叹息。想一想吧,曾经,它用多少雪浪喂养和装饰了我们的记忆。为此,我将邀请美学家、水利学家,考察我的上游,考察我那妩媚而羞怯的河湾,重新确认和推广一种美学,一种河流的美学大地的美学爱的美学生活的美学。

我仍然忆念，那个斜坡，一切都在倾斜中具有了微妙的深意，一切都变成暗示。那些三叶草，那空白的北方，那对简明宇宙的构想；再过一千年、一万年，我被时光无情地遗忘，连传说里也不会有我的半点细节。但是，我们抚摸过的三叶草，在那时仍然是三片叶子，它所忽略的那个方向，正是我出走的方向……

我忆念，那露天的初恋……

沿河流行走

一

许多乐器在弹拨着。大提琴、小提琴、二胡、月琴、古筝、编钟、琵琶……河流是一支乐队，长长的，没有指挥，全是即兴演奏，在天地间无休止地举办着音乐会。风有时来调调弦。石头在波浪后面加重一些音节或降低一些音节。鱼、沙粒、水草，随时对这浪漫的音乐做着必要或不必要的修改。音域的宽狭取决于河床的格局和气度，当然首先是音乐本身的意蕴。原野、村庄和山都在近处或远处倾听着，有时感动，有时不那么感动，有时竟然激起狂喜的共鸣，四野都发出回声。

沿河行走的那个人，或许多人，正是被河流演奏的小小音符。

河，奔流了多少年？三千年？五万年？十万年？十亿年？多么漫长的演奏。几乎是无始无终的演奏。流走了多少泡沫多少倒影。多少水归于大海，多少声音归于静寂？从这无标题的音乐里，漫过去多少鱼群？飞过去多少鸟影？走过去多少人生？

河流对此浑然不觉。它陶醉于自己的演奏。它不关心音乐之外的事件，而所有的事件都丰富了它的音乐。它的音乐永远是刚刚开始。一千年过去了仍是那支音乐，十万年过去了仍是那种旋律。这长长的乐队，仍然没有指挥，全是即兴演奏。风有时来调调弦。石头在波浪后面加重一些音节或降低一些音节……

二

逆水而上，沿波溯源，这返璞归真的旅行，该是多么迂回曲折，又令人缅想伤怀。河水依然向前，时光却开始倒流。水声渐渐变得清纯，水越来越清澈，于是就看见了许多早年的风景。芦苇举着温柔的箭镞却总不射击，它在试探天空的虚实。鱼都没有长大，这水里的儿童，总是遇见慈祥的大石头挡住去路，就在水湾里与水草们做游戏。香草出现了。幽花出现了。一些叫不出名字的小鸟出现了。风太大，灯芯草没能点燃自己的灯，蜻蜓就安静地停在上面做公元前的梦。没有车轮和马蹄，车前草就痴痴地在水边猜想：车轮和马蹄是什么样子？

河渐渐变成了溪。声音越来越细，终于听见水灵灵的奶腔了。草和树越来越茂密，石头们都穿着古色古香的苔藓。溪也不见了。林莽深处浸漫着细细的、薄薄的泉水。石头、泥土、空气、草木、青苔都湿漉漉的。这清清的、浅浅的、小小的一汪，一摊，一洼，正是河的源头。那浩大的一川流水就是从这里启程的？那激越、苍凉、雄浑的音乐，就是从这里开始构思和酝酿？

这时候才发现，我已来到深山更深处，河就在这里度过童年。河在这里永远是童年。抬起头来，我看见漫山都是白云。白云把天和地藏起来，藏进茫茫的白色里。白云把岩石、草木、鸟兽都藏起来，把河的源头藏起来，把我藏起来，藏进一片神秘里。

此时，如果你在遥远的下游向这里眺望，你只看到一片茫茫的白色。

而我正在那白云深处向你眺望，向下游眺望，向大海眺望。

在那片白茫茫里，我与一条河同时发源。

河流在血脉里蜿蜒

一个人在什么地方生长，也就是在接受那里的教育。那里的地势、气候、景物、风情，都是向他心灵展开的课本，这最初的启蒙和熏陶，影响着甚至左右着一个人的气质、胸襟和一生的命运。

生长在山上的人和生长在平原上的人，他们的性情是不一样的，前者陡峭、倔强、坚韧，后者平和、开朗、坦荡；生长在大海边的人和生长在小河边的人，肯定也是不一样的，前者奔放、粗犷、深沉，后者温柔、婉约、细腻。一个人就是他生长环境的手抄本，在以后的岁月，无论怎样涂抹、改写、润色，无论怎样设计封面、选择插图、变换版式，但早年的手稿，暗中决定着这本书的品质和灵魂。

记得上中学时，一个同学每次作文总是有一个高亢的结尾，即使写一件并不愉快的事情，写到最后，仍然在巍峨处收笔。后来我到他家里去玩过一次，才知道，他家住在山顶，周围的山都低于他家的视野，人一说话，鸡一叫，在下面的人听来，就像是召唤和教诲。在这样的位置看、想、说，就容易居高临下，就容易形成“高端话语”。

我曾遇到一个斤斤计较、逞强斗狠、遇事决不忍让的人，与他相处，令人憋闷、别扭，不仅影响情绪，简直影响消化，与这样心胸狭窄的人相遇，真是一场人生灾难。后来，我路过这人的老家，那是一个逼仄的山沟，挤着三五户人家，前是绝壁，后是陡崖，望一眼，目光都无处停靠，硬生生地被石头逼回，心，就骤然发颤、收紧。我一下子明白了，在这样难以容身、难以转身的逼仄里挣扎出来的人，又怎么会有宽广的心胸，怎么会有容人之量、爱人之心？

一个生活在大树附近的人，品性就比较温良、笃诚，大树庇护了他，也教育了他。一般来说，这样的人具有长者风度，能够给弱小者以保护，给受难者以同情。他性情中有着一种清凉的东西，让人在燥热、迷乱中得到镇定和慰藉。这样的人走到哪里，就把浓荫带到哪里，他的怀抱里有一棵古老的大树，携带着古老的浓荫和德行。

我是在小河边长大的，那清澈、蜿蜒、妩媚的河流已经变成我身体和血脉的一部分，我的眼神里有她的波光，我的口音里有她的水声。我对事情大都是想得开的，但在生活中却常常放不开，这不正像我老家的那条河流？她总是缓慢地、平静地流淌，也有河水满涨、“潮平两岸阔”的日子，但绝少放纵泛滥，你经常看见的，总是杨柳拥岸、众鸟剪水、小桥卧波、青山倒映的情景。

我学写诗文，曾经十分崇拜美国诗人惠特曼，觉得他手里握着一支大排笔，一笔就推出一片海浪，再一笔就制造一个深渊，贝壳、船、星光和宇宙，都在他起伏的情感汪洋里旋转、毁灭和再生。我曾经沉迷于他并模仿他，但学来学去，笔下仍是潺潺流水，却不见滔滔海浪。后来，我终于明白了，惠特曼是海洋的儿子，他的胸腔里鼓荡着大洋的波涛，磅礴的海岸线展开了他波澜壮阔的诗情和想象。而我，是河流的子孙，是山地的后裔，河与山，起伏于我的身体，蜿蜒成我的语言，即使把海洋一样辽阔的稿纸铺展在我的面前，我也只能在上面写上我对河的记忆对山的印象。从我降生在河边的那一刻，就注定了我的语境、语调、语法和语感，就注定了我只能以河流的语言与自己交谈，与相遇的一切交谈。

八岁的河湾

记得那时我刚满八岁。那是一个炎热的下午，我与五六个与我年龄相仿的小朋友在河边游玩，打完水仗，到柳林里捉蝉，然后又到宽阔的河湾，在一处水深的河面扔石片“打水漂”，比赛看谁打得最远，一块块石片从几双小手里飞出，贴着水面飘向对岸，石片像兴奋的水鸟，飞着，裁出水纹，溅起水花。

我们盯着前方的水面，看哪一枚石片飞得最远。欢呼，在嗓子眼里储存着，就要爆发。

忽然，我们看见远处的水面，顺着河水飘着一件东西，长长的，似乎是一条布，浅蓝色的。小孩子眼尖，几乎同时看见了：那是一个人，长头发，是一个女的，她仰躺着，看不清她的脸，远远望去，她好像很平静地仰卧在水上，打量着天空。

我们都有些害怕，向岸上喊了一阵，但没有人，大人们都到坡上锄地去了。

这时小明突然哭了，他说他的妈妈到上游的王家湾走亲戚，去了好几天还没有回来，那是不是他的妈妈呢？

我们都有些心虚了。云娃说他妈妈今天到对岸山上割柴，是早晨过河去的；喜娃说他妈妈爱到河里洗衣服，他昨天晚上就脱了一件脏衣服放在屋檐下；小波说过几天是他外婆的生日，外婆家在河东岸的苏家营，不知道妈妈会不会提前去；喜娃哭着喊：我妈妈天天到柏林寺河湾的芦苇荡里放鸭……

面对着湍急的河水，面对着远处仰卧在水面上的女人，小伙伴们又急又怕，他们感受到失去妈妈的悲哀和绝望，他们担心水面上仰躺的女人就是他们的妈妈。这时候，河滩上已是哭声一片。

只有我还是镇定的，因为我出门的时候，妈妈正在家里缝衣服，水里漂着的，肯定不会是我的妈妈。

我对小朋友们大声喊起来（我要是不大声喊，我的声音就会被河水的声音和他们的哭声淹没）：不要哭了，哭有什么用，我们赶紧到下面的浅水滩上去，等那个女的漂下来，就知道是不是我们的妈妈。

恐惧绝望的小朋友们猛然清醒过来，大家转身就跑向下面的浅水滩。

那个可怜的女人搁浅在浅滩上。

她穿着浅蓝色的阴丹裤子，灰色的单衣，她赤着双脚，鞋子可能是被河水冲掉了。她大约有三十岁左右，紧闭着眼，微张着口，双手都被泡涨了，但看得出手上粗糙的皮肤、手掌上已被泡软的茧，这是一双辛苦的手，像我们的妈妈一样的手。

我们终于看清了,她不是我们的妈妈。

刚才沉浸在失去妈妈的恐惧和痛苦中的小朋友们都松了一口气。

大家都高兴地喊:

“不是我妈妈！不是！”

“不是,不是我妈妈！”

“不是我妈妈！”……

短暂的轻松之后,我们突然意识到了什么,一种悲伤的情绪再一次笼罩了河滩,笼罩了我们。

面对依旧躺在浅滩上的死去的女人,几个孩子泪眼蒙眬了。

她不是我们的妈妈。但她终归是一个妈妈。她是谁的妈妈呢?

肯定,就在今天,这条河流的某个地方,某个村庄,有一个妈妈被河水带走了,有一个孩子甚至好几个孩子失去了他们的妈妈。

我们让小明、喜娃跑回村子告诉大人,让他们赶快把这位可怜的妈妈抬到岸上。

我和另外几个小朋友留下来,守着这可怜的女人,我们担心随风漾动的河水会把她冲到更远,我们用柳条撵走那些无知的鱼儿,我们不让它们伤害这位不幸的母亲。

我们等待着大人们的到来……

当天晚上我们几个小孩都失眠了,我们的枕边哗啦啦漫着河水,我们不约而同翻来覆去地想着:她是谁?她叫什么名字?她家住在哪个村庄？她是谁的妈妈？她的孩子叫什么名字？她肯定不是不慎溺水的，她那么健壮，她如果不主动把自己交给河流，河流是拉不走她的，那么，她受了什么苦？她心里藏着什么难受的事情？她为什么要把自己交给河流？她那失去了妈妈的孩子，将怎样活下去？……

从那以后，我们似乎猛然长大了一截。在我们眼里，这条河不再是一条清浅、简单的河，它源源不断的流水里藏着我们看不透的秘密，它好看的漩涡和悦耳的水声后面，携带着比我们单纯的想象更深沉的东西。而那位顺流而下的不幸母亲，也一定带走了有关生活有关河流的沉重往事。死亡，向我们掀开了时光的另一层幕布；那双紧闭着却似乎仍在打量天空的眼睛，究竟看见了什么，又希望看见什么？

河水依然像过去一样流着，不慌不忙地流着，发出时而淙淙时而哗哗的快乐声音。小河，还是那条小河，它没有长大，但是，我们长大了……

筏子客往事

贵元爷爷这一生都与河流打交道。青壮年时做过“筏子客”，就是在河上游深山砍伐或购买竹木之材，用棕绳藤条扎成排，顺流而下运到下游城镇销售。这是体力活、技术活，也是风险活。我小时候曾经多次见过筏子客顺水放排（筏也称排）的情景，他们手持一根长竹竿（伸进水里的一头箍着铁叉），也叫撑竿，迎着河水站在筏上，浪大流急时站筏尾，这样可以平衡那随浪颠簸的筏子；逆水转弯时站筏头，好像是为晕头转向的筏子拿主意定方向；风平浪静的时候，筏子客就站在筏子中间，竹竿随意点着河水，身子或正或斜，一脸悠然，有时嘴里还衔着一根烟，一河碧水里，晃悠着筏子客和他的倒影。那情景让人相信世间是有一种神仙的，远在天边，近在眼前，那筏子客就是。

但是，放筏子也有很大风险。我在故乡河畔的兰家营湾，就曾见过吓人的一幕。那天河里涨大水，正是放筏的好时机，水深浪大，筏子借助水力漂流，就省了筏子客在浅水里用撑竿硬推的力气,但是危险也容易发生,陡涨的大水会在这里冲一道深槽,在那里横一块巨石,往日熟悉的河流忽然变得陌生,河床上似乎到处布满陷阱。那天中午我在河边游玩,看满荡荡的河水,听轰隆隆的涛声,只觉得这河流像一个愤怒的疯子,又像一个伟大的英雄,倾泻着满溢的激情向远方奔腾。沿河走到了兰家营湾,这里是河水转弯的地方,也是巨石耸立的溜口(即河水急剧向下跌落的地方),往年夏天就有游泳的人淹死在这里。这时,我看见浑浊的巨浪正把一个筏子冲下来,筏子上,放筏的人倾斜着腰身,用力撑着竹竿,试图减缓筏子的速度,他的腰几乎快弓到水面上了,一身的衣服、头发,都被飞溅的河水打得湿透。紧接着,一排更大的浪打过来,沸腾的水浪和泡沫将筏子客冲上来又卷下去,我几乎看不见他了,数丈高的水浪和如雷的涛声淹没了他。忽然,激流里传来咔嚓嚓、哗啦啦的声音,筏子和筏子客都不见了,水沫模糊了我的视线,我揉了揉眼睛,终于看见了可怕的情景:筏子被激流和巨石撞散了,几十根木头在奔涌的河水里横七竖八打着旋,一会儿就被激流冲走了,筏子客抱着一根木头在险滩急流里挣扎着向岸边游来。

当他抓着河边的芦苇爬上岸,我顿时瞪大了眼睛:这湿漉漉、水淋淋、大难不死的"水鬼",不正是贵元爷爷吗?

…………

后来,贵元爷爷老了,河水也越来越瘦了,人与河,都似乎再无力气推送那古老的筏子。筏子客陆续上岸,告别了他们深爱着的河流，结束了他们驾驭风浪的生涯，筏子，终于在河流里绝迹，成为传说。

到了暮年，贵元爷爷经常拄着拐杖来到河边，一坐就是大半天，有时就用拐杖拨弄河水，好像在重温他与河流的交情，他的眼睛一会儿凝望上游，一会儿眺望下游，好像要找回那顺流而下的岁月。

据说临去世前，贵元爷爷自己设计，请人制作了一个船形的棺材，并立下遗嘱：死后，装尸于船内，河水涨时放入激流，顺流而下，去追随他的前半生。

我们那里没有水葬的习俗，抛尸于激流，那是大不孝。贵元爷的后人将他的遗体放入船形棺材，葬于巴山南麓。好在那里山风如潮，松涛如浪，贵元爷爷那在河流里漂游大半生的灵魂，该是继续航行在风浪里，航行在时间永不落潮的激流里……

最后的狐

那时,我还年少,常听大人说一些精怪的事物,鬼啊,神啊,头头是道,有眼有鼻,然终归渺渺,未睹其形。但是,人们经常议论有一红狐,出没于河边林中,偶尔在夜晚跑进村子转悠一圈,却并不偷鸡扰民,天亮前就悄悄走了,这只狐,我是见过的。

第一次见到它,是在一个有月光的晚上。我和小伙伴们正在稻草垛里玩捉迷藏,无非是三五个人捕捉一两个“贼”,那次我的角色是贼,在村间房舍疯跑几圈,最后一头扑进稻草垛藏起自己的“贼身”。稻草香喷喷的气息、软绵绵的感觉令人惬意,多么美好的“贼窝”哪,现在的城里孩子金窝银窝,可曾知道有这么受用的稻草窝呢?为了防被捉,身子又向里面塞了一截,就在这时,我感到腰间有热乎乎的东西蠕动,一惊,就拔出身子,霎时,一团火焰从幽暗里蹿出,在草垛间绕几个弯,一转身就消失了。我急忙跑出去告诉正在追捕我的小伙伴们,他们也说看见一团火跑过去了。我们向田野望去,乳白月光里,只见一片墨绿铺向远处,田野尽头，传来河流的隐隐涛声。

从此那团神秘的火焰，就在记忆里经常出没，我幼稚的心，被它带到大自然神奇的内部，带到河对岸重重叠叠的远山。我感到在我身处的世界之外，还有多重未知世界，在平淡的生活后面，一定藏着无数意想不到的奇迹。

不过半年，我第二次见到它，已是寒冷的冬天了，那天雪下得很大，河两岸白茫茫的雪，一脉河水在雪野里缓缓流过，显得清寒、孤单、高洁。我那时上中学，读了一些唐诗宋词，经常很虔诚地在山水间寻找诗境，雪天，我是不会放过的，雪，从天上大规模降临的灵感，要对人间进行美好的覆盖——我踏着雪，追着雪，来到河边，看见一个捕鱼的人手上提着一团火焰——我立即想到了那只红狐，那在月夜里擦身相遇，在稻草垛里的惊鸿一现！是它吗？我希望是它，这样我就可以真真切切地看一眼它火焰的形象，看一眼据说那勾人魂魄的美丽眼睛；但我又希望不是它，那被人抓在手里的，分明是已经熄灭的火焰，我希望它活着，我害怕看见死。

然而，果然是它。

捕鱼人说，这只红狐，经常在夜间到村里溜达，却并不扰人。这一次大约是因为饿，天寒地冻找不到吃的，就蹚河到对岸去，又饿又冻，就淹死在水里了。

捕鱼人并不是随意杀生的人，他说，他小时候看见许多狐出没在山野林间溪谷河岸，有灰狐、蓝狐、黄狐、红狐；后来就很难见到它们,只有这一只红狐怯生生在河两岸藏身,有时趁夜深人静时跑进村里,像是梦游,像在试探人们对它的态度,它好像希望人们谅解它,放它一条生路,让它活下去。

在大柳树下,我和捕鱼人挖了一个深坑,把红狐埋了。一团火焰,就此永恒熄灭。狐,从人的视野里彻底退出,与世界达成了悲凉的和解。

再过一千年,再过一万年,我们的后代也许都见不到狐了。

那神秘的火焰,在我的记忆里闪烁着向后退去……

母亲与河流

那天黄昏，邻居三妈跑到我家说:“你们还不快到河边看你妈,你妈在那里已哭了几个时辰。”

我和哥哥急忙往河边跑,远远地就听见母亲的哭声,还听见几位妇女七嘴八舌在劝说母亲,其中李大婶声音最大,她是村里人人喜爱的好心人,口才又好,经她劝说,遇事想不开的人都会回心转意。我们心里多少有些放松,有李大婶在,我妈妈不会出意外。

到了河边，李大婶和几位妇女已把母亲从河滩搀扶上岸,李大婶仍在半是亲切半是严厉地开导我母亲:“几十岁的人了,儿大女大了,有什么想不开的？真有想不开的事,就与姐妹们说说,敞敞心、散散气,看看天、望望地,天高地远的,就放不下你的那点儿事？还一个人跑到河边哭,想寻短见？满荡荡的河水少你几滴泪水？那么多鱼儿里少你这一条美人鱼？下次再这样,老姐可不理你,看你咋的！”说完,又爱怜地扶着母亲的肩膀,为母亲整理被河风吹乱的头发。此时的母亲,像一个小妹妹似的,顺从地被人搀扶着,顺从地接受众姐妹的开导。

但是,我们始终不知道母亲为什么一个人跑到河边独自哭泣?是什么事使她伤心痛苦,以至于想把自己交给河流一走了之?

我曾经问过母亲,母亲说:只觉得活着一年到头没什么高兴事,心里闷闷的,无依无靠的,你爹不管事,你们不懂事,里里外外事事让人愁。那天就跑到河边,脚都伸到水里,河水就在脚踝上哗啦啦说着什么,好像在劝我上岸,我就站在水里,河水说一句,我说一句,河水说上句,我说下句,说着说着就下泪,泪落进河里,河也在哭,我也在哭,心里的苦水都倒进河里,河都收下了,还一句连一句对我说着话,我就像来到妈妈面前了,就越哭越伤心了。

多年以后,回老家又看见了李大婶,她八十多岁了,身体还硬朗,嗓音仍很敞亮,"仁者寿",她是这句古语的又一例证。我再次感谢她多年来对我母亲的爱护。她说:"应该的,人活世上不容易,我比她大几岁,天意让我做姐姐,我把你妈当我的妹子,我把比我小的都当我的妹子。如今,一群七八十岁的妹子见我都姐姐长姐姐短,我好像又回到小时候,见谁都觉得那么亲,想上前抱一抱。只是再不能与姐妹们一起踢毽子,手脚不灵了。"

那天我又来到母亲当年下河哭泣的地方,老柳树不在了,长出了许多棵槐树,河水几次改道,复又回到从前,水流仍如当年,潺潺而不激,悠悠而不急。我双腿站立水中,体会着那个黄昏母亲独立水中凄然而哭的心境。

我忽有所悟:世间万物,都会遭遇苦境,或身苦,或心苦。想我母亲,不满十岁即来夫家做童养媳,一个未得母爱的人,却懵懵懂懂为人妻为人母,一个还没有做完孩子、离不开大人的人,却成了孩子要依靠的大人！她一生一世都梦想着返回去继续做孩子,去接受大人的爱抚和关照,去在妈妈怀里撒个娇,去爬在爹爹肩上摘树上的桃子。然而,她不可能再是孩子,她早已是孩子的妈,是大人。也许在她潜意识中,那条河流是所有人的大人,是她的妈妈,何况,河里的水是那样的清,像慈祥的眼神;河水日日夜夜说着亲切的话,对鱼儿说,对鸟儿说,对草木说,对石头说,河是一个好妈妈,对河上河下的一切说着宽心话,知己话。

于是,在内心里总感到自己是一个无依无靠苦孩子的妈妈,在那个郁闷的下午,就来到河边,对着她这位眼泪长淌、柔情无限的妈妈,掏出心里的苦,心里的话。河,这位好妈妈,就高一声、低一声地劝说她。

哭声,把李大婶及众姐妹唤来了,大家都好言劝她,真心疼她。

就这样,我孤苦的母亲,在那个哭泣的黄昏,她真的成了一个有人疼有人爱的孩子:河妈妈疼她,众姐妹爱她……

多年了,母亲坚持过几天就到河边走一走,有时就在河湾久久静坐,这个习惯一直保持到她的晚年。她说她喜欢河水的声音,喜欢河水转弯的姿势,喜欢星星月亮在河里眨眼,喜欢燕子贴着河面剪许多水花飞来飞去(以上系母亲原话)……她说了很多喜欢,末了就概括一句:说不清为什么喜欢,就是没完没了地喜欢。

“母亲河”是一个用滥了的词儿。但是,我的母亲是真正把这条河当作她的母亲的,她那么爱她,敬她,离不开她。

母亲,她也是一条河流。

水磨房

水、石磨、粮食，在这里相逢了，交谈得很亲热。

哗啦啦，是水的声音；轰隆隆，是石磨的声音；那洒洒如细雨飘落，是粮食的声音。

水磨房一般都在河边或渠边。利用水的落差，带动木制的水轮，水轮又带动石磨，就磨出白花花的面粉或金黄的玉米珍。

水磨房发出的声音十分好听。水浪拍打水轮，溅起雪白的水花，发出有节奏的哗啦哗啦的声音，水轮有时转得慢，有时转得快，这与水的流量和流速有关。转得慢的时候，我就想，是否河的上游，有几位老爷爷在打水，就把河水的流量减小了？转得快的时候，我又想，是否在河的中游或距水磨房不远的某一河湾，一群鸭子下水了，扑打着翅膀，抬高了河水，加快了水的流速？

有一次我还看见水里漂来一根红头绳，缠在水轮上，过了好一会儿才被水冲走，我当时真想拾起它，无奈水轮转得很快，又不敢关掉水闸，看着那根红头绳被汹涌的流水扑打，无助地闪动着红色的幻影,心里泛过一阵阵伤感。我想那一定是河的上游或中游,一位姐姐或妹妹,对着河水简单地打扮自己,不小心把红头绳掉进了水里,她一定是久久地望着河面出神,随着红头绳流走的,是她的一段年华,说不定还有一段记忆。

比起水轮热情、时高时低的声音,石磨发出的声音是平和、稳重的,像浑厚的男中音,它那轰隆隆轰隆隆——其实这个词用得不准确,它不怎么"轰",持续均匀的声音是"隆隆",像是雷声,但不是附近或头顶炸响的雷声,而是山那边传来的雷声,那惊人的、剧烈的音响都被山上的植被、被距离、被温柔的云彩过滤沉淀了,留下的只是那柔和的隆隆声,像父亲睡熟后均匀的鼾声。粮食也发出了它特有的、谁也无法模仿的声音,磨细的麦面或磨碎的玉米珍从石磨的边缘落下来,麦面的声音极细极轻,像是婴儿熟睡后细微的呼吸,只有母亲听得真切。玉米珍的声音略高略脆一些,好像蚕吃桑叶的声音,或是夜晚有微风的时候,草丛里露水轻轻滴落的声音。

守在水磨房里的,多是老人或母亲,有时候是十岁左右的孩子,太小了,怕不安全。我在七八岁的时候,几次请求母亲让我看守水磨房,母亲不答应,说水可不认识你,水不会格外照顾你。禁不住我的纠缠,母亲只好答应我。我看守了好几次水磨房,学大人的样子按时给磨眼里添粮食,按时清扫磨槽里的面粉。抽空蹲在水边看水轮旋转水花飞溅,听水的声音,石头的声音,粮食的声音;根据水轮旋转的快慢想象水的流量流速,想象河的中游或上游发生了什么事情;凝视一根漂流的红头绳想象遥远的河湾一个女孩子伤感的神情……

当我从水磨房里走出来的时候,我看见水磨房旁边的柳树林里,母亲坐在一块石头上,手里拿着正在缝补的衣裳,微笑着向我点头。哦,我的母亲不放心水,不放心石头,她一直守在水磨房附近,守着她的孩子。

水磨房,我最初的音乐课堂,爱的课堂,美的课堂,我在这里欣赏了大自然微妙的交响,我看见了水边的事物和劳动,有那么丰富的美感和意味;我看见水边的母亲,母亲身边的水,是如此生动地汇成了我内心的水域。

我渴望,当我老了,我能有一个水磨房,在水边,看水浪推动水轮,发出纯真热情的声音;将一捧捧粮食放进磨眼,在均匀柔和的雷声里,看一生的经历和岁月,都化作雪白的或金黄的记忆,细雨一样洒下来……

我希望,水磨房不要失传,水磨房的故事不要失传。

汲水女子

从家里的水缸来到泉边，是一段不长的距离。

从水到水，中间，是一段对水的想象。

用亘古的泉水，打湿现在，喂养当下的日子。泉是古老的，生活总是刚刚开始；刚刚开始的生活，很快成为过去。泉是古老的，它老得没有了年纪，泉，它没有过去没有以后。泉只有现在，泉，就是现在。

汲水女子，来到泉边，来到现在，这叮咚作响的、水汪汪的现在。

当她抿着嘴微笑的时候，谁也不知道她的这个微笑有什么含义。连她自己也说不清。笑过了，竟忘记自己刚刚笑过。后面的笑忘记了前面的笑。笑没有记忆。笑总是初次的样子。《诗经》里那些女子的笑和她的笑有什么两样？多亏有这样的微笑，我们才能忍受皱纹、愁苦和苍凉的表情。她的笑让我想起天上的虹。

当她抿着嘴微笑的时候，泉边的花都开了。百合、牵牛花、喇叭花，还有灯芯草花，还有野水仙。她和它们汇成一片。直到分不清是谁在笑。于是她就到泉水里照镜子，想找到自己的笑、自己的影子，却把更多的笑、更多的影子掉进泉水里了。

她半跪在泉边，低俯着身子，一瓢一瓢舀水。她的这个姿势很动人。哲学家会发现人在存在面前的谦卑。神学家会发现人对永恒的尊敬和膜拜。诗人会发现人与更深刻精神领域的相遇：泉水源于亘古，水中的天光来自无限的宇宙，四周的风声、鸟语、花影，与这一切构成一个充满意味和暗示的奇异场景。她来了，她俯下身子，她与这一切相遇。她和这一切构成一个存在现身、敞开的瞬间。这一刻，存在的秘密之门打开了，人进入到存在内部，人照亮存在也被存在照亮，人领悟到不可言说的无限丰富的意味。泉，取自幽深的那一勺泉，就是存在对人的最高馈赠。

她对此浑然不觉。她没有意识到这一切。她不知道她舀水的动作竟有如此深远的奥义。她爱这泉，她爱这鸟语、花影、天光，她爱这汲水的过程。在她所有的事务里，她最喜欢在泉边听水声，照自己那有些羞怯的倒影。

恰恰就在她迷于泉水的瞬间，她启示了哲学，激活了神学，打动了诗学。我发现，她俯在泉边的身影，是人类最好最传神的缩影和隐喻：生存，难道不是一次在时光之水里打捞倒影的机会？

她仍微笑着，泉仍荡漾着。我看见那泉慢慢漾上她的脸，变成她脸上的笑涡了。

起雾了。雾是从岩石上、从草叶上升起的,雾是从泉水里、从被泉水打湿的她的手指上升起的。雾从一切事物中升起,又笼罩了所有的事物。就像做梦,梦是自己做的,梦把自己把许多事物都笼罩在梦境里。

她轻轻擦了擦眼睫,雾已漫上她的眼帘。

她挑着水,回头看了一眼泉,她向家的方向走去。

泉水声,鸟的叫声,她的脚步声,在雾里很遥远很神秘地响着。

泉边,轻轻晃悠着一只水瓢……

在心里收藏一条清溪

面对它，我脱口说出的只是一句小孩子说的话：亮晶晶的水。

在它面前，我变成了小孩子：简单、清澈、亮晶晶。

小孩子不会咬文嚼字，不会造对仗句，说排比话，小孩子不会泛酸发腻，小孩子看见小溪，觉得小溪也是小孩子，小孩子脱口而出：溪水，孩子水，亮晶晶的水。

是古代的水。

是从诗经里流过的水，它舍不得离开那些纯洁天真的诗句，就一直蜿蜒在远古那些清澈的早晨，直到此刻，我打开诗经，就听到三千年前溪水的声音。

是流在王维诗中的水，是陶渊明饮过的南山下的水，是孔夫子眼中那不舍昼夜的水。

俯下身来，我与水中那人打了个照面，却不敢相认：那个一直远离水，在水外面荒芜着、干裂着的人，何时潜入水中，用惊讶的眼神，望着我。

他就是我的倒影吗？

或许，在他眼中，我也是他的倒影，是他深陷于尘埃中的倒影。

他也想领走我吗？

我和他互相凝视着。

渐渐地，我感到我的身体透明起来，我的内脏透明起来，我的灵魂透明起来。

我感到我在不停地向水中走去。

而他，不停地从水中走出。

默默地，我与他交换着身体和灵魂。

终于，在水里，我找回了清澈的自己。

静立溪边，我忽然想到：所谓拯救世界，其实就是拯救人心。

拯救人心未必是上帝能完全胜任的事情。拯救人心的一大半工作要靠水来完成。

让每一个人面前有一条清溪，心里有一条清溪。

人心也许会变得清凉清澈，世界也就变得清凉清澈。

大海，让人感到渺小的同时，也激起潜伏于人性中的征服的冲动和浑浊的欲望。

清澈的溪水，让人简单而纯真，回归到朴素的本心，回归到赤子之心。

面对清溪，比读哲人的书，比听圣人的教诲，比听牧师讲道，让人更能体悟到:只有内心澄明,人才是大自然中的一种清洁、美好的存在;也只有内心澄明,人才能领略天地万物呈现出的无言之美。

应该让每一户人家的门前都有一条清溪。

每天早晨,一打开门窗,就与最清澈的眼睛交换眼神,带着这样的眼神上路,照亮每天,照亮每一个生活的细节,照亮一生。

这个不容易做到。世界被高温烘烤久矣,清水被欲望或吞噬,或搅浑,清溪还有几多?

你见过清溪吗?你可能见过的,你也觉得清溪很清,清溪很好,是吧?

没有被污染的事物,才是清,才是好。

清与好,是我们天性里本来有的,后来丢失了,或被遮蔽了。

然而,在人性深处,多数人还是喜欢那种清,那种好。

让我们把那种清,那种好,找回来,存放在心上。

让我们心里都有一条清溪。

清溪汇成生命之湖、情感之湖、记忆之湖,湖光,倒映着宇宙的彩虹。

我在清溪边,久久站立,久久凝眸。

清溪,不停地收藏着我的影子。

清溪那么清,他该把我的影子藏在哪里呢?收藏了我的影子,他还会那么清吗?

是我过于自恋了,以为清溪会收藏我。

其实，清溪并不收藏我的影子，也不分担我的心事。

清溪，只是清清地流，静静地流，静静地沉浸于自己清澈的心灵。

一尘不染，一物不藏，一身清白。

清溪，因此才是清溪……

关于河流的记忆和印象

那一夜

我伫立河边　就像伫立在

两个宇宙的入海口

那一夜

在两个相似的宇宙里

我度过了

似乎不止一万次人生

歪脖子柳树

村头河畔，有一柳树，春来发绿，浓荫垂地，微风起时，摇曳生姿，如女子临水梳洗。四周皆槐树、杨树、芦苇等芜杂草木，柳树唯此一株。据说是那年仲春，一乞讨盲人路经此地，饥渴难耐，将手中柳木拐杖插于岸上，俯身河边掬水而饮，起身却寻不着拐杖，叹息数声，步履探试着走了。柳木拐杖则泛绿生叶，长成一株妩媚柳树。顽童们采柳叶，吹柳笛，听蝉鸣，唱童谣，说这柳树比学校好。妇人们于柳下话家常，做针线，看月亮，说这柳树比丈夫好。

有恶汉持斧头欲砍此树，说，他姓柳，和柳树同姓，柳树是他的替身，在此孤独站立，风吹日晒，荫庇别人，他岂能吃这大亏，欲砍之。一老者劝阻之，说，我也姓柳，这柳树也是我的替身，荫庇了别人，也清凉着自己，让柳树长存于此，继续荫庇众人清凉自己，如何？恶汉说，你姓柳，我也姓柳，树是你替身，也是我替身，你愿意替身风吹日晒，我不愿意我的替身受苦吃亏，仍执意要砍树。老者折柳枝栽于岸上，也劝其折柳枝栽于岸上，替身无数，行善无数，积德以报天，则天降吉祥，天意高深，天不薄你我。恶汉不听。

几场透雨，河畔墒满，老者沿岸所植柳枝皆成活泛绿。恶汉仍视此柳为自己替身，岂能庇荫他人，自己吃亏？有鸟栖于树上，则射杀烹食之；有儿童戏于树下，则叱骂驱赶之。为确保替身为己所有，不为他人挪用，恶汉购一恶狗拴于树下警戒，昼夜狂吠，人鸟不敢近树，近树纳凉听蝉者，付钱才可，否则，放狗驱之。狗狂吠时，柳树亦随之俯仰，似有所惧。日久，柳树主干渐歪，其状甚丑，人谓之歪脖子柳树。

后来，恶汉暴卒，恶狗逃遁，而歪脖子柳树依然活着，树身依然歪着，树冠却葱茏繁茂。另一柳姓长者也已长逝，他生前在河畔遍植柳树，早已葱茏成林，柳浪闻莺。

民间有谚：好事不出门，恶名传千里。恶汉长已矣，只是那歪脖子柳树——他的替身，却远近闻名，至今流传。这段河流名为歪脖子河，这个小村名为歪脖子村，小村的居民被外人呼作歪脖子村民，河上的小桥端端正正，却永远被人叫作：歪脖子桥。

河流是歌唱家

河流是歌唱家，已有千万年歌唱生涯。河流是全能歌唱家，男高音、女高音、男中音、女中音、童声独唱、女声独唱、男声独唱、男女声合唱、男女声二重唱……没有他不会唱的。河流的演唱题材十分广泛，体裁多样，小桥流水、大江东去、渔家傲、水调歌头、浣溪沙、庙堂圣歌、民间小调、乡土民谣、山野情歌、浪漫的抒情曲、雄浑的奏鸣曲、悲壮的咏叹调、谐谑的小插曲、温柔的小夜曲……没有他不会唱的。河流是世界的真正歌王，帕瓦罗蒂算什么歌王？帕瓦罗蒂是河流不及格的小学生。从数千万年前第一次试唱开始，河流一直坚持露天演唱，河流拒绝华而不实、搔首弄姿的霓虹舞台，拒绝虚张声势、劳民伤财的声光电化，河流是大地的赤子，是真正的平民歌唱家，在偏僻的峡谷，在清贫的山野，在朴素的乡村，河流不请自来，素面朝天，一曲又一曲，向善良的人们和孤独的生灵，含着眼泪歌唱，有时嘶哑着嗓子歌唱。河流不追逐时尚，不理睬流行，万水千山却一直在流行河流的演唱风格，万世千秋却一直在流传河流的古典清唱。河流不懂市场经济,不懂得经营自己推销自己,不懂得做大做强做富自己,河流傻,河流憨,河流不卖唱,不收门票,河流不知道用自己的好嗓子去发财致富,河流的意识还停留在上古的尧舜时代。杜甫说:“在山泉水清,出山泉水浊。”但是,出了山的河流,还是个憨憨的山里汉子,还是个傻傻的尧舜时代的老一代纯粹歌唱家,河流即使被人类搅浑了,污染了,但河流的内心一直保持着远古的操守,保持着清澈的本性,河流有着我们这些随波逐流的俗人永远不具备,也永远不理解的伟大魂魄和高洁情操！河流世世代代演唱了千万年,河流没挣过一分钱。河流的歌,场场都是义演,首首都是真唱,无论听众是日月星辰,是巨石细沙,是草木野花,是牛马驴羊,是禽鸟生灵,是劳苦百姓,河流一律免费为之深情歌唱。哪怕遇到一个流浪汉,一个受伤的兵士,一只迷路的山羊,河流也要为他演唱一首首安慰的清唱和回家的歌谣。常常,我们会看到这样的情景:在一个很开阔的河湾,只有三五头牛安静地吃草,而河流呢,这位世界级歌王,却绕着这几头牛,以舒缓的、抒情的调子诚恳地歌唱,河流在为几头牛免费举办专场音乐会——由此,我们可窥见河流众生平等、慈悲为怀的菩萨心肠。有容乃大,无欲则刚,无私则深情,则侠骨柔肠。河流是大侠,是义薄云天的伟大歌唱家。过一座山换一种歌儿,转一个弯换一种旋律,经过一个村庄换一种情调,绕过一座墓园换一种唱腔。穿越了多少岁月终于唱出了岁月的苍凉,灌溉了多少命运终于唱出了命运的坎坷,慰藉了多少心灵终于唱出了心灵的悲欢。河流用一首歌就穿越了我们的一生,我们的一生只是河流口里即兴哼唱的几句唱词,河流轻轻唱几声就把我们的一生唱完了。你沿着河流行走过吗?你是否惊异于河流频繁变换的唱腔和深情的旋律?你是否被河流元气淋漓、激情四溢的歌唱感染和渗透?并情不自禁地随着河流的歌声也敞开了嗓子,加入了河流的歌唱?

有一年,在四川某地的三河口,我曾听见河流动人心弦的男女声三重唱,两条大一点的河流是男中音,小一点的河流是女中音,唱着唱着,他们就唱到一起了,始而激动,接着是少许的呜咽,然后是全然的奔赴和融化,最后他们把自己完全消融在同一首激荡浑厚的歌声里了。有一次,我一个人在大巴山的山野间漫游,沿着一条小河行走,小河就为我一个人唱歌,那嗓子真是好极了,没有一丝杂质,清澈得就像少女初恋的诗歌,我听得入迷,到了山的转弯处,已是黄昏,眼看这首歌接近了尾声,心里正要惆怅,嗨,面前的河流却像突然记起什么,愣了一会儿,就急忙转过身,又原路返回去了,我也就折回身,随了河流走过去,河流就把刚才唱过的歌又给我唱了一遍,然后才转过身呢喃着走进雾蒙蒙的河谷。嗬,这时候,我才知道我遇到了倒淌河。那个时刻多么珍贵,那条河流多么奇妙,我生命中的一段好时光发生了倒流,在河流连续唱了两遍的歌声里,我连续两次返回了青春。

河流是慈悲的

我很小的时候，一次随大人到河边玩，看见一块大石头挡在河流转弯的地方，河水很生气，不住地与它吵，向它吐唾沫，那石头就是不离开，河水气得破口大骂起来。

我问外爷，河水那么生气，他的嘴里骂的是什么难听话？

外爷说：娃娃，你太小，还不懂啥，你听错了，河水一点也不生气，也没吐唾沫，那是河水拌嘴儿逗石头耍哩，我不是也拌嘴逗你耍吗？河水也没破口大骂，那是河水在笑哩，你听他笑得多好听：哈哈哈，哈哈哈。

过了些年，我长大了，那块石头还在那儿，只是粗棱糙角已被磨平，个头也小了一大截，河水见了他还是笑：哈哈哈，哈哈哈。

前些年，我从外地回老家，又来到从前的河湾，那石头不见了，可能已被河水磨成细沙，去了远方的江海。外爷早已离世，他坟头的柏树，已高可擎天。我站在岸上，听见河水仍在与大大小小的石头们逗笑：哈哈哈，哈哈哈。

这才发现河流的忍让和慈悲，即使对愚顽的石头，即使它挡了路，河流也并不生气，倒是十分怜爱它；河流感谢鱼虾，感谢鸟儿，感谢泥沙，感谢水草，感谢母亲们洗衣的棒槌，感谢孩子们奔跑的倒影……河流感谢着在奔流途中遇到的事物，即使遇见一块挡路的石头，河水也从它身上体会到一种可爱的倔强和值得尊敬的有立场的顽固，从而使河的旅程有了撞击和跌宕，河的内心也因随时溅起的波澜和颗粒而渐渐沉淀为思想的河床，而那石头，却因此而被磨损并最终消失了自己。

这时候，我才懂得我外爷的慈悲，我慈悲的外爷，很久以前就听出了河流的慈悲。

哈哈哈，哈哈哈，河流依旧在笑，遇着石头，遇着鱼儿，遇着戏水的鸟儿，遇着站在水里的桥墩，遇着母亲们洗衣的棒槌，河流总是在笑。

那笑声里，没有嘲笑的意思，没有冷笑的意思，没有自以为是的意思，没有我比你厉害你算老几的意思。

因为，每一波河水，与沿途的事物都只相遇一次，仅仅相遇这一次，然后，哗啦啦，哗啦啦，一去再不复返，一别即成永恒。

河流知道就见这一面，以后再也不会见到他们了。

河流总是呵呵地笑着，慈祥地笑着，与他们告别。

河流的笑是慈悲的笑。

河流的幽默

每到夏天，我们村前的漾河总要涨几次水，涨水的时候，河水就从上游冲下来好多东西，水落石出，河滩上草地上林子里，到处都留下河水向两岸的人们、特别是向好奇的小孩子发放的各种礼品：木头、树枝、竹竿、棕绳、稻草绳、鞋子、草帽、残破的木桥板、竹筐、藤编的背篼、手帕、毛巾，有时还有没被冲散依然抱成一团的稻草个儿……

有一次，云娃在退潮的河滩上，捡到了一顶草帽，云娃戴在头上回到家，邻居的周全生伯伯看到他就惊叫起来：怎么，我的草帽，风吹到了你的头上？原来，全生伯昨天在上游的元墩镇赶集，遇大雨，过桥时，一阵风把头上的草帽吹到河里，没想到，河水又还给他了。

我曾在河水退去的岸边，捡到过如下东西：

一个棕绳编的牛笼嘴。我估计那头牛没遇到危险，故事有可能发生在几天前的某个河湾，一头老黄牛走在耕地的路上，在河边，它将带着笼嘴的嘴委屈地伸进河水，吃力地喝水，河流同情它，就顺手帮它取掉了笼嘴，让它把水喝够，把青草吃够。

一个竹条编的鱼篓。事情一定是这样的：正午，太阳暴晒着，那个钓鱼的人，他把装着大鱼小鱼的鱼篓浸在河边水里，他坐到树下乘凉。此时，鱼儿们特别思念鱼儿，特别想回到河流，回到鱼的学校里，恰在此时，河流领着山里的雨水路过这里，就把那鱼篓翻了个底朝天，鱼儿们重新回到自由的河流，那鱼篓，就给下游的小孩儿当玩具去了。

一根红头绳。是我在河边竹林里捡到的，河流后悔不该把它带到这里，就把它缠在竹子上，等待谁来认领，我解开它，挽在手上，它有些褪色，但仍是明显的红颜色，它固执地红着，它是想回到那个女孩子寂寞的发辫上吧？女孩子，你在哪里呢？我怎么把红头绳交还给你呢？河流，你给我出了个难题！

一个竹篮。也许是大娘洗菜的篮子，也许是大嫂采摘桑葚的篮子。大娘大嫂，你们都还好吧？虽然，你们的竹篮不慎掉进河里，但是，菜地里的菜，桑林里的桑葚，还有的是，你们可不要为掉了竹篮伤心哦。竹篮，我先保管着，就在明天吧，我要提着竹篮沿河流往上游走，每一个村庄我都要路过，大娘大嫂，你们可要留心我手里高高举着的竹篮，是谁的，谁就拿回去。如果你们说谢谢，我就说——

不用谢，是河流爷爷让我交给你们的。

河流很会写文章

河流出口成章，一生杰作无数。不像我们这些写字的，终日皱着眉头，搜索枯肠，思来想去，涂来改去，一辈子也写不出几篇真正能感动自己也感染别人的文章。河流跌宕成诗，起伏成文，风起浪涌皆是华章。倘若不信，你不妨沿着河流走一程，就随河流在山野里走五华里吧，你看看，在这短短的五华里，你会读到河流多少好文章。

一华里：河流顺着山转了一个大弯，你顺着河也转了一个大弯，你转了一个弯也就仅仅转了一个弯，而河流呢？你回头一看，河流在这山湾里，以徐缓的语气叙述自己跋涉的经历和心得，一篇夹叙夹议、情思深沉的记叙文，已荡漾在河湾宽阔的水面。

二华里：河流遇到了逼仄的峡谷，你开始抱怨顽石凶恶，险径难行，你觉得世界其实就是一个随时陷人于绝境的陷阱。此时的河流却有了写诗的冲动，诗就是把历史命运和个人体验压缩在一个极小的语言空间里，在一个逼仄得让人呼吸困难的极小的语言峡谷,却高密度地浓缩了隐秘的激情和生命的经验。诗就是把许多的话压缩成一个湍急曲折、意蕴无穷的句子。你尾随湍急的河流终于走出了峡谷,却不知道,你是从一首意象奇崛、暗流汹涌、充满晦涩隐喻的诗里刚刚走出来。

三华里:河流看见了一个可爱的村庄,河流放慢了流速,绕着村庄缓缓徜徉,你以为河流无所事事快睡着了,你不知道河流已经从与峡谷构成的紧张对峙关系和诗的险峻语境里走出来了,河流用轻松的语调开始描述,河流描述了柳林,描述了小桥,描述了洗菜的大娘,描述了戏水的孩子,描述了游泳的鸭子,描述了倒映在水里的黄牛,描述了三片白云和一片灰云,描述了正在进行剪水艺术比赛的五六只燕子,河流同时也把你放在村庄的背景里作了富于诗意的描述,你作为一个忽然切入村庄的人物意象,河流对你的描述已足够逼真传神。你已被河流写入一篇接天气、接地气、接水气、接人气的抒情散文里了,而你却浑然不觉。

四华里:河流觉得前面的文章,写得过于流畅明白。太流畅了,太明白了,就把复杂无解、没有谜底的世界简单化了,把多义、充满歧义和隐喻的事物浅表化、标签化、顺口溜化了,也把河流自身充满偶然性和无目的性的惊险、神秘旅程格式化、目的化、小儿科化了。河流这样边走边想着,对自己不满意着,几个转弯,河流就消失在一片连着一片的芦苇荡里了,叙述者隐身于他的叙述对象里了,河流分身无数藏匿于苇荡的无数河汊和水湾里,藏匿于无数芦苇的根部和叶脉里。失去叙述者的世界顿时成为哑谜,恢复了史前的晦涩、深奥和神秘。你徘徊在众多河汊交织的迷津里，你是哑谜中最晦涩的一部分，你是谜中之谜。

五华里：天黑了，没有月亮，星星们还没有出来，即使星星们从此再也不出来，河流也不会怨怪星星，星星们是另一些世界的星星，它们并不对河流所在的这个世界负有照明的法律义务，它们出不出现都不冒犯宇宙的纪律。天完全黑了下来，河摸黑走路，河黑黑地走在黑里，河走在黢黑的宇宙里。黑暗里行走的河流，已没有心思琢磨那似曾相识、起承转合的平庸文章，它黑黑地走着，寂寂地走着，它把自己走成了一篇费解的寓言。你，河流，以及这夜晚的一切，不过都是被一篇寓言引用的一部分题材，用于填充虚无，用于注释某种含义，但你自身并不具有特殊含义。你只是被一篇意涵晦涩的寓言引用了。

河流无畏

河流身段修长，肌肤柔软，心肠好，但河流的胆子很大，河流无畏，河流什么都不怕。河流不怕山，再高的山都不怕，河流把高山一点一点凿成河谷；河流不怕石头，不怕砖头，河流是个磨沙工，恒河的沙、大海里的沙都是河流用千万年的工夫打磨出来的；河流不怕老虎，不怕豹子，不怕狗熊，不怕蛇，不怕鲨鱼，鲨鱼咬不疼河流；河流不怕流氓，不怕强盗，不怕贼，不怕贪官，不怕骗子，再狡猾的骗子也不能把河流骗上岸；河流不怕刀子，不怕镣铐，河流把无数刀子和镣铐没收了埋进水底，变成了淤泥；河流不怕阴谋，不怕诽谤，不怕绳索，没有一根绳索能把河流捆起来押进监狱；河流不怕雷，不怕闪电，河流把凌空劈来的闪电都收缴、折叠起来，藏进河床下面，变成了后来的黄金；河流不怕权势，不怕皇帝，不怕狗官，不怕乌纱帽，一顶顶不可一世的皇冠和无数招摇过市的乌纱帽都被河流毫不含糊地摘了下来，扔进泡沫和泥沙，变成了河滩上具有清热解毒药效的茅草、柴胡、狗尾巴草、鱼腥草和随风飘散的芦苇花；河流不信神也不渎神，据信神的人说河流就是神，是河神，但河流从来不冒充神，河流说，我就是一条坦坦荡荡的山里孩子，我是土地的儿子，我永远匍匐在地母的怀里；河流不信鬼也不怕鬼，不会游泳的鬼会被河流淹死，再深的水却不会把河流淹死。

河流也不怕河流，再大的河流都不怕，最大的河流也淹不死最小的河流；河流也不怕大海，河流看见大海，呜咽着一头扑过去哭了，他是怕大海了吗？不是，那是欢喜，他回到大海的怀里，他喜极而泣，他悲欣交集，他将在大海奔腾激荡的怀里，获得永生……

河流喜欢诗人

诗人都喜欢河流，古代的诗人，许多都是临河而居，或临水而居的。每天早晨推开门，第一眼看到的就是清凌的水光，那水光把心情映照得温润而澄澈，你让他心里没有诗思泉涌，笔下没有丽词云飞，那是根本不可能的。临水而居，也并不是诗人们的奢侈，而是古人的基本福利。那时，水多，河流多，地广人稀之地，每一个人平均可拥有一条河流，至少每人可拥有一两条溪水、三到五眼泉，若是在深山里，每人还可拥有七八挂瀑布。诗人们居住在山光水色交映的大自然里，他们的心，也就成了被山光水色氤氲朗照的山水之心、天地之心、美善之心、灵性之心，这样的心，就是诗心，从诗心里流溢出来的，不会是别的什么，只能是美的发现，诗的灵感。

河流也喜欢诗人，每当河边走来一位诗人，河流的心情就特别愉快，为什么呢？因为河流就是天生的唯美主义的诗人，河流来到世间并无什么目的，只是自然而然地流啊流，河流其实无所事事，河流只喜欢散散步、养养鱼、听听鸟、看看云、赏赏月、数数星、唱唱歌、吟吟诗，与沿途的事物聊聊天、谈谈心，河流是唯美派诗人，别的事儿，如灌溉啦，运输啦，穿山凿石啦，推磨饮牛啦，洗衣洗菜啦，等等，只是人类为河流额外安排的工作，是河流在为人类打工。河流的本色是唯美的、抒情的、空灵的、诗性的，河流就是大自然的诗人。知诗人者，诗人也。现在，诗人来了，人类的诗人，来到大自然的诗人身边，来到河流身边，诗人非常高兴，河流也非常高兴。诗人踏着河流的节拍，抑扬顿挫地吟诗；河流则模仿诗人的韵律，平平仄仄地朗诵。此时，诗人在模仿大自然模仿河流的纯真之美，大自然和河流也在共鸣诗人的诗心和诗歌。

“李白乘舟将欲行，忽闻岸上踏歌声”，我看见行走在波光水韵里的李白们，总是行走在波光水韵里。我不能想象一条河流边，若没有诗人行吟，没有友人踏歌，这条河流该是何等荒凉和乏味。

“路穷惊石断，林缺见河奔”，我看见苏东坡独行于雨后山路，忽然，他透过密林的一道缝隙，看见奔跑着的河流的明亮脊背，原来，一首奔腾的诗一直在不远处陪伴着诗人的浪漫旅程。

“山重水复疑无路，柳暗花明又一村”，陆游把河边的行走变成了审美散步和诗的妙悟。唯有诗人能把大自然的寓意解读出来，唯有诗人能把河流的吟咏翻译成直指人心的诗歌，诗人是大自然的知音，是宇宙万物的知音，是河流的知音，在诗人到来之前，我们听不懂河流在说什么，听不懂大自然在说什么，听不懂宇宙万物在向我们暗示什么；诗人来了，诗人感叹，诗人沉浸，诗人吟咏,诗人说出,我们才听懂了大自然和河流的心声,我们才听懂了宇宙的暗示,听懂了万物的隐衷,听懂了大自然的殷切叮咛。

河流喜欢诗人,河流也是诗人。

河流突然站起来

我梦见河流突然站起来，几百里、几千里长的河流的身子，水淋淋地直立起来了；比赛似的，许多河流都站了起来，几万里长的河流的身子，也都水淋淋直立起来。地上立满了明晃晃、白花花的河流的柱子。一群群鱼儿顺着河流柱子游上了天空，有的跳进了银河，银河里第一次有了鱼儿，其中有一群鱼是我们家乡小河里的鲤鱼和鲢鱼，外星的小孩子也可以捉到我小时候捉过的鱼了。我看见河流柱子伸进了月亮，月亮上有了汩汩水声，月亮涨潮，月亮开始奔腾，月宫的门前有了一个很大的湖，湖里开满了莲花，我母亲捧在手中的莲子，在月亮上开出了莲花。在河流站立之前正在河里游泳的人们，都沿着河流柱子游上了天空，分别去了不同的星星，成了那些星星上的“外星人”，有的不小心游进了彗星，当时彗星正在穿越地球上空的一片云层，与河流柱子发生了短暂交叉，那一批人就顺着河流柱子进入了彗星，就随着彗星巡游去了。在河流突然站起来之前，我行医的外爷去深山采药刚刚出山，他背着一背篓药材，赤着脚挽着裤腿正在过河，突然，河流站起来了，我的外爷就顺着河流柱子漂起来，漂到了高高的天上，他的装满药材的背篓也漂到了高高的天上，“没关系，去就去一趟，哪里的人都要害病吃药的，神仙也不例外，就当我到天上行医去了”，外爷背着药篓，很快镇定下来，空荡荡的天空第一次有了好闻的药香，第一次有了望闻问切的医生……

“外爷，你不能去，天上太陡，外爷，你不能走！”我大声喊着我的外爷，突然，我醒了。哗啦啦，河流柱子纷纷倒下来，站起来的河流都陆续回到地上，鱼儿、人、莲花、母亲、外爷、药篓，都回到地上。

我坐起来，揉揉眼睛，侧耳，我听见窗外河流的声音，村头的漾河，就在窗外不远，在梦的附近，导演了奇异的惊梦。

河流一直在做梦

站在岸上，看着河流一边扯懒腰一边漫不经心地小跑着、奔跑着或原地转悠着，口里还念念有词，说着梦话，忽然觉得河流很古怪，很无厘头，平时见惯不惊视同故人，甚至视为上善若水之上师的河流，这时却完全看不懂了，心里禁不住发问：

河流来到世上，究竟是来做什么的呀？

我估计，河流来到世上，不是像人们说的是来搞灌溉的，河流不是水利学家，不是放水员；不是来务庄稼的，河流不是农夫；不是来推船送货的，河流不是搬运工，不是运输队长；河流不是来发电的，河流不是发电工，不是能源专家；不是来玩喷泉的，河流不是娱乐公司经理；不是来搓澡洗浴的，河流不是澡堂，不是洗浴场老板。

当然，河流来到世间，也不是来发洪水制造灾情的，河流不是灾星，不是刑事犯；也不是来集结水兵打打杀杀的，河流不懂孙子兵法，河流不是武夫，河流不好战。

上述若干事务，河流也确实担当了参与了一部分，但那都是人类强行为河流安排的工作，是让河流为人类打工，上苍其实没有给河流安排任何实际的事务。人类让河流为他们的利益打工，河流不好拒绝，打工就打工吧，反正闲着也是闲着，流淌着也是流淌着。但是，为人类打工并非河流的本愿和本业，河流有河流的天性和初衷。

为什么呢？因为河流不是现实主义者，不是埋首于现实洼地的服役者和打工仔。河流超越了欲界、色界、功利界、尘埃界，超越了现实的此岸，河流有自己的梦幻和游戏，有自己的生命方式。河流透明无色、无味，宛若无物，河流是纯然的几近于无的神秘元素，是以液态的方式呈现的元素之诗，是佛家本来无一物、无所住于心的空明觉慧，是道家有即是无、无即是有的清虚无为，是隐者怀朴抱一、与道同化的素心澄怀，河流是宇宙的无意识现象。除了透明和澄空，除了奔腾和荡漾，河流没有自己的现实，没有自己的物质，没有自己的利益，没有自己的工作，没有自己的目的，因此，河流不是现实主义者，更不是基于极端现实主义的物质主义者和消费主义者，河流更不是人类的打工仔。

那么，河流来到世上，到底是来做什么的呢？

河流恍兮惚兮来到世间，恍兮惚兮无所事事，恍兮惚兮四处漫游。大哲学家老子夸奖河流“上善若水”，河流却不认识这四个字，不知道上善若水是什么意思，河流是恍兮惚兮一字不识的文盲；老子还夸奖河流“水利万物而不争”，河流听不懂这话是什么意思，河流恍兮惚兮永远不明白争什么，又为啥要争？争了又能怎样？争到手了就真的是你的？争到手了你就永生不死了？河流傻，河流对这一切全都整不明白。好就好在河流不明白，若是明白了，河流就不恍兮惚兮了，就开始争了。河流绝圣弃智，河流是恍兮惚兮到处游荡的流浪汉，河流是个傻子。

那么，河流来到世间，到底是来做什么的呀？

河流是一种无目的、无用的冲动和激情，是一种如梦如幻的激情，因为宇宙也是一场渺渺大幻耿耿长梦，宇宙也是一种莫名其妙的无用的激情。河流如梦如幻的性灵就契合了宇宙如梦如幻的性灵，因而河流是一种贯通了天地之灵的灵性，河流是通灵者。通灵者无须做什么，也不会做什么，通灵者唯一的工作就是通灵，通灵的途径是梦游和梦遇。因此河流是梦游者。

说起对天地万物的感悟，我是个顿悟派，而对河流的感悟却很慢，却成了一个渐悟派，悟得很慢，慢的原因是我曾一度被老子关于河流的言说给迷惑了，以为河流像老子一样也是个大哲学家，以为河流有自己的哲学，才形成了河流的行事风格和流淌姿态。在我与河流之间，横亘了一个老子，让我先入为主地臆断河流，实则遮蔽和阻隔了我对河流的真正理解，以为河流流着的不是河流，而是流着老子的哲学或河流的哲学。当我撇开老子，背靠老子，直接面对了河流，才终于明白了河流：河流其实不知道什么老子也不知道什么哲学，河流是个傻傻的傻子，是个憨憨的浪子，是个恍兮惚兮的梦游者,河流来到世上,是来做梦的。

河流是意识流,是梦游者,是梦语者,河流一直在做梦。河流一边做梦一边说着梦话,汩汩,淙淙,潺潺,哗哗,滔滔,都是河流说梦话的声音,从梦话的不同语气,就知道河流做了什么梦,梦见了什么。

我们遇见山,就说自己看到了山,河流怎么看见呢?河流没有眼球,没有视力,河流看不见也听不见,也不需要看见和听见,河流梦见了山,果然就是一座山,河流的梦里意识流里,整个儿全是山的影子;我们遇见石头,就说看见了石头,并坐在石头上想一些与石头无关的心事,河流看不见也不需要看见石头,河流梦见了石头,石头就浸泡在河流的梦里,滚动在河流的意识流里,或坐化在河流的梦境里,渐渐变成沙粒。

河流经常梦见:水牛、青草、鱼儿、鳖、螃蟹、泥鳅、白云、星星、月亮、银河、流星、闪电、风、鸟儿、树林、野花、船、木筏、水桶、水勺、桥、渡口、码头、洗衣的母亲、戏水的孩子、扛着锄头走在岸上的老农……这些都是河流经常梦见的情景。

我们以为在河边看见了这些真实的事物,其实不对,我们看见的是河流的梦境。河流梦见了什么,我们才看见了什么,我们看见的,是河流梦见的,河流在做梦,我们在看河流做梦。

河流梦见了桥,梦见了一个女孩子走过来,她走在桥上,颤巍巍的,河流怕她掉下来,河流急忙托住她的影子,河流在梦里紧张地喘气,呼吸都吃力了,河流梦见女孩儿跨了一个快步,终于过了桥,上了岸,河流松了一口气,河流在梦里呵呵呵笑了。

河流梦见事物,我们是看见事物,比起河流的梦见事物,我们看见的事物都隔了一层,事物都在“我”的外面,与“我”隔得很远,我是我,物是物,各自都已固化,彼此视对方为异物,有分别心,无法交融。

而河流梦见的一切都是河流自身的心相,是河流自己在奔腾和流动中不停生成的生命情节和生命景象,河流每时每刻都在梦见,每时每刻都有惊梦,河流每时每刻都在诞生,每时每刻也在逝灭。只有河流真正悟透了宇宙的梦幻本性,只有河流知道宇宙也是一个长梦,于是始终保持了透明空阔的天性,沉入了漫长不醒的梦游,以自己的梦加入宇宙的梦,以自己的梦注解宇宙的梦。河流彻底戒除了贪嗔痴嫉妒恨,无私念,无偏见,无贪图,无妄想,无分别心,无颠倒错乱,永生永世,河流只做一件事:梦游。河流一直在做梦。

沉浸在梦幻中的河流,是一位超然的虚无主义者、唯美主义者、唯灵论者,是穿越现实的超现实,是行走于此岸的彼岸,是游走于人世的神灵,河流绝圣弃智,河流是穿行于斗智斗谋的奸诈智力世界里的纯真的傻子,是诗人、流浪汉、呓语者,是幻想家、造梦师,是为发着高烧的所谓文明世界频繁泼冷水的疯子。河流在永远不醒的长梦里,渡过浩渺激荡、浑然坦然的一生。

当整个世界变成一台索然乏味的消费机器,变成一本老谋深算、唯利是图却枯燥无趣的市场账簿和商业文本,河流坚持用晦涩的上古语言说话，坚持沉浸在远古的梦里拒绝清醒过来，河流不仅保持了世界本身的晦涩本质和自己的神秘身世，也为我们这些只会算计不会做梦（升官发财梦除外）的人，保留了一份远古的纯真酣梦，为深陷于实用主义泥沼的世界保留了一点可爱的唯美主义、神秘主义和超现实主义。

河流的梦里，总是幻象重叠着幻象，悬念交织着悬念，深度连接着深度，惊讶连接着惊讶。河流没有平庸乏味的时刻，没有无聊苟且的时刻。惊艳、惊奇、惊喜和惊叹遍布于河流长长的梦境。

河流与诗与爱情一样，是庸常现实中的超现实，是平凡生活中的奇迹，是无常宿命里的恒常，是物质世界的神性，是奔腾于功利主义之上也必将战胜一切功利主义的浪漫主义。

河流一直在做梦。

河流是天文学家

夜深之时，月明天阔，银河流溢。此刻，尘世退去，永恒出场，无限莅临——这是天人相会的时刻，这也是我们的河流既流经人世也穿越天河，由此岸向彼岸倾注激情的神圣时刻。

河流克制着他那因膜拜和欣喜而生起的对宇宙的激情，而将激情转化为一种虔诚和专注，转化为一种全心全意的工作状态。所以，在深夜，白昼惯有的喧哗没有了，河流被一种宁谧氛围所笼罩，深夜，狭小的尘世歇息了，永恒的宇宙和壮丽的星空悄然出场，因此，深夜，正是作为天文学家的河流，全神贯注地工作和沉思的时刻。

此时，河流观察和沉思的对象不是一条鱼、一只螃蟹、一叶浮萍、一片云影、一点波澜、一撮泡沫，河流沉思和观察的对象，是无限星空和整个宇宙。

你看，大大小小的河湾，都截取了星空的一角，截取了银河的一段流域，河流怀着巨大的好奇，仔细地端详它们，凝视它们，沉思它们。宇宙将它不可思议的伟大秘密，毫无保留地交给河流，让他震惊、欣赏和研究。

你再看，深深浅浅的水域，都怀抱着远远大于它们自身无数倍的若干星斗，他目不转睛地注视着、观察着、冥想着，也惊叹着、赞美着。天狼星、天琴星、天鹅星、天蝎星、牛女星，这些在神话里出没的巨星，此时都温顺地接受河流的抚摸、观察和想象。

我放慢脚步，轻轻地沿河流行走，我生怕惊动和打扰了河流。我想：假若一个人的心灵里，收藏着的不是一点点可怜的虚名浮利，而是收藏了整整一条银河的波涛和无穷星空的光芒，那么，这颗心灵该是何等的辽阔、丰盈和光明，同时又是何等的深邃崇高且充满奥秘啊。而此刻的河流，不正是那样一颗充盈着光明和奥秘的心灵吗？面对这样的心灵，我只有轻轻地靠近，并默默聆听。

我放慢脚步，继而停下脚步，我伫立在河流面前，河流怀抱着无以计数的星斗和星河，宇宙将它大到不能想象的胸襟和气象，坦露并交付给河流，这对河流的胸襟是一个很大的考验。匍匐于地面的貌似逼仄的河流，能够接纳和理解这来自上苍的伟大胸襟和气象吗？

然而，河流通过了宇宙庄重而严苛的面试，未必是满分，但成绩无疑是优异的。你看，河流的胸襟里接纳并收藏了它所邂逅的全部星空，河流的胸襟里容纳着宇宙的胸襟，河流有着与宇宙对称的同样广袤深邃的胸襟。而且，从我作为凡人的视角看过去，河流的胸襟似乎还大于我所看到的宇宙的胸襟，因为当整个星空进入河流之后，河流并未满溢，而是留出更大的空旷等待更高的宇宙的持续降临——这或许是我的错觉，但我满足于这错觉带给我的奇异美感和崇高感。此时，我听见水天一色的苍穹，传来一声欣慰的太息。

我凝视着河流，而河流凝视着星空并怀抱着星空；我凝视着河流，其实是凝视着河流怀抱的星空。这就如同，在人世我们偶尔难得地遇见一个君子，其实君子只是一种精神媒介，我们欣慰于遇见君子，其实是欣慰于通过君子遇见了一种久违了的精神气象和生命境界。我们喜欢君子，是因为君子身上呈现了一种古风，呈现了一种失传已久的高尚人格和宽阔高远的人生境界。

我伫立河边，我把目光从天穹、从水底的星空收回来，我俯身凝视，我看见，在河边草地，几个积满清水的小小牛蹄窝里，此时也怀抱着一角星空，涌流着一段银河。哦，每一个牛蹄窝里，都奔腾着一段银河，都聚集着一段宇宙往事。每一个牛蹄窝，都是一座小小的天文台，都在进行着各自的天文学观测和对宇宙终极奥秘的冥想。

是的，在寂静午夜，在清水河边，你肯定不止一次见过浩瀚星空的入水仪式和盛大降临。每一个星光满天的夜晚，河流都怀抱着一片星空，收藏了一段银河，目击了宇宙上演的一幕幕传奇。河流全神贯注地静观、沉思和研究着宇宙的奥秘和星空的故事。河流很想知道，宇宙用无穷星星的钻石，一丝不苟地镶嵌一个巨型工艺作品，其间寄寓了何种情思和终极梦想？河流很想知道，那奔腾的银河将向何处奔腾，如果这一切都是奇迹，创造奇迹的又是怎样的奇迹？当河流追问奔腾的银河向何处奔腾的时候，河流竟然把自己逗笑了：哦，这不是在问我自己吗？我奔腾着，我知道我是向哪里奔腾么？如果我是向着大海奔腾，那么，大海又是向哪里奔腾？无穷星河和无边宇宙又是向哪里奔腾？

在巨大的未知面前，河流，这位古老的天文学家陷入深深的谦卑中了。

从远古直到此刻，河流一直沉浸于宇宙学和天文学的观察、沉思和研究，但是，亿万年过去了，除了收获了太多的惊讶、感叹和谦卑，河流的天文学研究却没有更多的发现。

这就是我们看到的夜晚的河流，总是那么空明和静谧，即使河流说话，也是谨慎而羞怯的提问，而从不提供自以为是的答案。

这就是我们看到的夜晚的河流，他总是在低处，谦卑地匍匐在星空下，谦卑地偎依着星空，凝视着，沉思着，偶尔发出羞怯的低语。

河流的天文学，其实是一种谦卑的哲学、崇高的诗学和羞涩的美学。

也许，以宇宙星空为观测研究对象的天文学，实在是过于高深莫测了，作为天文学家的河流，长期潜心于天文学的研究，多少亿万年了，他从来没有睡过觉，他的每一个夜晚都是无眠之夜，每一个夜晚他都摩挲着怀里的星空，每一个时辰他都沉浸于对宇宙的沉思。遗憾的是，河流的天文学研究迄今并未取得多少研究成果。星空还是那个星空，河流还是那条河流。但是，功夫不会白费，时光自有回馈，凡是为一种因挚爱而生发的牵挂和思念，并且不计回报地长久沉浸于终极冥想的心智，绝不会是肤浅庸常的，这样的心智因沉淀着太多、太曲折的心路历程，而变得特别深沉、繁复和丰富。河流正是这样。河流经由天文学的研究而进入了哲学，打通了诗学，深化了美学，也启示了岸上的人类应该持有的辽阔宇宙观和深情的生存伦理学。

写完上面这篇短文，已是深夜，我独自走到河湾，一看，河流，我们的天文学家，仍怀抱着无边星空，怀抱着一千亿条星河，痴迷地沉浸于他的伟大而终归没有结果的古老的天文学研究……

我掉进河里的铁环

六岁的时候，我学会了滚铁环，一天到晚都想滚，广阔的原野上，生产队的机耕路上，昼夜奔跑着一个小孩的身影和他滚动的铁环。

有一天傍晚，我在河堤上滚铁环，忽然看见河里滚来一个白花花的大铁环，很惊奇，一愣怔，手松了，我的铁环叮叮当当滚下了河堤，滚进了河水。我的心爱的铁环，它会不会淹死呢？这才发现那个白花花的大铁环，原来不是铁环，是月亮，月亮，你救起我的铁环吧！可是月亮不帮忙，月亮说，我也是一个落水的铁环，谁能把我从水里捞出来呢？

那一夜，我半夜都没睡着，我一直牵挂着我掉进水里的铁环，我感到对不起我的铁环。我心爱的铁环，可怜的铁环，我担心你在水里被水呛了，被石头碰了，被鱼儿吓着了，我担心波浪会把你冲走了。

第二天，天刚亮我就跑到河边，看我的铁环是不是还躺在河里，可是，我没有看见我的铁环。我疯了似的回到村子，找到已上小学三年级的云娃，他会游泳，让他帮忙到河里救起我的铁环。云娃下了河，吸了一口口长气，几次钻到深水里寻找，却没有找到我的铁环。

我不忍心就这样算了，是我把心爱的铁环掉进河里，铁环是我的朋友，铁环给了我很多快乐。阳光下，铁环给我画了多少美好的圆圈？月夜里，月光追着铁环旋转，天上的月光从那么远的地方赶来，天上的月光追着我，追着我的铁环，天上的光在我——在一个小孩儿的手里，绕着我的身影、绕着我的心思旋转！这种奇异的感觉，是我的铁环带给我的。雨后的原野上，生产队的机耕路上，我追着铁环，铁环领着我，铁环划着一条长长的曲线，把一个赤脚孩子的小小脚印串起来，串成了我的童话，串成了最纯洁的诗篇——后来我再也读不到，也永远写不出的纯洁得接近透明的诗篇。

是我把朋友掉进水里，我不能不管朋友的死活，我一定要找到我的铁环。

于是，我向云娃学习游泳，一次次呛水和沉水，想起心爱的铁环沉在水里好多天了，它呛了多少水啊，它有多难受呢？云娃说，铁环是铁做的，不怕呛水，云娃劝我别伤心。云娃说的也许有道理，但我不承认书上的道理和大人们的道理，小孩子有小孩子的道理，小孩子只相信感情，不相信道理，小孩子的感情就是小孩子的道理。

为了救起铁环,我终于学会了游泳,学会了钻进水底找东西。我一次次沉到河底,找我的铁环,可是没有找到我的铁环。

过了几天,连下三天大雨,河里涨了洪水。我心想,这下完了,我的铁环肯定被大水冲走了。我在岸上看着狂暴的河水,想着我的铁环在水里受的惊吓和折磨,忍不住伤心地哭了好久。

我找到了民办教师李保元老师,他是我的表哥,我向他讲了铁环掉进河里的事情,讲了我和铁环的感情,保元老师认真地听着,他掏出手绢擦了擦我潮湿的眼睛,微笑着拍了拍我的肩膀,最后说:你对铁环很有感情,你舍不得铁环这个好朋友,你怕铁环受到惊吓和折磨,我很理解你对铁环的这份感情,我也很同情掉进河里的铁环。但是,你还没上学,有些道理你还不懂,我要告诉你,有一个著名原理是物质不灭原理,这也是一条真理,世界是物质构成的,铁环也是物质构成的,你找不到铁环,铁环也许断了,碎了,过些年或许还会被冲进远方的大海里,但是,物质不灭,元素不灭,构成铁环的铁元素不灭,所以你即使找不到铁环,但是没关系,你也别伤心,那些铁元素还在着,而且永远在着哩。我问保元老师:那它们在哪里呢?我还能见到它们吗?保元老师说,能见到,能见到。我问啥时候能见到呢?保元老师说,以后随时都能见到,这个给你一时说不清楚,以后你上学读书就知道了。

几十年过去了,李保元老师都老了,我也正在变老,可是直到今天,我仍然想念着我童年的朋友,想念着我的那个铁环。每一次回到故乡,我都要顺着小河走一走,当年滚铁环的河堤早已垮了,河水也已改道,铁环落水的河湾已变成了一片柳林。听着哗哗的河水,我想象着,铁环是被洪水冲走了呢?还是埋进了河滩深处的泥沙?

如果铁环并没有被冲走,只是深埋在小河的泥沙里,经过几十年的水浸、沙磨和风化,它已锈蚀,变成粉末了,那么,它已经变成李保元老师所说的铁元素,它无形无影,但它并没有消失,它的元素均匀地散落和分布在小河的两岸,被草木吸收和保管,被野花翻译和呈现,那么,此刻以及今后的世世代代,人们所看见的两岸葱茏的春色或凋残的景象,其中都有我童年的影子和我记忆的铁元素,在隐约闪烁和呈现。

如果铁环从故乡的河水冲进了汉江,然后下了长江,最后去了大海,那么,大海的波涛里,海底的泥沙里,海滩的盐里,一定有我的铁环的细小颗粒,有我童年的气息和记忆,有我永不消失的情感的铁元素。在大海层出不穷的叹息里,保存着也循环着珍贵的铁的低语和我的低语。那细微的真挚的低语,慰藉着大海因为频繁涨潮和落潮而出现的巨大晕眩和忧伤。

现在,我这个即将老去的人,是越来越相信生命可以熄灭,而构成生命的元素和它携带的记忆却永不熄灭,我因此越来越相信永恒轮回。

这不是迷信。如果这是迷信,我也不愿放弃这种迷信。人活着不能没有一点迷信。那么,允许我有一点自己的迷信吧。几十年前，民办教师李保元老师的一段话，不仅影响了我的铁环观，也影响了我的生命观和宇宙观。他说，元素不灭。他说，这是一个真理。现在我明白了，我们不只需要用物质世界的真理来解释物质世界，也需要用物质世界的真理来安慰和支持我们的精神世界。因为，精神对精神的肯定、嘉许和信赖固然令人欣慰，然而因了具体的人的一茬茬离去，曾经慰藉人心的精神信仰也会随之湮没不彰。相比之下，物质世界却有着似变而又不变的稳定常态。因之，我们需要用物质世界的真理，来安慰和支持我们的精神世界和内心生活，以此化解无常的命运带给我们内心的虚无、悲苦和幻灭。是的，民办教师李保元表哥，在我刚刚六岁还不识字的时候，他就告诉我，物质不灭，元素不灭。我童年的好朋友铁环失踪了，但它的铁元素还在，在河床，在大地，在大海，都散落着我童年的铁元素。这么多年来，我陆续经历了亲友的离去带给我的情感伤痛，我的父亲不在了，我的母亲不在了，我的妹妹不在了，我的姑姑姑父不在了，许多亲人不在了，许多朋友不在了，生命的悲苦和幻灭一次次袭击我，动摇着我对生命意义的信仰，动摇着我对永恒的信赖，难道，他们都从此永远消失了？难道，他们一生受苦受难，重情重义，最终这一切都随风飘散，难道他们都白活了？但是，我总是记起李保元老师说，元素不灭！是的，我深信，曾经滚动在我童年的那个铁环，曾经出现在我生命里的那些生命、那些情感、那些记忆、那些真挚的爱和忧伤、那些沉淀于时光深处的珍贵元素，将一直在这个世界，存在着，循环着，且永远循环……

河流是收养万物的奶娘

一粒不起眼的石子，被岸上走路的人随意踢下了河，河流急忙把它揣在怀里，小心养着，或者会养成一粒钻石，或者它注定就是一粒沙子，总之是养着，河流绝不嫌弃它，河流不会将它扔到河流外面，不会再把它交给那只凶狠的脚。哪怕河流的乳汁尽了，只剩下几滴眼泪，也要用泪水濡湿这粒石子。

一条彩虹的影子掉下来，河流也养着，河流为彩虹当了三分钟奶娘，在这三分钟里，双虹出现，岸上的人抬头低头都看见了虹，有奶娘养着的这三分钟里，天上人间的好东西就成倍生长。

被大风刮来刮去的泥土和灰尘，走投无路了，只好一头扑进河里，河流收养了它们，把它们养成了一片肥沃的河滩。

雷声坚贞而暴烈，神不待见，人不敢收留，它滚落尘寰，河流收养了嘶哑的雷声。多年以后，当英雄们纷纷死去，人们都做了胆切除手术，奴才和爬行动物成了两岸的霸王，人间郁闷而沉寂，忽然在一个夜里，河流开始怒吼，人们从手术室里走出来，才听见被河流收养的雷声，已经长大，就要上岸，它已成为摧枯拉朽的英雄好汉。

闪电一次次掉下来，携带着尘世不敢直视的思想的火焰，携带着宇宙深处的贵金属，一次次掉下来，河流收养了至少五千年来掉落的所有闪电。为什么淘金船开进河流深掘这么多年，总有可采的黄金？河流收养了从古至今的闪电，养活了黄金，也养活了人们对黄金的贪婪，而熔铸在黄金内部的比黄金更珍贵的思想，却被人们彻底遗忘了。

女孩子失落的蝴蝶结，河流怜爱地收养了，多年以后，河湾里出现了一种稀有的花蝴蝶，一群群飞过春天的头顶。

过桥时，太爷别在腰里的旱烟锅不慎落进河里——这是清末民初的事。多少年来，河流每一次改道，总要亮出些什么。前不久的一次改道之后，有人在河滩上拾起了一件东西，考古专家说是文物——河流收养着一百多年前的一节铜，我太爷嘴里衔着的那个旱烟锅，被河流养成了文物。

母亲生前，好多年都是在河边洗头发，不知有多少头发掉进河里，河流悄悄收养了母亲掉落的青丝和白发。母亲走了这么多年，我每次回老家，总要在河边徘徊，走过柳林，我看见母亲的青丝；走过苇滩，我看见母亲的白发。母亲不在了，河流还养着母亲的头发。

多年前，我在河边坐过的那块大青石，已在一次地震中沉入河底，我在石头上刻下的那句诗也沉入河底，河流收养了我单纯的情思。我相信那句诗一直在水底继续生长，我感到河流哗哗的水声，就是在朗诵那句诗。

我们把无处安放和保管的那些真挚的忧伤和辛酸的眼泪，都交给了河流，河流收养了我们的眼泪，并收养了我们黄昏里被夕阳拉长的孤独身影。多年以后，我们的魂灵追随着时光的船队，来到黑夜的大海，才发现河流已把我们的眼泪和忧伤养大了，养成了无边的大海，大海里横卧着我们的身影，我们的生命已奔腾成大海……

河流收养一切无用的东西

无用的秕谷，无用的杂草的穗子，无用的蒲公英的伞，无用的野花的种子，无用的灌木的果子，无用的狗尾巴草、猫耳朵草的种粒……这些被弱肉强食的世界无情挤出的，被势利的算计排除在外的，被冷酷的命运侮辱、伤害和抛弃的，无用的你们该是何等心酸？然而，河流无条件收养了你们，收养了你们那无用的忧伤的心、无用的忧伤的种子。

春天或夏天，当我行走在河湾，我被大片大片的草滩和花海淹没了，我迷失于缤纷的美的王国，人世的电子信号已呼叫不到我，我在人世已经失踪，我随了蝴蝶和蜜蜂的邀请，去了古代的幻河之滨。

当我从审美晕眩中清醒过来，却无法用那种流行的、功利的、浅陋的美学阐释这种令人震惊的审美晕眩——这时候，我才发现河流是用圣母的乳汁收养着一切无用之物，而生命和人原本也是无用的，我自己也是无用的，甚至宇宙也是无用的，星空和银河也是无用的,从我们凡俗的眼光看过去,世上大多数东西都是无用的,有用的东西却很少,即便那不多的有用的东西,也在使用中被败坏被毁掉了,而无用的事物则几乎遍布于无穷宇宙。河流收养无用,其实是在收养无穷,河流的胸怀和母爱何其大哉?河流用无用之物创造的审美境界何其大哉?令精于算计、自囚于实用主义牢笼的小气的人类惭愧得无地自容。

河湾的星空带给我的巨大震惊和美感

我所看到过的最壮丽的景象，是出现在河湾里的星空。在一个繁星满天的秋夜，我独自沿河行走，在河流转弯的地方，突然，在逐渐展开的宽阔的河面，我看见了壮丽的星空：一百万条以上的星河，一千亿颗以上的星星，都在河里奔腾、旋转和燃烧。此时，似乎不大的河流，却与无限的星空达到了最默契的对称和同构：天上有多高的灵魂，河流就有多深的情怀；天上有多少往事，河流就有多少化石；天上有多少死亡，河流就有多少磷火；天上有多少婴儿，河流就有多少摇篮；天上有多少祭坛，河流就有多少烛光；天上有多少荒原，河流就有多少废墟；天上有多少疑惑，河流就有多少天问；天上有多少波涛，河流就有多少漩涡；天上有多少忧伤，河流就有多少泪眼；天上有多少离别，河流就有多少重逢……河流把无数颗星星，把无数条星河，把无数的命运，把整个宇宙，都收养在乳汁浩瀚的怀里。河流，整个儿成了宇宙的再生母亲；河流，不声不响地又为我分娩了一个宇宙。我站在头顶的宇宙和水底的宇宙之间,我被折叠在两个宇宙之间,我被折叠在无边的幻象之中。假若在宇宙里,还有无数的星球有着与我们相似或相异的生命,那么此刻,我被多少星河环绕和照耀,被多少星球瞩望和猜想,有多少目光聚集在我小小的身上?我当时竟有身体发热、心魂震颤的感觉,有多少焦灼的目光穿越无数光年的距离,此刻密集地停靠在我的身上?我的身上布满了全宇宙投来的眼神和目光。我竟然有了被太多的眼睛同时注视的不好意思和羞涩的感觉,我觉得自己不配,觉得自己一个沾满尘埃的肉身凡胎,愧对这么多来自宇宙的眼睛的纯真注视。

那一夜,我安静痴迷地伫立河边,就像伫立在两个宇宙的入海口;那一夜,我在两个相似的宇宙里,度过了似乎不止一万次人生。

河里漂来一头猪

昨夜大雨，今天放晴，漾河水声哗哗响，肯定是涨水啦。我们一帮小孩儿连蹦带跳跑向村外的漾河，边跑边喊：河里涨水啦，河里涨水啦。

河里涨水，河高兴，河真是太高兴啦。河又是放声歌唱，又是高声说话，又是不住地制造漩涡抛洒浪花，那时我们不懂艺术，不知道河流是个天才的行为艺术家，是个浪漫主义的大诗人，其实呢，不是河流涨水，是河流诗兴大发，是河流隆重推出了佳作，免费让两岸人民和生灵欣赏。

河里涨水，河高兴，岸上的大人和孩子却比河流还要高兴，为什么？当时不懂，现在看来，那是见惯不惊的河流，突然刷新了两岸的气象，抬高了激情的水位，敞开了阔大的情怀，让匍匐于平庸、劳碌生活中的人们，见识了一种浪高水深的生命状态，看见了在人的生活里少有的那种激情洋溢、自由浪漫的胸襟和气象。

河里涨水，河高兴，比河更高兴的是我们这些穿着开裆裤的小孩儿，因为，河里涨水，水在河里翻着跟头耍，甩着袖子耍，我们在岸上一边看水在河里耍，一边蹦跳着自己耍。

大人们已早早来到河边，三三五五分布于岸上，有的看水位和水势，用脚丈量着水涨了几尺几寸，凭着经验估摸着雨还下不下，判断着岸上庄稼地的墒情深浅和今年的收成；有的用网捞鱼儿，生产队长兰自发就捞了许多鱼，一条大的就有二尺长，他媳妇就把手里拉着看热闹的三岁多的小孩子，与那条大鱼平放在草地上比个子，那条鱼比那小孩子还要长——这也是我在漾河里看见的最大的一条鱼，从这以后，就再没有看见过大鱼，后来，连小鱼小虾都越来越少了。有的则顺手捞着河水冲上岸的东西，一根竹竿、一件蓑衣、一截木头、一个葫芦，读中学的李保元表哥，捞起了一个算盘，快散架了但还没散，保元哥不愧是读书人，并没有因为有了“收获”而高兴，倒是脸阴沉下来了，他担心这是上游放学过河回家的小学生书包里的算盘，那么，那个小学生没事吧？保元哥的脸色突然晴朗些了：他不会有事的，现在不是放暑假了么？学生不上学，那个算盘可能是哪个生产队的算盘，没保管好被水冲走了。然而，保元哥脸色又有点阴沉了，那么，生产队的算盘是怎么掉在河里的呢？看着好心肠的保元哥阴阴晴晴的脸色，我的心也有点阴了。我估计，那个夜晚，我的善良的保元哥，肯定是睡不好觉了。

唉，别说保元哥阴晴不定的脸色了，我正在为保元哥的担心而担心，这时，河面上隐隐约约漂来一个黑点点，那黑点点越来越大,在离河岸不远的地方,我终于看清了,那是一头猪。河水翻卷着,它也翻卷着;河水平缓下来,它就平躺着。它多可怜啊,它的肠子都漏出来了,它的耳朵被撞豁了,它的一条腿被折断了一截,它的眼睛紧闭着,那紧闭的眼睛里有着多少惊恐和痛苦?它好像比我家养的那头猪要小,它是一头还没长大的猪,然而,它死了,现在,河里漂着一头曾经活着的猪。也许,养它的人家住在河边,那天下午,它在河边草滩上溜达吃草,慵懒地、幸福地咀嚼着一头憨厚的猪与世无争的青翠时光,但是,它不知道,在它从来没有去过也没有想过的上游的深山,刚刚下了猛烈暴雨,暴涨的河水快速地冲下来了,灾难和噩梦,卷走了这个憨厚到连一个简单的梦都不会做的善良生命……

几十年过去了,现在回想,那个涨水的日子,那个夜晚,在故乡的漾河岸上,至少有两个人没有睡好觉:一个是李保元表哥,他牵挂着与那个算盘有关的人们的安危;一个是八岁的我,我同情着一头猪的命运和它的不幸遭遇。

那天,漾河涨水的日子,心智懵懂的我,以及我那读中学的善良的保元哥,似乎都从暴涨的河水里,从奔腾的命运里,看见了我们看不透也不能把握的命运的暴力和无常,以及所有生命都会有的悲苦、受难和死亡。

那天,漾河涨水,我小小的心里泛起了对生命的最初同情,几十年里,这同情的波澜始终没有落潮,而是越来越深……

河流的忧伤

河边，那棵幸存的大柳树还在等我，老根紧紧抓着记忆里残剩的水土，颤巍巍支撑着对我的眺望。

我坐过的那块形态高古、如佛似仙的大青石不见了，也许被商人强行拉走、高价出卖，点缀在富翁权贵的别墅豪宅，它该如何忍受纸醉金迷的腐蚀？它该怎样忍受没有波浪和水声、没有倒影和深度、没有灵性、不再被日月的目光凝视的乏味生活？我无法体会沉默的石头与生俱来的孤独和忧伤。

堤岸隐蔽处，那个蛇洞已经坍塌、毁弃，我曾与它神秘的主人交换过惊悸的眼神，它是花白色的，精灵一样的身段，闪电一样的眼神，它令我想起白娘子和许仙的哀婉故事。想不到，这么多年过去了，它仍是单身，孤独地挣扎在这个被机械和化学一网打尽的恐怖世界上，东躲西藏，艰难求生，惨淡经营着奄奄一息的命运。在秋天，那一闪而过的尾巴，是我看见的最后一点古老神话世界的残余线索。

昔年可爱的白净沙滩，竟然彻底消失了，童年的白沙已经无迹可寻，我看见的是沿岸散发着恶臭、苍蝇和老鼠招摇出没的四处绵延的垃圾！这小小河湾也集中了这毫无诗意的消费时代的一切丑陋特征：掠夺万物而不对万物负责，消费自然而把自然变成废墟，直到连一棵树、一座山、一块熔岩、一眼泉、一条溪、一个美好得如唐诗一样的幽静河湾也不放过，也要把它消费成不可收拾的垃圾，直到把我们的生命过程也消费成无益而有害的垃圾！一阵彻骨的荒凉掠过我的心尖。生命中最好的部分，当是大自然的诗性与人的内在灵性交融而成的那种纯粹浑然的美好意境，这样的意境丢失了，我怎能不心痛？朋友，你难道不心痛？

我难以平息白净沙滩被毁掉带给我的伤怀和痛心，我只好面对那残剩的被垃圾废水污染的可怜沙粒们，艰难地展开似乎丰富而实则勉强的联想，借此补救我荒凉破败的心情：也许，昔年的白沙，有的被浇铸进高楼大厦，有的被修筑成监狱的围墙；也许，有一小部分被激流带到更远的大海，它或许正躺在太平洋的某个海滩，默默怀念它纯真、平淡的陆地生活，而其中的更小一部分，被一位看海的少女带到岸上的某条小路，从此，它将永远被岁月踩踏，有时就溅起细小尘埃，盘旋在异国上空。

当我从冥想中抬起头，放眼打量我那么热爱而如今令我如此心疼的亲爱的小河：坍塌断裂的岸上，树木稀疏光秃，地上布满新旧不一、留有刀印斧痕的树桩，有几个还残留着树的汁液，那是它含恨诀别的眼泪。再看，脚下的水位比往年更低了，就如同我日渐落潮的激情。而在不远处，淘金船如号叫的水怪，这没有灵魂的东西充满了疯狂拜金的冲动，它的机械装置恰到好处地模仿着时代贪婪的兽性，正在加快速度恶狠狠地、不舍昼夜地大口大口吞噬，直到彻底掏空河流的内心……

河边的劳动者

河水清澈碧蓝。碧蓝里，三五片白云，轻轻飘过。云巾擦拭过的碧蓝，一碧见底，水底鱼儿，如天上掉下的幼婴，由河流认养。

岸上，那些劳动者的身影，一一被河水收藏。

那挖地的老伯，他弯着腰，一镢头一镢头挖着泥土，河水里的他，也弯着腰，一镢头一镢头挖着河水，挖着水底的天空，挖着天空里的天空，挖着天空里的白云，挖着白云后面的苍穹。一个从没有走出过村庄的老农，他不知道，此时，他在深深的天空里走出去多远，有无限和永恒那么远！此刻，一个老农，他在挖掘着神的行踪。

那挑着粪桶的小伙，他叉着腿，小心地平衡着身子，不让粪桶里的粪水溅出去，他一闪一闪地走着，一闪一闪的两只粪桶，轻漾着欢喜的波纹；河底的天空里，一闪一闪地走着一个小伙，一闪一闪地晃漾着两只粪桶。那小伙挑着粪桶，一闪一闪地晃进天空里更远的天空去了。我有足够的理由相信：从没有被人世的粪水浇灌过的天空，此时总算被粪水浇灌了，终于有了农业的气息，有了庄稼地的气息，多少年都没有耕种和浇灌过的天空，总算被一个小伙浇灌了，天上，今年有望获得第一个好收成，一直靠人间供养的天上的神，今年可以自种自收自养了。

那放牛的人，他跟在一群牛后面，在草滩慢慢移动，也一点点向水里的天空移动。牛们啃着青草，也啃着水底的天空，啃着天空上鲜嫩的白云。忽然，一条牛尾巴卷起来，就把一部分天空卷成有趣的弧度，卷成与农业和畜牧业无关的弧度，多多少少带着些诗意倾向的弧度，美学的弧度。那位放牛的人，举起无所事事的鞭子，叭叭，朝空中打了几个响鞭，牛略微震惊，河水略微震惊，但都很快平静下来，牛继续埋头啃食天上的青草和天上的白云，这时候的天空，已变成一个奢侈的牧场，无边的绿茵茵的天国的牧场，此时，仅有一个牧人，仅有十几头牛，慵懒地闲逛着……

五泉山的来历

我和几个小伙伴，刚上小学，却动了个大胆念头，要探索这绕村的溪流到底是从哪里流过来的。

我们沿溪行走，一直走到后山湾，溪流在山涧渐渐变瘦，拐一个弯，有水声叮叮响，我们闻声寻去，就看见斜坡上，一片湿润花草中间，有一眼泉，在不停吐着水波，好像地下藏着一个人，一口一口地往外吐水；再拐几个弯，半崖上，草丛里，又出现一眼泉，我们发现了五个这样的泉。我们感到奇怪，这些看不见的人，他们喝了多少年，喝了多少水，他们什么时候才能把以前喝下去的水吐完呢？当然我们心里又害怕他们把水吐完，吐完了，溪流就没了。

我们完成了对土地的第一次探险，沿溪流返回村子，回到家，告诉大人，我们知道溪流是从哪里来的。

我母亲说：你们去的那个地方，就叫五泉山哩。

父亲还给我们讲了一个故事：很久很久以前，天下遭了大旱，多半年没下雨，河干了，井干了，树死了，庄稼死了，鸡鸭死了，狗死了，村庄的人们眼看都要渴死饿死了。这时，村里站出五个兄弟，据说是神仙的后人，对天发誓：救天下，是天职，不然，上愧天神，下愧生灵，枉来人世。活着，没脸面做人，死了，没资格做鬼！

发完誓，五兄弟就各朝着五个方向走了，他们要到远方，到天边，一人找到一条河流，把那里的水，引到遭大旱的地方。

在几万里之外，五兄弟一人找到了一条河流，他们跪在河面前大哭，感激地母苍天。

可是这么远的水，如何能引过来呢？

地母被他们感动，就在他们返回的路上，为五兄弟裂了五个地缝，走一步，前面就裂开一截；再走一步，又裂开一截。他们顺着地缝各领着一股河水向出发的方向走。

五兄弟在地下五个地缝里，领着水走啊走啊，沿途的旱地被地缝里渗漫的水浸湿，就长出五颜六色的花草树木庄稼，生灵和百姓都沾了福气。他们经过的地方，就叫作五仙坝、五道岭、五虹山、五子崖、五丈原、五郎坪、五娃滩、五善口、五孝湾、五福沟……这些地名，有许多现在还被人叫着，在地图上也能找着。

在几万里的地缝里不停走着，五兄弟又累又憋，险些累死憋死，如果倒下，水就会停下来，于是他们嘴里含着水跑啊跑啊，跟在身后的水也不停地跟着他们跑。

当他们憋着最后一口气，快到家乡，就要钻出地面的时候，忽然记起河神的告诫：如果他们走出地面，说明他们对河神不敬，河水就会立即照原路倒淌回去，他们的功夫就白费了，他们的故乡和他们沿途走过的万里之地，就要遭灭绝之灾。

在离地面很近的地方，五兄弟很想钻出来看最后一眼，但他们怕身后地缝合拢，流水倒淌回去，就各自从地缝里喷出口中的水，五口水在半空中汇聚在一起，那是他们最后一次的拥抱和话别。这时，天上响起一阵雷声，大雨从空中倾泻而下，久旱的土地终于盼来上天降落的甘霖。

然后，五兄弟平静地躺在各自的地缝里，变成五条龙，龙尾连着万里之外的五条河流，龙头朝着故乡的土地，不停地吐着清亮的水。

父亲说，这就是五泉山的来历。

嫩江

江称为嫩，实不多见。如同把小孩称为“嫩人儿”“嫩娃”“嫩女”，这“嫩江”，饱含了人们对一条江多少欣赏、疼爱、怜惜的感情呢。

许多年前翻看地理书，读到嫩江这个江名，眼睛就突然被抓住，停在这两个字上，好长时间眼都没眨，真想看看它有多嫩。真新奇，它是刚刚出现的江吗？是从大地的怀里刚刚分娩出来的幼小的江？心里就有点润，也嫩嫩的。书合住了，那种“嫩”的感觉在心里藏着，记忆里就有了一个神秘的水系。

以后每次看地图，看到中国的东北部，目光就情不自禁找那名叫“嫩”的江，找到了，它还在那里蜿蜒着，生长着，它还叫“嫩”，它怎么不嫩呢？人的一生，几十年就老了，而大自然不会老，江河不会老，过几百几千年，那条江还叫嫩江。我有时就想：住在嫩江边的人，也许比别处的人更多一些感受，比如一个小孩变成了老人，而那个比他先到世上来的江还是嫩江，他会不会生出“人生易老江难老”的感慨呢?

2004年夏天,我终于见到了嫩江。它原来是很宽阔很有气象的一条江呢,心里就说,它不小,不是小孩,是大人啊。但是,我在江边行走、眺望了好长时间,最后不得不承认,它就是嫩江,它只能叫嫩江,这条江真好,这个江名真好。

嫩江,在我看来至少有三嫩。

水嫩。嫩江发源于大兴安岭,在森林的怀抱里度过了最初的时光,然后成长、蜿蜒于宽广的松辽平原,一路都有善良的植被、英俊的白杨、华美的绸缎般的大豆高粱的守护,很少受到污染。一到冬天,洁白的冰雪如期而至,即使嫩江稍稍有点浮躁,稍稍被现代的风尘感染,这一年一度大规模的冰镇和净化,这来自天意的严肃的家教和纯正的启蒙,又使它找到了赤子的情怀,回归了清澈的天性,恢复了那天然的嫩。我来时正值盛夏,嫩江水面开阔,有浩渺之感,但一眼望去,江水却是嫩嫩的绿和蓝,一尘不染,宛如没有人生经历的儿童。其实它已见过了高山广野的大世面,只不过童心未泯,童身仍洁,童音犹亮。

草嫩。我没有想到东北的草是这么茂盛,这么好,我更没想到嫩江的草是这样的多汁,这样的嫩。以前我以为盛产冰雪之地不会是芬芳之野、妩媚之乡。在嫩江,我见识了草可以生长得这样浩荡无涯,而又摇曳多情。齐齐哈尔丹顶鹤自然保护区,面积达数万平方公里,就绵延在嫩江流域的水湾泽畔。放眼望去,那些我叫不出名字的草,凭着自己的性情在广袤的湿地铺开去,形成草浪、草海,拍打着明亮的天空,到夜晚,密集的星星在草浪里起伏,我甚至怀疑那是闪光的草籽;而奔流的银河则像是一条满荡荡的牛奶河,是多少憨厚的牛把这美好的草提炼成横贯天宇的奶的长河?当我站在深及肩胛的草海边,看着高贵的丹顶鹤从我的身边起飞,一直飞到草海深处,化成远望里的一片片彩云,我在心里说:只有这嫩江、这好水、这美草,才能养育这天鹤,才能留住这仙鸟。

云嫩。我要说,最白的云,我在西藏看到了;最嫩的云,我在嫩江看到了。白云,未必都是嫩云,西藏的云很白,很圣洁,但是,它是古老的,因为白云的下面就站着或坐着一架架古老的雪山,白云,是那古老白雪的新版,而那版式那色泽,则来自远古的第一场雪。嫩江的云,却是真正的嫩云,小孩子云。一碧万顷的天上,忽然就出来几朵,飘一会儿,好像累了,就停下来歇歇,这一飘一停,就让那躲在不远处的水汽们发现了云的自在飘逸,于是它们就都变成云了,那么白净的孩子,白净的花朵,白净的心,就一群群嬉闹追逐在天上了。抬起头,你一眼就能发现,这些云很嫩,是可爱的天上的儿童。你怎么知道它们很嫩呢?你看,它们是湿漉漉的,它们并不高高地飘浮在天顶,而是亲昵地嬉戏在嫩江的低空,它们刚刚从水里脱颖而出,变为云,等会儿,它们还会变回去的,在较高处看了一眼水的样子,然后又变成水,并向那些没来得及变成云的水们诉说自己在天上飘游的见闻和心情,还要对那些奔流的水们说:做水真好,水可以奔流;做云真好,云可以飘游。云水云水,水云水云,水是云变的,云是水做的。只要是水,都可以变成云;只要是云,都可以变成水。水边的云,都是嫩的,来不及老,就又变成水了,而别的水,又变成了云。这么说来,嫩江的云,天生都是嫩的,嫩的云,天上没有档案的嫩孩子,把这天空也擦拭得嫩嫩的、蓝蓝的,像没有一点邪念的神。

我在齐齐哈尔待了两天,在嫩江边住了一夜,离开时,没有购买市场上的任何商品。生活在嫩江边的好朋友赵秀华说,你总得带一件东西留个纪念吧。我说:这里的月光我带不走,也不必带,我那里也有上古的月光;这里的白云我带不走,虽说云就在身边,就在江边那棵白杨树的枝丫上,伸出的手会把云碰破,也会把云弄脏,难说啊,即使我的手洗了又洗,但是,现代的手里,有几根手指是干净的、纯真的?所以我只能静静地看,却不带走半片白云。

赵秀华还是说:你总得带走一点什么留个纪念吧。

我就在江边双膝着地,俯下身子,喝了几口嫩江水。

我说:好了,一条江就蜿蜒在我的身体里了。当我老了,我的记忆里,还生长着一条嫩江……

河边野菊花

昨夜通宵大雨。在距离故乡不远的旅馆里，我睡不踏实，老是担心河里涨水。

倒不是担心别的，比如过河办事之类，河里涨水，过桥就行了，谁还担心河水阻隔？现在有的是桥。钢筋水泥一搅拌，两折腾，桥就架起来了。此岸彼岸是过去的说法，现在早没了彼岸，我们把所有的岸都合并了，我们都在此岸，在此滩，或此摊，或此店。

我担心的是河湾那片盛开的野菊花，它们过不了桥，桥与它们无关，即使连接天堂的桥，通往净土的桥，它们也不需要。它们出现的地方，就是它们的天堂和净土。它们哪也不去，相反，倒是我从老远赶来这里，看见它们，才知道它们的好，它们带给河湾的那份好，带给我的那份好。

昨天下午，我沿河散步，走到小时候捉迷藏、采野菜、看彩虹的那片河湾，当年的柳林、竹林、草地、芦苇荡不见了，到处是挖沙淘金者留下的许多可疑陷阱，河滩显得荒瘠，景物稀疏寒碜，全不似当年。心里很是惆怅。人感到“山河不可复识”的时候,就会觉得构成生命的一部分珍贵记忆也变得模糊和不存在了,有一种被掏空的感觉。

就在伤怀之际,我的前面忽然一亮,一片金色绸缎在起伏闪光。我以为是金黄色的塑料袋或闪光的建筑废弃物,这样的现代光芒既不能慰藉眼睛,更是要加剧心里的荒凉的。但是我没有贸然掉头而去,因为此时,我想救济一下我的眼睛,抚慰一下我的心灵,我想找到一点我想要的东西招待一下自己。毕竟是故乡嘛,故乡总会保存一些好东西的吧。

于是,我走向那一溜窄长沙洲,那一片金色光芒。

果然,是一片野菊花正在盛开,河风暖阳里,它们举着金质小酒杯,碰杯欢饮,好像在庆贺自己的生日和大家的生日,我甚至听见了它们的酒令和祝酒词:呵呵,干杯,干杯,不是都见到了吗?不容易见一面,终于见到了,眼睛一睁,就看见我们自己,我们每一朵全都是自己的自己,又都是大家的自己。来,干杯吧,我们是此刻的自己,也是以前的自己,一千年或三千年前的自己。干杯吧,碰一下、碰三下吧,干杯——它们正说着,碰着杯,一阵稍大的河风吹过来,它们全都把身子、把手中的杯子碰在一起了,呼呼的风声里,杯子响成一片,它们笑成一片。沙洲上,涌动着金色漩涡。

只见旁边的河水里,晃漾着一片迷狂的金色碎光;河湾里的风,正均匀地传递糅合着热烈与羞涩的古老清香。

我被故乡保存的这不多的一点古典的盛景陶醉了。

一片逼仄沙洲上盛开的野菊花，点燃了我童年的记忆。

在逼仄的沙洲，在危险的河道，在商业应用文和现代粗暴语法里，它们像一首纯诗，向不知诗为何物的现代荒滩，固执地出示古典的意境，它们摇响的天真铜铃，召唤着饱受伤害而显得闷闷不乐的河流的灵性。

我分享了它们天真的快乐，接受了它们的祝酒，我俯下身来，将我难免有些粗俗和饥渴的嘴唇，递给其中的一个酒杯，我饮了一口，我看见，有几只蜜蜂也在酣饮。

接着，我静静地坐下来，坐在它们面前——坐在这首不期而遇的古诗面前。

它们，不知道它们置身于何等的险境。不断扩大的荒滩，逼仄的、随时可以倾覆的沙洲。一首纯诗，出示于危险的地理环境和粗暴的语境。

在一小片临时逗留之地，它们经营着永恒的梦乡。

怀着对它们的怜爱和担心，我离开了它们，从一首诗，我返回到生存的应用文和商业的街道。

当晚，雨下得很大，我失眠了。

一定涨水了，据天气预报说，上游的雨更大，上游的水流下来，河，可能已经暴涨了。

那么，河湾里那片野菊花呢？

天亮了，我听见河水咆哮的声音远远传来，很猛，很剧烈，声音里似乎夹着水波和水雾，耳朵里好像也汹涌着一条暴涨的河。

我终究没有去河边。有两次，我已朝着河湾走了一阵，但我都将自己强行拽回，转过身，立定，向野菊花的方向，默默鞠了一躬。

我不愿去看。那河湾肯定已被洪水淹没，那逼仄的沙洲已经倾覆，被激流卷走。

昨天，我邂逅的那生日盛宴，那首古诗……

我这样安慰我自己：毕竟，那首诗出现了，并且，我看见了那首诗。

在乏味的商业应用文和粗暴的语法之外，在现代的荒滩，我毕竟看见了一首诗……

小河绕来绕去
终于找到我的小村

小河清且浅兮，一路小跑着，一路都在打听，那个村子呢？那些姑娘们呢？那些母亲们呢？那些孩儿们呢？小河绕来绕去、问来问去找我们村子。它终于找到了我们村子，它一眼就喜欢上了我们村子，它不愿意再像上游那样冒冒失失走直路奔跑了。一会儿就走出这么美丽、清新的小村，那多么可惜？它想留在我们村子，想最好能在我们村子住下来。但是，它怎么可能住下来呢？小河有些急了，这么美丽、清新、安静的小村，它却不能留下来住下来，它怎么舍得离开呢？小河皱起了眉头，它想与小村多待些时辰，它在默默地想办法。它在村前的庙儿嘴河湾，缓缓走着，缓缓转着弯儿，它皱着眉头沉思了好一会儿，它终于想到了一个好办法：既然住不下来，那我就走慢些，再走慢些，那就绕着村子多绕几个弯儿，绕着小村唱山歌水谣儿；绕着姑娘们洗白她们的手指，打湿她们的发辫儿；绕着调皮的孩儿们，让小鲤鱼撞他们的光屁股儿，让黄辣丁啄它们不懂事的脚丫子；绕着母亲们，让她们一边洗衣，一边说些云淡水远的家常话儿；绕着那清秀的明月和清朗的月宫，把那离乡多年的嫦娥姐姐劝上岸，领着她回小村里落户，我就陪着她在小村多待些时辰……

就这样，小河绕着我的小村，把一卷风情画描摹了数百年，让一部田园诗流传了几千里。

月夜，小河边的桂芳嫂子

新婚的桂芳嫂子，她对闺蜜说了许多知心话，她说她不愿在世俗生活的池塘里搁浅和就范，她说她要永远保持她青春的浪漫，她说她是读过名著、读过诗词、读过李清照、读过《简·爱》、读过舒婷、读过《白朗宁夫人十四行诗集》的，说她是暗恋过文学并且做过写作梦的，她说她不能轻易背叛了自己的初衷而向世俗生活完全俯首就擒彻底投诚的！她说她的心里有着文学和诗歌给她的底色，她说一个褪尽底色的人就成了自己心灵的外人，她说她绝不做自己心灵的外人。新婚不久，她执意要为新郎洗衣，她说一定要在月夜里的小河边，她说她就爱在月夜里走路，就爱在月夜的小河边洗衣，她说在月夜的河边她就记起了张若虚的诗，她说月夜的河水里流淌着世世代代洗衣姑娘们的笑声和棒槌声。

当她举起柳木棒槌，一下一下捶着洗衣石上新郎的衣服，捶着还有些羞涩的心情。梆——梆——梆，河湾里响彻一串清越的回声，忽然，桂芳嫂子看见，月亮应声悄悄走出水面了，一会儿就游到桂芳嫂子面前。桂芳嫂子看见，那嫦娥，在水里羡慕地看着她，好像很想上岸，只差一步她就上岸了，可差了这一步，那仙女就是上不了岸。桂芳嫂子就把棒槌递过去，要拉嫦娥姑娘上岸。却不小心一下子碰碎了月亮，满河都是天上的碎片，都是破碎的月宫的琉璃瓦片。这时，桂芳嫂子才猛然一下子清醒过来，觉得对不起月亮，对不起嫦娥，只怪自己不小心，就把水里的月宫碰成了碎片，把嫦娥姑娘的回乡梦碰成了碎片。

今夜，在吾乡，在河边，在月下，新婚的桂芳嫂子，我那浪漫的乡间嫂子，她用一根温存的柳木棒槌，试图连接起天上人间，她要把溺水的月亮扶上岸，要把出走多年的嫦娥领回家……

鱼

鱼并不羡慕我们在岸上的生活，虽然我们自我感觉很好，乃至很豪华。它们不仅不羡慕，也许还十分同情我们：那些在水的外面晃来晃去的两条腿的家伙，怕是快成可怜的干鱼了吧？

从古至今，没有一条鱼主动投奔我们，它们坚定地拒绝上岸。被我们强行拽上岸的，都死不瞑目。

我们在岸上，忙着织网，织网，依旧织网。然后，我们网鱼，同时认真用细密的网，牢牢套住自己。水里有漏网的鱼，世上没有漏网的人。

我们一直用刀子剖鱼，我情愿把这个动作理解为：我们试图寻找和研究鱼的心灵。但是很遗憾，我们总是忽略、也或者是真的找不到鱼的心灵，而只挖出了鱼的苦胆。那么苦，接近于苦不堪言。由此我猜想，苦汁浸泡的鱼的心里，怕也是很苦吧。

星光下的河流，是超现实的梦幻河流，此岸和彼岸，尘世与天上，已失去界限，而纯然是一个由幻象组成的天国。鱼在小河里游泳，同时也在天河里游泳，它们在迷狂的幻觉里，穿越时空，抵达无穷光年之外的宇宙。但是，我们这些现实主义的、过于现实主义的人，只看见现实的美味的鱼，而并不知道，鱼，与所有灵性的生命一样，其实是神游于宇宙沧海里的一种超现实的生命幻象。

该有怎样的对于美的信仰和对于美学的精深研究，才有如此唯美精致的艺术创造？这精雕细刻的玉的艺术，这镂金错彩的水的杰作，这银箔的极品，这波涛的韵律，这冰雪的雅集，这严格用对偶和排比的修辞手法精心推敲而成的隽永古诗。哦，水底一定有着无数的秘密艺术作坊，一定巡游着许多唯美的眼睛和匠心，在构思和运作着这庞大的水上行为艺术。然而，造物的严谨构思和唯美艺术，却被我们一次次粗暴劫掠，我们连看都不多看一眼，就立即将其刮掉、扔弃。看着那遍地疼痛的鳞片，我心疼，我惭愧，除此之外，却似乎无话可说。

世上没有一条不好看的鱼，真的，你看，它们多么标致啊。

小河：民间乐手

20 世纪 80 年代中期，我在县文化馆工作，被抽调到一个乡里扶贫，为期一年。乡在秦岭深山，名叫大铁坝乡，却既无铁矿，也无大坝，是山的胳肢窝里夹着的一处平缓之地。天天翻山越岭走访农户，回来就住在乡政府。

一条小河——若是叫溪，就委屈人家了，它比溪有排场，不涨水时也有两米宽；叫涧，不大像，涧深藏不露，这里却坦荡，是明水。就叫小河吧。小河从乡政府大门外路过，下大雨涨水时，有急切冲进政府院子的意思，像要上访，要找王副乡长说事情。王副乡长与我年纪相近，二十多岁，是个软心肠的好人。

我那时天天写诗，却少满意之作，看见小河激情满怀，出口成章，十分羡慕，自愧不如。于是常常蹲在小河面前，掬一捧清亮亮的水，看好久，不忍心漏掉，这么好的诗句咋都漏掉了？有时谦恭地赤脚下到水里，试探它情思的深浅和灵感的来由，那份虚心求教的诚恳，就像面对了李白。

说小河是诗人，是，但贬低人家了，小河不只是个才情敏捷的诗人，还是演说家、说书人、梦游者、歌手、音乐家、演奏家。小河绕山而行，自拉自唱，自娱自乐，是个造诣深厚的民间乐手，会各种乐器，二胡、笛子、箫、口琴、琵琶，等等。二胡拉得最地道，夜深人静时，能把人拉出眼泪来；潜行于灌木丛时，就吹箫，偶尔走调了，可能树叶伸手捂住了某个箫孔，调子走得凄切，听来更让人动情，心里深藏的某个角落被这声音电击了一下，亮了，有点发颤；经过乱石横卧之处，就弹琵琶，嘈嘈切切错杂弹，大珠小珠落玉盘——显然，白居易先生是听见过的，随手就写成琵琶女的演奏功夫了；转一个山坳，从高处往低处走，下面是深潭，它是要跳下去的，它边跳边弹，为壮胆，也为了不冷场，但是，弦断了，一时接不上，它就即兴打起快板来了：哗啦响，哗啦响，哗啦哗啦哗啦响；哗啦响，响哗啦，哗啦哗啦响哗啦……我记起来了，它是在表演一个根据民间情歌改编的快板书，那情歌我是在该乡的一个老农那里听到的，你听，它正在说唱：

（敲竹板）

哗啦响，哗啦响，

哗啦哗啦哗啦响；

哗啦响，响哗啦，

哗啦哗啦响哗啦……

（说民谣）

一面扇子二面红，
一面狮子一面龙。
狮子上山龙下海，
不知何年才相逢。
小妹长得白又白，
情哥长得黑又黑，
黑字写在白纸上，
你看合色不合色？
手中无米莫唤鸡，
圈中无牛莫扛犁，
光棍莫去街头望，
来来往往人家妻。
蓑衣虽烂不烂棕，
弓弦虽断不断弓，
铜盆碎了斤两在，
我爱郎穷志不穷。
天上落雨又打雷，
一日望郎多少回，
山山岭岭望成路，
路边石头望成灰。

兔子在河边洗脸

它洗得那么专注、那么仔细。

洗了嘴唇、嘴角，又洗眼角、眼窝，左脸洗了，右脸洗了，它有酒窝吗？可能左右脸各有一个酒窝，那是盛取春的醉意的，它反复擦拭这心爱的酒杯；忘不了做一会儿美容按摩，印堂穴、人中穴，都一一按摩过了；哦，这胡子，这美髯，这成熟之美的标志，这飘逸之美的表征，这是最被爱人称道的，小鸟儿也多次夸奖过，得好好梳洗整理一下，让它像刚刚在溪水和白云的美容院里修饰过的；用草叶上的露水和口中的琼浆，合成"自然牌"护肤玉液，细细敷摩，细细呵护青春的容颜。

哦，鼻尖，怎么忘了鼻尖？昨天，或是前天吧，回家的路上，被石头碰伤了左鼻，还有点疼，敷点镇痛露，再轻轻揉几下，活血化瘀，好在没留下伤疤，不影响容貌。

它洗得那么专心、那么仔细。

想必有一个重要的约会，是见朋友？是见爱人？不，是爱人之外新结识的患难知己，别误会，不是见异思迁，不是另觅新欢，我们种族没有寻花问柳、多吃多占的习惯。那天黄昏，在一个杂木林子里邂逅了那一位，在遭遇危险的时刻，一起藏进一个石洞里，互相壮胆，互相取暖，逃过一劫并结下友谊。等会儿，就在溪水对面的松林里，与它见上一面，道声谢谢。洗吧，洗好脸，化好妆，丛林难逢开口笑，共患难，几曾见？能有这相遇的缘分，不知修行了多少万年呐。

它洗得那么专业、那么仔细。

也许，等会儿有一个兔子大会，举办关于“生存和死亡”的特别论坛，研讨如何面对越来越严峻的生存危机。眼下，可以藏身的林子越缩越小，可以果腹的食物越来越少，而陷阱、子弹、绳索、牢笼、明晃晃的屠刀越来越多。生存还是毁灭，这的确是一个问题，是一个无比严重的问题。它作为与会代表，要做一个重点发言，为种族的生死存亡提出思路和策略。一味逃跑不是个办法，我们无法逃出这个世界。然而，莫非，这个世界就是我们逃不出的地狱？为了准备大会发言，它苦苦思考了一夜，通宵没有合眼，眼圈发黑，眼袋也掉下了，面容一定很憔悴吧？它不能以这病怏怏的形象出现在发言席上，那会让大伙儿更悲观绝望，是的，它不能以遗嘱宣读者的形象出场，它要面容安详、神情自然地，说出兔子族群的宿命，道出兔子内心的悲伤，同时，表明我们对世界善良的情感和对众生的祈祷；即使我们命贱、命苦，但我们也绝不向利爪和屠刀下跪乞怜;即使饥饿难耐,我们也不伤害和拐卖别人家的孩子;即使死了,我们也不出卖自己善良干净的灵魂。它一边洗脸,整理着自己的仪表,一边打着发言的腹稿。它叮咛自己:等会儿,一定自自然然、堂堂正正出现在发言席上。

它洗得那么认真,那么仔细。

也许,我猜想得太多了。兔子的心思没那么复杂,兔子生活在另一个更古老、更单纯的世界,它们只是不幸遭遇了我们,它们纯真的生活,时时被我们伤害、惊吓、打乱、终止,但并没有被我们的贪婪、暴虐和邪恶,污染了它们作为素食者、清修者的纯真本性,它们是一群永远也长不大的自然的孩子,它们是上苍留在地上的赤子,它们仍生活在那个亘古不变的单纯世界,青草和露水的世界;它们的内心,用青草、露水、月光合成的透明、柔软的内心,亘古不变,一尘不染。它们享用着透明柔软的内心,享用着透明、柔软的心性产生的对这个世界的美好错觉和一厢情愿的对人类的信任。它们洗脸,它们整理仪表,只是保持了对这个世界一如既往的尊敬和礼貌,保持了公元前就谨守的宗教仪式,保持了它们羞涩的天性和自然之子的洁癖:每一个清早,每一个午后,它们都仔细洗脸,然后,清清爽爽与世界见面,干干净净与同伴见面。

它洗着,那么认真、那么仔细地洗着……

突然,一声枪响……

天上的纯棉

雨后，漾河上游的天空，于沉闷、懵懂中做了一阵深呼吸，眨了几次眼睛，思索再三，又眨了几次眼睛，想开了，痛快地伸了个懒腰，遂做出决定：晴吧。

于是，就晴了。

那个蓝啊，一蓝蓝到底，蓝到顶。可以想象：天，定然是在风雨中参透了什么玄机，悟到了宇宙的真理。天，觉悟了，天的心里，有了禅悦，有了无边的欣慰。

就那么心无纤尘地蓝了好一阵，天，感受了无上欢喜。

天，忽然记起了什么。天，要做事情。

晴，不仅仅为了好玩和欢喜，还要做事。

天做的再小的事，都是大事。

天决定把受潮的棉絮、待纺的棉花、换洗的棉被，都搬出来晒晒。

一时间，天上铺满了棉絮、棉花、棉被。又都不太拥挤和零乱，棉絮与棉絮之间，棉花与棉花之间，棉被与棉被之间，留着通道和缝隙，这一床那一床，这一款那一款，这一件那一件，互相都不挡阳光，里外都要晒个通透。

啊，数不清的棉絮、棉花、棉被。被我们世世代代用过的、用旧的那些纯棉，此刻，全都晾晒在天上。

这时，我看见，在那一朵朵棉花、一床床棉被之间的通道里，走过一个人影，头上戴着灰白头巾，步履有些趔趄，啊，越看越像，那是我外婆。还是当年的样子，走过晾晒被单的院场，她伸手将这床棉被翻一下，又将那一团棉絮扯展，抖了抖灰尘，一转身，就走到门外的无边棉田里，越走越远，小小的身影越来越淡，越来越淡，终于，看不见了。

哦，我看见了外婆。她在天上，她在为我们晾晒棉花和被单。

世世代代的外婆，仍在天上，为我们种植棉花，缝洗白云，晾晒被单。

一转身，外婆不见了。

深蓝后面还有深蓝，白云后面还有白云，纯棉后面还有纯棉。

外婆后面还有外婆。

这时，我看见满天的纯棉。

无限的纯棉后面，藏着世世代代的外婆。

听河流讲授孟子的美学和精神现象学

河边草滩，浅草如染，沿河岸蜿蜒成一条绿飘带。河水哗哗，时而溅起白的浪花，氤氲着淡青色雾气，绿飘带却静静铺展，一动不动。

动与静，白与绿，有与无，充实与空灵，激荡与沉稳，流逝与怀想——历经沧桑却质朴真挚的小河，在此讲授着动人的自然美学。

来吧，已开讲好久了。

飞鸟、游鱼、石头、两岸青山、草木、庄稼，和偶尔路过的行人，都是听课的学生，接受审美启蒙和熏陶。

我放慢赶路的脚步，看，听，很快被感染。

如今这个唯利是图的商业世界，哪里还有这样唯美、生动、鲜活的美学场景呢？哪里还有这免费的美育课堂呢？

我真的想不起来。

小学没有美学课，中学没有美学课，大学没有美学课。有的，只是面向考分的应试教育,面向市场的战术教育。课目设置似乎很多,其实所有课目,没有一样与心灵、美感和美德有关,所有课目都一律指向唯利是图的市场,一律只传授这个丛林世界的弱肉强食残酷法则和优胜劣汰竞争哲学:物竞天择,适者生存;升官发财,多吃多占——唯此为大,唯此为尊,唯此为赢,唯此为荣。

我女儿大学都快毕业了,她说,她从来没有听过一堂美学课和心灵课。学校的无数间教室,无数个讲台,并没有美学的席位,似乎也找不到心灵的座位。

我对女儿说:为什么不去山野河边走一走呢? 那里常年开着美学课。

女儿说:没时间去,去了,也听不懂。

其实如今的教学,如今的课目,一言以蔽之:这样学那样学,最后都归结为经济学,主题是自我利益最大化;这样课那样课,其实都成了市场课,主题是把自己高价卖出去。

美学隐退,美的光芒黯然失色,美的心灵和德行渐成稀罕之物,世界笼罩在经济学和市场学的灰色天幕下。万物和人心,都被经济学算计着;万物和人心,也算计着经济学。

然而,此刻,我无意中走进了一个露天的美学课堂。

我坐下来,安静地倾听。此时,我是大自然的学生,我是河流的学生,我是美学的旁听生、进修生。

我安静地听、看。

河水说:"充实之谓美,美而有光辉之谓大,大而化之之谓圣,圣而不可知之之谓神。”(《孟子·尽心下》)。

河风翻译:使那些美好的品德充满他全身便是美;不但充满而且闪耀出光辉,便是大;大而又能感化万物便是圣;圣而达到出神入化不可测度的高深境界,便是神。

河水在讲述孟子的美学和精神现象学?

这是可能的。这条古老的河边,曾走过沉思的古圣先哲,波光里,收藏着那渐去渐远的圣哲背影。

怕我听不懂,河水静下来,显现了更多的情节——

情节一:静下来的河水,隐约着青山的倒影,恍惚间,我看见酷爱登高的李白,正攀缘在半山上,山影里,有一丛墨蓝树影动了一下,我估计李白正从里面穿越,露水可能已打湿了那身唐朝的衣衫。

情节二:河心点缀着的白云,像一页页准备写情书而没来得及想好句子暂时空白着的纸页。一只飞鸟在高高的天上飞着,它翻阅那些纸页,不知有了什么心得,嘎嘎感叹了数声。它飞在高高的天上,而它的影子,却是在深深的水底飞着。它在天上飞得越高,影子就飞向更深的水底。

河水提问:你看见了吗?“充实之谓美”。

我回答:我看见了。我还要好好体会。

河水说:一种被高处的精神幻象引领着的心灵,当它越是抵达高处,就越是抵达内心的深处和幽微之处。一颗在宇宙里、在无限里飞升的心灵,当它回到自身,会发现心灵已被无限地扩大了和加深了。它所经历的深蓝的精神天空，最终化作心灵的最纯粹、最光辉的部分。这就是“美而有光辉之谓大”。

河水说：精神翅膀抵达的高度，决定着我们心灵的深度。

河水说：那在天上高高飞翔的鸟儿，正在结构着它自己的心灵图景，同时，也丰富了这个世界的心灵图景。美的事物不只在完成它自身，也在延续和强化着世界的审美意蕴。

这时，起了微风，河水如起皱的绸缎，被许多手抖搂着，揉搓着；风停了，洗好的蓝绸缎轻轻起伏着。要是有一双手将它挽起来，挂上天空，神的胸前，飘动长长的水蓝色领带，天蓝与水蓝互映，那多美呢？

然而，河水打断了我的想法。

河水说：天地有大美不言，水利万物而不争，水不喜欢被悬挂在高处。你看，远处山上，那被展览在高处的瀑布，它宁可粉身碎骨，也要投奔低处。哪怕是云端仅剩的那最后一滴雨，被挽留在无限豪华的云的宫殿，它却一个心思要出走，要下凡，只有落下地面，才是它情之所钟、心之所归啊。

河水说，水在低处，但是所有的水，都从高处而来，都从神的思绪里来，从大气层来，从虚空中来。来于高处，见识了高处的空寂与虚寒，才更爱这低处。在最低处，汇聚成最深的深海和浩波。正是最低处的海，养活着这个世界；正是最低处的泉，为冬天保存了暖意；正是最低处的石头，支撑了所有的神庙。这就是大而化之，水以它的柔弱之道、处世之道化育着沿途所遇的一切。

河水发问,又像是自言自语:知道吗?“大而化之之谓圣”。

我对此似有会心,我说:是的,正是最低处那洗衣的母亲和种地的父亲,养活着两岸的岁月和风情。他们在低处,他们也在化育。他们,是凡人,也是圣人啊。

这时,我才发现我追随河水的讲授,已来到了河的转弯处。显然,这堂美学课要在这里发生转折,进入下一个单元。

一座古桥出现在两山之间,是一座石拱桥,这是宋朝的造型,是宋词的意象。古代的匠人,我怀想着你,你以你的劳作和技艺,保存了数百年前那场阵雨之后的美丽天象,从这座石拱桥,我看见了苏东坡头顶的那弯虹影。

疾奔的河水来到桥下,立即放慢了脚步,放低了嗓子,想在长者的臂弯里多待一会儿,让他多搂抱一会儿,多讲几个故事,多说几个典故,多念几首诗词。

一条顽皮的小溪流,又说又笑跑进河里,河水本来就透着碧蓝,这小家伙一来,又注入一脉透明活泼的浅蓝。整个一条河都漾着笑意,仅仅为那碧蓝里的浅蓝,浅蓝里的湛蓝,湛蓝里的深蓝,深蓝里无限天空倾泻下来的天蓝,而微笑,而喜悦。

修禅的僧人,岸上伫立许久,与河流面对面静静看着,他拈花微笑,喃喃自语:这条河,漾着禅悦和法喜。

这里已是河湾,河面渐渐宽阔,有了浩瀚气象。河水已走出峡谷,历历往事,已化作远处青山。

水光映天,水波不兴,水声渐低,更低,以至于无声。静听,只有淙淙之音。

无边的天蓝融解于无限水蓝。淙淙,低语,低到近于无语无声。

淙淙,低语,是它们相遇相融时的语言。

哦,在山上,它滔滔过了;在林下,它哗哗过了;在幽壑,它潺潺过了;在可预见的入江口、入海口,它还将滔滔,还将浩浩,然后,它将汇入更大的声浪,在无穷沸腾的细节构筑的无边浩瀚里,在大海的修道院里,修身养性,羽化登仙,在无尽时光里,轮回它无尽的神秘长旅。

而此时,河水并不说话。这位美学大师无声地讲授着美学的最高境界:大美不言。

这是一种美学境界,同时也是一种心灵境界:

静水流深。

“圣而不可知之之谓神”。

水牛

坐在飞速狂奔的轮子上，我晕眩，我迷乱，我的心，常常惊恐而茫然。

我们的身上插满了天线，我们的心里镶满了芯片，我们的头顶挂满了时代的闹钟，电子在时时刻刻报时、催促：快、快、快啊，你落后了，你迟到了，你即将出局了。

生活的地址很快变成遗址，熟悉的事物很快变成遗物，刚刚牵手的恋人很快变成路人，刚刚认识的友人很快“查无此人”。

住过喜鹊的大树很快被连根砍掉，捉过迷藏的院落很快被定点拆除，我童年的月亮早已无家可归，我少年的燕子早已一去不返，我青年时漫步的杨柳长堤，早已永沉沙底。

写给命运的情书，还没来得及发出，就被命运快速删除；而我魂牵梦绕的故乡啊，我还没来得及看上最后一眼，就已被快速拆迁，成为子虚乌有之乡。

就这样，乘坐高速车轮，我们飞奔，我们狂奔，我们裸奔。

就这样，我们不停地远离，远离土地，远离故乡，远离记忆，我们不停地远离自己的心灵。

就这样，我们不停地删除，删除细节，删除过程，删除历史，删除诗意，最终我们把自己删成了空荡荡的邮箱。

孤零零挂在夜半的电线杆上。

就这样，我们没有了停靠的地方，没有了返回的原籍，没有了追忆的线索。

我们没有了自己身体的故居和心灵的故乡。

狂奔，狂奔，这就是我们的职业，我们的动作，我们生命的造型。

连我们的影子，也有了狂躁不安的灵魂，在白炽的灯光下，疯了似的践踏着别的影子。

连我们的鞋子，都长了趋炎附势的眼睛，它绝不愿意去访问一首无用的诗，权力和财神是它唯一的向导，它唯一的使命是追赶前面的位子和银子。

所有曾经蜿蜒在诗歌里的幽径，都被拉直，然后铺上水泥，刻上里程，变成通往功名利禄的捷径。

所有曾经供月光和初恋缓缓漫步的小桥，都被拆掉，然后架起铁桥，飞起铁轮，快速抵达效率、享乐和情色。

据说我到过很多地方，我怎么不知道呢？真的，其实我并没有真正到过那些地方。是呼啸的速度到过那地方，是狂奔的轮胎亲吻了那地方。而我，连那里的一片草叶、一颗露珠、一缕炊烟，都没有真正看见啊。

脚踩飞轮，竟日狂奔，我们到过的地方越多，我们知道的越少。即使到达南极北极，我们也不曾真正抵达一朵雪的苍凉灵魂；我们不曾真正抵达过一首诗，更不曾真正抵达我们自己的内心。

在疯狂的路上，我们放逐了自己的心灵。我们成了心灵的路人。

在疯狂的路上，我水土不服，不，疯狂的路上没有养生的水土，只有乱性的噪音，只有烦心的烟尘。

在疯狂的路上，我迷乱，我眩晕，我呕吐，我想下车。

我想找一个医生，给我开个方子，让我慢下来，静下来。

可是，医生也成了疯狂的医生，他被狂奔的车轮挟裹，他被飞扬的烟尘感染，他也患上了时代的狂躁症。

一个身患大病的病人，怎么可以为病人治病？

…………

然而，终于，缘分和机会来了。

那天，我坐车来到深山，在一条杨柳垂岸的小河边，我看见了我要找的医生。

河里的水缓缓流着，起伏着古时候的那种绿绸子。

河湾，摇曳着《诗经》时代的那些野花野草，车前子（芣苢）、狗尾巴草、蒿草、艾、野菊花、灯盏花、柴胡、菖蒲…….它们还捧着公元前的露珠，安静地、谦卑地按照古老的美学思想，经营着大地上的古老艺术。

而在河湾的那片柳林附近，我看见了我的医生，他朝我哞了一声，然后低下头，不慌不忙地在水边走着。

西面，穿山而来的高速列车一边尖叫，一边撞向落日。

南面，飞驰而来的极速汽车一边狂奔，一边撕碎白云。

东面，穿梭的采矿车满载盘古的骨头，正在掏空大地的内心。

我被夹在速度与速度、轮胎与轮胎之间，我慌乱，我迷惑，我不知何去何从，我惶惶不可终日。

我想下车。我要下车。

此时，我看见了他。

他从远古一路走来。

他眼里的草木、流水，还是远古的草木、流水。

他眼里的夕阳，还是远古的那个夕阳。

他眼里的人，还是远古那些人，只不过换了身衣裳，只不过骑在轮子上狂奔起来了。

所以，他认为，世界没变，天不变道亦不变，因此，他缓慢的步履、缓慢的呼吸、缓慢的性情亦不变。

他并不与狂躁的现代做激烈的摩擦和争吵，他只是保持他古老的性情，轻轻转过身去，与狂奔的车轮保持相反的方向，他就回到了那天长地久的慢。

他说，其实并不存在什么现代，并不需要什么高速，慢，才是大地的性情，才是河流的性情，才是青山的性情，才是一棵狗尾巴草的性情，才是宇宙的性情，才是落日的性情。你看落日缓缓地落了多长时间才落下去，它落下去，只是为了让你们看看月亮的性情，月亮的性情也是慢，它慢慢地把每一片草叶、每一块石头、每一个露珠都仔细镀上一层透明。

他哞了一声，望了望我，就回过头，返回他天长地久的慢了。

哦，在疯狂的世界上，毕竟，还有一些事物，保持着可敬的古典性情和风度，让我们狂躁的心静下来，让我们忽然发现，慢的妙处，慢的诗意，慢的从容，慢的大度，慢的美德。真的，慢，不只是一种风度，更是一种美德。

原谅我对你不恭，我尊敬的水牛啊，我怎么用拟人的可笑方式，可笑地把平和安详的你，比作狂躁不羁的人呢？人，还有什么资格去比拟你呢？

水牛，在这举世喧嚣、万人狂奔的现代，你真正做到了心平气和，你真正保持着古老的慢。

水牛，我的好医生。

水牛，因了你的慢，世界似乎也镇静一些了。

至少，你的慢，让我此刻慢了下来……

河边羊群

碧蓝的河水，嫩绿的草滩，缓缓移动着白色的羊群。

每当面对单纯、静美的自然景象时，我们似乎都回到了少年的时光，我们的表达也情不自禁地回到中学生那稚嫩清浅的腔调和语言：

“碧蓝的河水，嫩绿的草滩，洁白的羊群……”

是的，单纯和静美有一种强大的力量，它让人的心灵返回到饱经沧桑之前的那些纯真时光。

这柔弱、洁白的一群，此时，在我的心里唤起的，也是柔弱、洁白的情感，不停地在心里漫溢。

但是，我毕竟不是少年，过了片刻，我的心情就回复到成年人的状态，并且隐隐有暗流汹涌。

它们多数都低着头默默吃草，有几只偶尔抬头望望远方，却发现同伴都在埋头进餐，忽然感觉到自己有些出格，于是赶紧将头偎向青草。你就再难找到方才抬头的那几只羊了，这时候，你心里竟有了一丝低沉情绪，虽说它们都在这移动的一群里，但你已经不可能再找到它们了。

其中有一只突然仰起头，抬起前面的右腿，使劲刨着自己的脸，可能是遇到蚊蝇或甲壳虫的袭击，造成了瘙痒和疼痛，它就快速启动了医治措施，用那数百万年来一直使用的简单按摩方式，为自己去痒止痛。你以为这下认识它了，可是眨眼之间，它的简单按摩已经结束，它低头汇入它的群体，你再也认不出它了。

它们看起来缺少个性，好像是清一色的大自然的教徒。其实，你若细看，它们各有性格和趣味，也许各自都怀着隐秘的恋情和痛苦，只不过不为人知罢了，何况，人也懒得知道它们的秘密，人只关心它们肉的肥瘦和奶的多寡。

同样是面对来人，这一只就显得特别有趣，它走近你，观察了一番，觉得你是一个好玩的伙伴，随即将头低下，而将两只角试探着抵向你，你就伸出两手各握一只角，用力做出顶的姿势，对方也用不大不小的力气顶着你，保持着“角斗”双方的平衡，但它并不真正抵向你的身体。显然，它是在和你开玩笑，和你做着有趣的游戏，以此来表示友好，同时为单调的生活增添一份乐趣。你想，你这是第一次也是最后一次与这有趣的哥们发生这友好的“角斗”，这单纯的游戏带给你别样的快乐，也让你产生了对短暂邂逅之后那永恒长别的隐忧，因为你不可能每天来和它做这游戏，即使你有这个耐心，也没有这种可能，说不定就在明天早晨，那两只和你交换过体温、比试过力气的可爱羊角，就已经鲜活地挂在羊肉馆门前。

另一些羊对人保持着不远不近、不热火也不过分漠然的态度，冷静里夹杂着失望和无奈。也许它们已经知道了人的部分底细，隐约知道了它们和人的关系的本质和结局，但又无法改变过程中的任何程序和细节，只能默认和合作，与必然降临的命运达成某种无奈的默契。最初的磨合也许是极其痛苦的，时间久了，它们也就习惯了。这就如同每个人都知道自己的前面注定埋伏着一个必然的死神，但你还得必须向前走去，这未必是主动投靠死神，更多的是你无法摆脱生命本身既定的程序。你看见的一部分羊，正是以这样的心情面对它们的死神——面对着它们面前的人。它们并不向你示好，也不示恶，只是淡淡地望着你，然后扭过头去吃草或走路，好像在说，各走各的路吧，这辈子遇见你们了，认了，下辈子就撇清了，接着，它们咩咩咩低语了几声，那意思像是说，谁知道下一辈子呢，下一辈子的事就不想了。

另一些羊，它们有着庄重的仪表，有着沉思的表情，让你感到，你面对的绝对不是一个你可以小看和随便处置的生物，你面对的，是一个长者，一个智者，是一个思想者，是自然界中完全有别于人类思维，而用另一种也许更深刻更接近宇宙本质的思维方式思想着的大哲学家。你看，它向你走来了，它离开了鲜美的水草，小跑着靠近你，它要做一件比吃草更重要更有价值的“形而上”工作。它庄重地抬起头面对着你，用字斟句酌的语言向你连声打着招呼，也许是在谨慎提问什么，希望得到令它信服的回答，它为那疑问已经困惑许久许久了。它以为此时终于遇到一个能听懂它,也能解答它疑问的人,它那清澈的眼睛里满含着提前准备好的惊喜,它那诚恳的声音,显然是被一种酝酿已久的心情和想法控制和推动着的,它的语调那么恳切而急迫,它反复发问,而你却不回答,它不得不提高了音调,它的眼睛里渐渐有了焦灼,但是你实在不具备与它交流的能力和语言,你无法缓解它的焦灼。这时你似乎明白了它那白胡子的由来,它们世世代代不得不为一个从来没有人回答的问题煎熬着,所以一生下来都老了,它们的疑问,它们的焦灼,几乎和这个世界是同样的苍老,苍老的,也许还包括它们的智慧,那是苍老而深沉的智慧,一个古老的族群在这个世界跋涉了千年万载,难道它没有心得和感受,没有自己的思想?难道它们都白活了?这是不可能的,除非它们没有情感和痛感。很可能,它们的心灵和智慧,已经苍老和深邃得令我们根本无法理解,我们被自己发明的语言锁定和控制了我们理解力的半径和范围,对别的不借助语言而直接进入本质的思想失去了倾听和领悟的能力。这是我们作为物种的局限,而它们,在我们的局限之外,拥有着另一个我们不能进入的思想空间。当它最终没有听见也没能听懂你的回答,看得出它有几分失望和茫然,于是又带着那疑问低头返回到自己的生活。是的,一个生下来都熬白了胡子、有着长老风度的族群,我相信它们不会没有自己的思想,不会对自己的命运浑然不觉,它们之所以不辞悲凉地活着,我想,其一,是出于它们的美学,它们舍不得离开青草、流水和白云构成的这个还算生动的宇宙的牧场，它们喜欢以思无邪的纯净心灵鉴赏这一切；其二,是出于它们的仁慈,它们不愿意抛下人类,虽说它们不理解他们,他们也不理解它们,但它们至少感觉到,在多数情形下它们面对的这些人类,并不过分邪恶和残忍,于是它们劝说自己,那就活下去,与他们做伴吧,他们也很不容易的,他们最后的结局也未必比我们好啊,那么,原谅他们并为他们做些牺牲吧,我们不下地狱,谁下地狱呢？其三,是出于它们的信仰,它们相信,它们的族群世世代代追问却总是无人回答的那个“为什么”的疑问,终有一天会得到回答,为此它们带着那信仰般坚定的疑问,不辞辛酸和死亡,坚持在世界的牧场。

“碧蓝的河水,嫩绿的草滩,洁白的羊群……”

显然,少年的语言和过于抒情的描述,并不能触及生命和生存的真相,即使面对一群单纯的羊,它带给我的,除了单纯,更有忧伤。美学让我们具有了分享自然美感的视角和心智,使我们常常陶醉于生存牧场呈现的缤纷幻象;但是,在本质上,美学并不是世界的决定性因素,自然和生命,是被生物学的冰冷逻辑牢牢控制着的。对此我们真的无法改变,但对其中隐藏的疼痛,我从来就难以释怀。

老鼠过河

曾听说过老鼠集体移民的故事。

老鼠们预感到河这岸有大旱，这里人们的日子已很难过,老鼠的日子就更难过了,耳朵里一天到晚总听见诅咒它们快快灭绝的恶毒话语,房前、屋后、窗下、田头、地坎、菜园,到处是老鼠药、灭鼠灵、捕鼠器,猫的袭击越来越频繁凶猛,村子里的狗也加入了追捕老鼠的战斗。没吃的,没喝的,饥渴难耐的时候,有时只能在深夜的茅坑里,偷吃几口人的屎尿,前天夜里,就有五六只小老鼠,为了喝几口尿水,淹死在了尿坑里。地面上它们已没有了立锥之地,地底下打了几个秘密地道,也被人们掘地三尺,捣毁了,并活埋了几只怀孕的母鼠。即将到来的大旱更会加剧生存的艰难,人们对老鼠的追杀将更加残酷。这日子无论如何是没法过下去了。

老鼠们就决定移民到对岸去,选一位勇敢力大的雄性老鼠走在最前面开路,后面的老鼠咬着前面的老鼠的尾巴,如此排成几百只老鼠的长队,横渡大河,直抵彼岸。

想想这个场面,你是否感到也有几分震撼呢?茫茫天地间,浩浩大河里,一群走投无路的生命,在不测的激流面前结成生死同盟,横渡险恶的波涛,寻找吉凶未卜的彼岸。假若你目睹了这悲壮的场面, 你不会以为那在激流里冒死泅渡的是一群低贱动物,而是一群英雄,是生命在恐惧的宇宙里闪现的一个悲壮的细节。

永失彼岸

一

原谅我，我不合时宜，我水土不服，我是现代的古人。

原谅我，我竟然怀念那些没有桥的日子。

那时，一条河横卧于我和你之间。

一部古卷滔滔展开，朗诵着祖先的经典，也旁注着我们心中的语言。

没有桥，命运一时被阻隔，春水秋波那边，有我的伊人，有我神秘旷远的彼岸。

在此岸，我眺望，我思念。

河里有多深的水，我的心里就有多深的情感。

河里有多少星星，我的心里就有多少记忆的钻石。

河里有多少月光，我的心里就有多少远古的白雪。

河里有多少闪电，我的心里就有多少折叠的悬念。

河上往返的鸟儿，都是我放飞的信使。

岸上茂盛的草木，都熟悉我，也都学会了像我一样眺望。

我眺望你，草木们眺望对岸的草木。

当一阵河风吹乱我的衣衫和头发，也吹乱了草木，风停了，草木们回过神来，看见了我固执眺望的身影，它们被感染了，也全都向我眺望的方向眺望。

这时，我感到，我和满世界的草木，以及满世界能够站立和注视的事物，全都在眺望你。

高大的杨树，柔弱的柳树，坚韧的芦苇，谦恭的狗尾巴草和一脸倦容的野草莓花，全都在眺望你。

我最珍贵的时刻，都是在对你的眺望中度过的。

因为你在河的那边。

你歌唱和行走的地方，就是我的彼岸。

没有桥，我必须而且乐于眺望，在我的眺望里，有你的身影闪动的那个广袤世界，都是我的彼岸。

感谢你，有了你，世界才成为我追逐的彼岸。

如果，生命注定是一次激流中的横渡，那么，你就是我要抵达的彼岸。

二

我依然怀念那些没有桥的日子。

没有桥，空间被天意阻隔，时间被诗意延宕，生活以及生命，都有了此岸和彼岸，心灵因此变得深邃而旷远。

没有桥，我站在岸上，思念并眺望我的彼岸。

眺望和思念，因此一度成为我的专业，我成了世上最忙碌、最刻苦的闲人。

我全身心投入这个痛苦的专业。

作为世上最无用的人，我乐此不疲地醉心于这无用的专业。

比起任何可以产业化、高回报的世俗专业，眺望和思念，这无用的专业，只有纯洁真挚的心灵才能担当和胜任，也只有纯洁真挚的心灵，才能把眺望和思念推向极致、纯粹和深刻，以至于让它变成一个人内心的秘密宗教。

一种虔诚得近于透明的爱，那时，确已成为我的宗教。

也许你并不十分知情，并不知道世上有一颗心在如何为你跳动，但是，的的确确，我暗暗做了你的信徒，你主宰了我的梦境，你规定了我眺望的方向，此情此意，与生俱来，如骨在髓，耿耿不易。

这就像神，多少人成了他的信徒，而神却浑然不觉。

信徒们都在虔诚研读神学，而神却不谙神学。

我眺望中的你，也近似神。

没有桥，一河流水，日夜诵读我心中的诗篇。

没有桥，因此我有彼岸。

我的神就在彼岸。

我思念着你，我在思念中努力让自己变得透明，透明，才配得上我此生注定要追随的彼岸的神。

我眺望着你,我在眺望中邂逅了天的蔚蓝、云的洁白、原野的青翠以及远山的青黛,我被这纯真之色反复拂拭和点化的目光,渐渐能窥见无限的超越界和永恒的秘境,我想,这样的目光,也许才配与你——与我的神对视。

眺望和思念,这注定是我黄金岁月里必修的专业。

我眺望,我思念。作为世上最无用的人,我虔诚地热爱这无用的专业。

而心灵的事业,都是看似无用的,心灵只为心灵而工作。

心灵经由虔诚的情感抵达另一颗心灵,然后抵达永恒。

在没有桥的日子,我在此岸眺望我的彼岸。

在眺望和思念中,我度过了我的黄金岁月。

三

我依然怀念那些没有桥的日子。

一河流水,划开了生活的版图,也加深了心灵的水域,使我们彼此有念想,有期待,有远方,有彼岸,使我们置身于神秘和旷远。

没有桥,一条河横卧在我和你之间,因此,远望里的世界全都成了我的彼岸。

而你,注定在彼岸的草木风月里行走和闪现。

我在眺望中,学会了欣赏鸟儿飞翔的天姿以及它们那古典的美声，河上的鸟儿，很多都成了我的美学导师和声乐学教授,我想,其中肯定有一只是从你的头顶飞过来的,它对你说过的那些话,现在又重新说给我听,这样,我和你都是那只鸟儿的学生,我们同时接受着天籁的启蒙和教诲。

我在眺望中,不止一次目击了虹桥的出现,一眨眼,它已经落成,唉,我终归是凡人凡眼,又站得太低,虽是目击,却未能看清那桥的建筑施工过程。虹桥,谢绝俗人往返,仅供神通行,图纸,原本就揣在神的袖子里,俗眼永难窥得。我就想,虹,是云气、雨水、阳光、天意氤氲的杰作,虹的一端就在彼岸,就在你的头顶。那么,虹的里面肯定收藏了你的某几滴眼泪吧,我看虹,也就看见你了,那战栗的虹桥上,战栗着你深情的眼神和泪水。

我在眺望中,还栽植了许多柳树,作为我的身影留在这里,当柳丝依依,我的情感,也许已经染绿你远望的视线。

我在柳林里眺望,我看见在河的对面,你走过的地方,芦苇高举着温柔的箭镞,射向碧蓝的天心,我期待着有一支命中我的心,我用周身沸腾的热血,并挪用了天河的一部分乳汁,喂养着这颗心,我放纵着它对你的思念和想象,那么,命中它吧。

有时,我追着河水奔跑,我想跟紧这一段流水,水里面肯定保存着你的倒影,我要追着这段河水,一路叮咛它不要弄丢了你的倒影,我要追它一直追到大海,看它把收藏了一路的你的影子,最终放在了哪片海里,保存在哪一本深蓝色影集。

在思念和眺望中,我成了诗人。

河流就是一首奔腾的诗，河流就是孕育诗人的诗人。它在奔腾中，将沿途的一切都化成它的意象，化入它辽阔的意境。

河流，这最有深意的抒情长诗，它最终要汇入大海的史诗。

此生有幸，我曾被一首奔腾的诗深情朗诵和塑造，同时被想象中的你——我彼岸的神塑造。

我眺望的身影，曾是这首诗动人的意象之一，被反复描摹和刻画，写进它深邃澄澈的华章。

我思念的泪水，滴落进它的漩涡，加深了它本来就深奥的思想，使它在见到大海之前，就提前预知了海的透明、深邃和苦涩。

我，以及你，我们何其有幸，我们与一首奔腾的诗相遇，并成为这首诗最纯粹、最深情的一部分。

那时，没有桥，我们都在岸上。

眺望你，曾经是我的专业，是我的宗教仪式。

我眺望你，你就是我的彼岸。

四

忽然，桥多起来了。

水泥桥、钢铁桥、斜拉桥、梁桥、拱桥、悬索桥、铁路桥、公路桥、管道桥……

桥越来越大，越来越高，越来越多。

河越来越瘦，越来越小，越来越浅。

有一天,我终于从一座巨大钢铁桥上走过去,去见我曾经长久眺望的彼岸。

当我走到,那些我一次次眺望、思念和想象中的一切,都在我来之前消失了,我一样也没有看到。

我终于没有找到你。

我没有看见我眺望和想象中的那个彼岸。我只看见一片钢筋水泥欲望金钱铸成的物质主义的现代荒滩。

当我原路返回,河已经断流,只有铁硬威风的桥在奔流,只有速度的洪水和欲望的泡沫,在干涸的河床上疯狂奔流。

河断流了。唯有疯狂的桥在疯狂奔流。

两岸的荒滩合成一个更大的无边荒滩。

终于,古典之河断流,思念断流,诗断流。

没有眺望,也无须眺望。因为不再有诗意之河缔造和映照的彼岸。只有无边的此岸,无边的荒滩。

眺望——我曾经长久沉浸其中的无用而纯真的专业,以及由眺望而生发的河流的美学、心灵的神学和精神的哲学,终于失传,成为绝学。

古典之河断流,思念断流,诗断流。

我永失了你。

我永失了彼岸……

幽谷

鸟路过，说几句闲话，飞了。

风路过，摇几下草木，走了。

云路过，投几封天书，去了。

时光的影子移动着。但幽谷没有时光，幽谷在历史之外，在时代之外，在人迹之外。幽谷是时光的隐士，隐逸在人世之外。

岩石肃穆，涧水凛冽；花草尚未被命名，正好安于无名的自在；虫儿尚未被归类，正好在昆虫学之外逍遥；野蘑菇穿上一生里只穿一次的好看衣裳，野美一阵，就很快藏了，怕被谁没收了这份野。

厚厚的苔藓，幽蓝的坐垫，但并不期待谁来落座，苔藓自己坐着自己，顺便接待了永恒，这一坐，就是万古千秋。

幽草的睫毛，掩映着泉眼，那眸子，大约只见过大禹的背影，就再没有见过别的背影。偶尔有画眉、云雀来泉边会面，眸子们就互相对望着，天真凝视着天真，天真与天真相遇了，它们同时看见了宇宙的天真。

那天，我从滚滚红尘里出走，越荒原，披荆棘，攀巉岩，过险崖，沿一逼仄峡沟深入，经九曲八折，穿五洞十滩，终于摆脱了手机捆绑，远离了商业追捕，逃出了资讯轰炸，终于，我脚蹬女娲留下的岩石，手攀盘古种植的老藤，我扶着一片白云，降落下来，嗬，眼前一亮，我来到一个神秘谷地。

大约是第一次，被一个携带着时光尘埃的人闯入，幽谷有些惊慌，我的足音，我喘息的声音，我吃干粮的声音，我喝水的声音，我打嗝的声音，我叽里呱啦自言自语的声音，我少见多怪大呼小叫的声音，我自以为是胡乱点评的声音，我敲击石头的声音，都被放大，四周的山峦发出令我感到古怪的回声——那声音是我制造的，幽谷又原封不动还给我。

看来，幽谷喜幽，它讨厌多余的声音。

看来，幽谷喜净，它害怕被红尘发现，被俗眼锁定。

看来，幽谷有洁癖，它恐惧被租用被买卖被围观被践踏被惨遭蹂躏。

作为闯入者，我不该久待在这里，我不该打扰甚至终结它亘古以来的幽静，如果因了我的闯入和泄密，将一个时代过剩的欲望洪流引向这里，我不仅毁了幽谷的贞操，也毁了这个世界仅存的一点羞涩和纯真。

静静地，我呼吸着它保存的公元前的清气，领略着它的幽旷气象和天真之美，心魂，变得安静、悠远、澄澈，又无比温柔。

轻轻地,我走了,不带走一片云彩。

我走时,白云正在漫过来,漫过来,似乎要擦拭我留下的痕迹。

恍惚间,回转身,幽谷倏然不见,我已不辨东西,不知此夕何夕,不知此身何处,我只看见满山白云。

我把幽谷还给幽谷。

对一只蝴蝶的关怀

初夏的一个上午,我去河边散步,看见河湾的岸边,一个小男孩和小女孩神情紧张专注,好像在讨论一件重要的事情。我轻轻走近他们,才看见他们正在营救一只在水面上盘旋挣扎着的花蝴蝶。那蝴蝶也许翅膀受伤了,跌入水中又使翅膀过于沉重而无法飞行。小男孩将一枝柳条伸向水面,但柳条太短,小女孩又折了一枝柳条,解下自己的红头绳将两根柳条接起来,终于够着那只蝴蝶了,然而它仍然不配合,不知道赶快爬上这小小的“生命线”。小女孩急忙摘下头上的蝴蝶形发卡,系在柳条的一端,让小男孩投向水面的蝴蝶附近,示意它:这是你的同伴来搭救你了,你不认识我们,你总该认识你的同伴吧。果然,那弱小的蝴蝶扇动几下翅膀,缓缓地挨近这一只“蝴蝶”,缓缓地爬上这只“蝴蝶”结实的翅膀,小男孩慢慢地将柳条移向岸边,蝴蝶终于上岸了,两个孩子快乐地又说又笑起来。

我以为事情到此结束了,然而,两个孩子又商量起了这只蝴蝶今后的生活。他们小心地把蝴蝶放在阳光下的草地上正开放着的一丛野蔷薇花上，让它一边晒太阳，一边汲取花蜜。但是，他们仍觉得这种安排不到家，他们担心贪嘴的鸟啄食了这需要安静疗养的可怜蝴蝶，就采了几片树叶搭起一个简易的绿色“避难所”，将蝴蝶护在里面。他们相信，待它安静休息一些时候，伤口愈合，体力恢复，它就能重新飞舞在春天的原野上。

今天上午我本来是不准备出门的，想待在家里读书或写作。不知道什么原因我还是出门了。多亏我走出了门，在书本之外，我读到了春天最纯洁、最生动的情节。在我小小的文字之外，在生硬的键盘之外，两个孩子和那只蝴蝶、那片水湾，组合成真正满含温情和诗意的意象。在我的思路之外，孩子们的思路才真正通向春天深处，通向万物深处，通向心灵深处。

在回家的路上，我想了许多。首先我觉得我的善心比孩子们淡漠得多也少得多，或许我更关心的是自己的生存、利益、脸面、尊严，而对其他生命和生灵的生存处境及他（它）们所受到的伤害，并不是太关心，即使关心，也不是感同身受和倾力相助，即使关心了，也并非完全不求回报。总之，我觉得，仅就善良、纯洁这些人性中最美好的东西而言，我们不是与日俱增，而是与日俱减。人随着年龄的增长、阅历的加深，人性中的“水土流失”也会逐渐加剧，而流失的，恰恰是善良、纯洁这些人性的好水土，内心的河流渐渐变得混浊，泥沙俱下。细想来，这是多么可惜的事情。人性的好水土流失了，纯真情怀少了，实用理性多了，率真少了，算计多了，在这一多一少的增减过程里，人们的情感和心灵，就渐渐出现轻度或重度的“荒漠化”了。由这样荒漠化的人组成的人群和社会，岂不是大沙漠？那时不时呼啸着扑面而来、飞沙走石、遮天蔽日的，莫不是人性和人心的沙尘暴？

那两个可爱的孩子，他们是这个早晨的天使。他们对一只蝴蝶的同情、对事物的爱，是真正出自善良的天性和纯洁的内心。除了爱，他们没有别的动机，爱在爱中满足了。不求回报的爱，才是大爱、博爱、真爱。不求回报的爱，也许才会获得事物本身乃至整个大自然更丰厚的回报。试想，孩子们在拯救一只受伤生灵的过程中，内心里洋溢着怎样纯洁的愿望和爱的激情，这种内心体验，本身就丰富了孩子们的情感世界，化作他们宝贵的精神资源和美好记忆。在培植美好事物的时候，内心的愉快是其他任何东西都无法带来的，你给世界带去了一点希望，同时你的生命也被这点希望之光照亮。那只蝴蝶当然不会飞到这两个孩子家的花园里向他们点赞致意。但或许，整个原野和春天，都会从孩子们的善行中受益，若干年后，甚至几百年几千年后，如果有某种险些灭绝而终于没有灭绝的花卉，在一次神奇的转机中获得了再生，成为某个城市的市花，或某个国家的国花，也许这美丽的花，它的命运就与一只蝴蝶有关，与这只蝴蝶的一次及时传花授粉有关，与两个孩子有关，与若干年前，那个初夏的早晨有关……

小河，远方

故乡的那条小河叫漾河，它源自大巴山脉，一路穿山绕岭、携云带雾而来，路过我们村时，已跌跌撞撞、潺潺哗哗了百余里路了。

一气走百余里路，片刻都不停歇，越走越有精神，边走边说话或唱歌，有时还小跑着哗笑着向岸边的我们赠送一簇簇好看的水花。在我们眼里，这条河真是太可爱、太有本事了。那时，大人并没有教我们，我们却从内心里自动生出一种很深的感情：我们真心实意尊敬这条河流，它为了找到我们，为了让我们看见它，独自走了多远多远的路啊。

小河，勾起了我对世界、对“远方”最初的想象。

儿时，不曾出远门，但似乎与生俱来早已有了对“远”的痴迷情愫。“远”，实际上是天然地植根于我们生命深处的潜意识，“远”的感觉，似乎是我们精神世界里的一种“自然现象”：我们本来是母亲生下来的，母亲就在身边，但我们哪一个人没有这样的感觉：

我们是从很远很远的地方来的。我们觉得那生下我们的母亲的身影后面，还藏着一个无限的远方。有多远？那是没有尽头的远，万古千秋的远，无限缥缈的远。

那时，去过最远的地方是过年随父母走亲戚，翻了两座小山，过了几个小木桥，看不见自家的村庄了，就觉得这趟路走得好远。于是有了关于亲戚的印象：亲戚，在很远的地方。亲戚，就是家族的远方。后来的变化也证明了这种感觉具有着悲剧性的真实：当这一辈的亲人渐次作古，亲人间的后人就渐不来往或永不来往，于是，亲戚，终于成为越去越远、越去越远的传说，成为不可追溯、不可打捞的远年旧梦。

那时，村里来了陌生人，比如挑着货郎担的卖货郎、拄着拐杖四处算命的瞎子、扛着磨刀担子的磨刀人、走村串寨的戏班子，不只是我们这些小孩，连大人们也都感到新鲜和稀奇，人家这些陌生人，是从很远很远的地方来的嘛。人们感兴趣的，不仅是他们随身携带的货物和技艺，而是他们带来的远方的气息，远方的口音，远方的故事，远方的表情。他们，就是我们亲眼看见的“远方”。

甚至，一水之隔的对岸，那些我们一眼就能望见的柳林、芦苇、村庄和炊烟，那隔水飘来的对岸的狗叫、鸡鸣、大人呼唤孩子回家吃饭的声音，那在对岸的草滩上慢腾腾走动的吃草的牛羊，在我们的眼里和心里，都感觉陌生而遥远，有如梦境里邂逅的奇异风景。

那么，这本来就是从远方苍茫群山里走来的漾河，它的身世和阅历，怎不让我们感到无限的遥远和神秘呢？

每一次来到河边，流水就撩拨起我对“远方”的想象：这满荡荡的河水，它们，曾经是哪一眼泉里的低语？是哪一条溪里的笑声？是那一座山头的云雾？是哪一朵花上的泪滴？是哪一棵草上的露珠？是从山里哪户人家的屋檐上滴下来，带着窗前那位母亲欣喜或忧伤的目光，汇入远去的流水？又是从哪个村庄转了一个弯，在转弯的地方，刚好有一位老爷爷坐在河边一块大石头上，河水就从他青筋暴起的双腿上清凉地漫过，老爷爷温和地望着河水，眼睛竟潮湿了，也许他想起了什么人或什么往事吧？泪水，滴答着落进河里。

这么想着，漾河里流着的，就不只是水，更是我永远不知道的大地和群山的历史和秘密，是从遥远的地方汇聚、奔涌而来的无尽的情感和往事啊。

我说的是童年吗？我说的是河流吗？

是的，然而，又不全是，我说的，其实是童年的心灵和感情。童年的心灵，童年的感情，只有两个字最能表达：遥远。

仅仅门前那条小河，就带给我多少对于遥远的思念和梦想啊。

后来，坐车不到两小时，就抵达了这条河流的源头，我有点惊讶和失望：这是多么寒碜的源头：几摊浅水，没精打采地出没于乱草和碎石，而不远处，炸山、采矿、淘金的动静声震峡谷，似乎要掀翻群山，掏空地心。这就是我日思夜想的远方？我的神秘的、梦境般的远方啊，突然梦醒，黯然收场，一个精美古老的青花瓷器，砰然坠地。

童年，顿成碎片；远方，骤然消失。

当然，你也许会这样纠正我：不能这样看嘛，应该这么想——它那么微小的起源，却渐渐汇成汤汤大水，一路也许有着动人的奇遇和传闻哩。

但是，你说的很可能是它的远古和过往，那时，白云、烟岚、樵歌、渔火、传说、神话、洗衣女子、放排汉子、古寺仙窟、晨钟暮鼓……构成它的古老风情和神秘风景。

然而，构成这一切的核心元素，即那朦胧的诗性和神秘的神性，如今已不存在。现代的世界，包括山水和万物，已被彻底解构和去魅，没有了神秘，没有了神性，没有了诗意，即便是不错的风景，也多由人工和商业打造，没有灵魂，没有内蕴，没有景深，没有诗意。

对一条童年之河的神圣情感和神秘想象的破灭，很像是人生的一个索引，更像是关于现代世界的一个隐喻。

如今，我们已生活在一个没有远方、没有诗意、没有梦想的完全人工化的世界，机械和电子，商业和金钱，操控了这个世界的一切事务。

没有远方，因为我们乘坐在高速轮子上，无远弗届，无所不能，高速省略了一切过程和细节，轮胎碾碎了一切沉思和意境。我们像处理一包方便面一样快速处理着世界的任何一个地方，在贪图速度、膜拜效率、迷恋消费的人群眼里,哪怕它是圣地仙山,哪怕它是佛国道场,也不过是一顿狼吞虎咽的快餐。就这样,我们到过的地方越多,我们知道的越少,感悟到的更少。我们即便到过天涯海角南极北极,我们去了很多所谓的远方,但我们从来没有走出欲望的池塘和消费的店铺,更没有真正抵达过一首诗,我们从来没有抵达心灵。就这样,电子和机械、商业和消费,已将万物纳入它驰骋的半径;速度和效率,已经取消了一切远方。

没有诗意,因为我们已经非常物质主义、实用主义地解释和践踏着这个世界,技术篡改了造物的初衷,理性粉碎了自然的神性,消费主义消解了空灵的意境,信息的泛滥,使得世界再无秘密可言,世界不再是我们沉思、静观、感悟的对象,而成了被算计、被处理、被售卖、被消费、被排泄的物质商品。人欲替代了天意,数据掩埋了诗意,金钱换算了生命。

没有梦想,因为世界在高科技武装起来的人们的眼里,已不再神秘、不再神圣,用不着去对它展开初恋般的多情想象,你只需按照商业的路径购买和消费它就行了。物质化的人群只在意对象的物质性和实用性,而它的诗意、神性和它蕴藏的宇宙奥妙,在丧失了神性和诗性的眼睛里是根本不存在的,世界只是一个消费的场所,大自然也成了等待加工、利用和消费的一堆材料和一组景观。商业和金钱,就这样彻底代理了心灵和情感,将世界曾经存在的感人神性和梦幻般的美感,收购一空。

当然,我童年的小河,那条小小的漾河,还躺在越来越浅、越来越浑浊的河床上，勉强敷衍和荡漾着，似乎做着一个总也做不下去的梦，它似乎被失眠折磨着，又似乎处在似睡未睡的浅睡眠的痛苦状态。

是的，它已经不能让我去诗意地想象它的上游的远方，上游吗？我不是多次去看过了它的源头了么？它也不能让我浪漫地去想象它的下游的远方，下游么？它当然是注定要注入大海的，而大海，不是就在浑浊的远方待着，在苦涩的波浪里永恒地沉沦着吗？

就这样，我没有了远方，那浪漫的、纯真的、诗意的远方，已经终结于童年的河流。

就这样，失去了远方的人们，他和自己的欲望越贴越紧，他成了欲望的化身；他离自己的心灵却越来越远，他成了心灵的路人。

然而，亲爱的远方，你真的就这样越去越远、不知所终了吗？

没有了诗意的、纯真的、神秘的、浪漫的远方，这个世界，这个世界的人生，会是多么乏味、肤浅和逼仄？

亲爱的远方，你一定还活着，你一定还在被遮蔽、被遗忘、被伤害的地方隐藏着、等待着，要不，怎么还会有“远方”这个词呢？要不，怎么老是有人在念叨“远方”呢？

小河，在一旁默默地流着，偶尔低声说一句什么，也许，它是同意我的想法的。

河边棺材铺

按照老妇人指点，我沿河行走，转过一个山坳，河边有一座新修不久的红砖水泥房屋，平房，有五六间，不像山乡普遍常见的那种两三层楼房。靠西边的那间伸出一些，进深也长，门开着，我倚门向里探头看，看见一个中年人正在俯身用锯锯木板，身后摆着木料和几副做好的棺材。我说：你好，辛苦了？木匠一愣，抬起头，定了定神，说，不辛苦，你来有事？我说没啥事，只是路过看看。就发了他一根烟，他停下活，坐在木板上吸烟，慢慢说着话。我问，生意好吗？他笑着说，这要算是生意，那跟别的生意不一样，这生意不能自作主张，不能去随便扩大，生意的大小，由阎王爷说了算，这生意的老板是阎王爷，我是阎王爷的打工仔。我不能为了生意就盼着多死人，你说是吧？我们都笑了。我说，你很有趣，你一定上过中学，读了不少书？他说是初中毕业，平时闲了喜欢看看杂书。他说，一年也就做十几副棺材，本地的，也有外面的，有死了人的人家，也有家里老人年纪大了生重病了，就提前说好定做。松木柏木都能做棺材，人们更喜欢柏木的，柏木柏木，百年不朽嘛，有这个说法。当然，朽还是不朽，谁知道，反正人死了，就朽了，说是不朽，图个心安吧。他说，一年也就赚个四五千元，挣点手工钱而已。听他说“而已”，我转过头看了一眼四周的青山，感到这寂寞的深山，也因为这一声文气的“而已”，增加了一点书卷味道和古文的气息，虽有点突兀，却觉得别有意味。

他还说，他除了做棺材，还会做各种家具，仿古的，时新的，都会做，不过，棺材做的多一点而已。他又说了个“而已”。我问到他夫人孩子，他说，夫人在家里务庄稼，儿子在外地上大学已经毕业，在打工，一月工钱有一两千，孩子不容易，一个人在外面，我们不要他的钱，还给他攒钱，以后的事，还多着呢。现今养个孩子，麻烦得很啦。我说，都一样，你别看我挣一点工资，养家顾老人顾孩子，也是操不完的心啊。他点头，是，是，人皮难披，披上人皮，就没个完。

临别，我说，你给我定做一副吧。他望着我，别开玩笑，你还早嘛。我说，是有点早，那就到需要的时候，我再向你定制。他说，我和你，年龄差不多，到你需要时，就怕我也做不动了。我们都笑了。我说，那就到时再想别的办法。他说，早就推行火葬，火葬撇脱，一把火一烧，一了百了，万事大吉。我们又笑了一阵。笑过，心，竟有点凉。

又给他发了一根烟，告辞木匠。在山路上走着，想着他辛苦做棺材，他服务着死者，却支持了生者，他供孩子上学的钱，一部分就是用棺材挣来的。在祖国庞大的教育产业链条上,有一个小小的细微的节点,正是这个坐落在巴山深处、小河边的小小棺材铺。

山风一阵阵吹着,很清爽,很清香,草木庄稼的气息让人感到山里的空气淳朴、厚道、有营养,行走在深山里的我的五脏六腑,此刻有一种透明的幸福感,它们好像正在我的胸腔里愉快地做体操、扮鬼脸,它们还想在我的身体内部放声歌唱,诉说对我的忠诚和衷肠。最快乐的是我的肺,我感到它们在我前胸的左右两侧,正在面对面一边深呼吸,一边和颜悦色地交谈着兄弟情谊。

我站在河边,看着满山树木斜斜地站着,一直簇拥到山顶,无数的山顶都站着树木,它们在高处眺望天空和人世,眺望着不停流逝的河水,它们一定有着我们根本不具备的见识和觉悟,它们是离天意最近的智者和高人。

万木葱茏天远大。我当然不知道林中的哪棵柏树或松树,将来要被木匠剖开做成棺材,载着逝者的魂魄一起在地下远航;我更不知道死去的人和死去的树木,是怎样在地下完成它们共同承担的化腐朽为神奇、化短暂为永恒的神秘事务。但是,我能感到,风中的所有草木,它们并没有我的这些心事,它们只是随了天风,单纯而自在地摇曳、低语、俯仰。

关于寺庙的记忆和印象

民间信仰:一个族群的文化水源和心灵植被。

——题记

民间信仰

“五里一庙,十里一寺”,是过去随处可见的情景。海棠寺、柳林寺、观音寺、秀水寺、关帝庙、风神庙、上阳观、定慧寺、新民寺、青山寺、莲花庵、净土寺、飞霞洞、白云观、灵岩寺、普济寺……听听这些地名就知道那时香火之旺和文化之盛。据说我们国人的宗教意识匮乏而淡漠,然而这“五里一庙,十里一寺”的情景又提出了反证。在漫长的岁月里,民间也许缺少很明确的宗教信仰和教规仪式,但在骨子里,人们对天地宇宙、对万物生灵、对自身品行,是有敬畏、有操守、有禁忌的,只不过“百姓日用而不觉”而已。

这种朴素的宗教感情在民间的形成和普及,得感谢那随处可见的寺与庙,得感谢那潜心苦修证悟、虔诚弘法传道的一代代大德高僧，得感谢那随处可闻的晨钟暮鼓、经声法号对心灵的殷切提醒。正是这年深月久的传扬普及，延续了古老的信仰，传承了精神的血脉，维护了一个民族的精神基因、文化根须和心灵植被。

一般来说，庙比寺的规模和格局要小一些，庙里供奉的多是专司某事、某物的神灵，而气派、宽敞的寺里供的多是主持精神世界的大佛、大神、大仙；庵，则指尼姑修行的小庙；观，是道士修行的道场；祠堂、文庙则是体现儒家伦理血亲秩序、传习孔孟之道的场所。寺、庙、祠、观、庵，其实在民间它们的界限并不十分明显，格局小些的宗教场所一般都统称为庙。我小时看见的庙多数都简陋狭小，几面砖墙，几页灰瓦，一个神龛，就供起一个或数个神灵。那时，我看着因陋就简的神灵，虽然不明究竟，却感到十分亲切，他像我们的祖先和爷爷一样，住着简陋的房子，过着简朴的生活，却护佑着一方风物和众多百姓，这是多么慈爱的神灵。我想，人是需要一个心灵的寄托和向导的，人心里是要供一个比我们短促的生命更久远的东西的，这样我们才有悠长的念想，我们漂浮无常的心才有个停靠处，我们孤单的心才能连接起万古千秋一以贯之的族群之魂和天地之心。

我想，世世代代的普通百姓，正是通过随处可见的寺庙和随时可闻的经声法号的提醒，并融合他们平日接受的文化和家教，渐渐确立了他们对生命、对生灵、对生活、对世界的朴素认知和信仰，形成了他们处人待物的情感和态度。同时，那古老的寺庙，那庄重的神灵，那恳切的教诲，那典雅的话语，也向他们感性地传递着一种富于感染力的高尚的心灵生活和美好的文化意境，从而使他们在经营自然家园的同时也拥有一个精神的家园，在耕种五谷庄稼的同时也收获了一份心灵的粮食。在中国几千年漫长农耕社会里，既没有太多官吏来管理社会，更没有几个警察来巡查人群，然而庞大的中国社会却一直保持着比较稳定的社会秩序和比较高的道德水平，这是为什么？我想，这很可能是广泛普及的民间信仰在其中起了很大作用。

我有一个粗浅理解：儒家是中国人的教师，它教给我们做人的道德、处事的伦理和内心的操守，你如果听懂了并恪守儒家的教诲，你在人群里就能成为一个好人和君子；佛家则是中国人的医师，它教给我们治疗人性贪嗔痴顽疾的精神药方，教给我们如何出离生老病死苦的解脱之法，它是深度心理治疗，也是深度精神抚慰，它是心灵修行的有效指南，也是破解生死烦恼难题的一套严谨方法和程序，你若明白了佛家并且能虔诚修行，你就能明心见性，慈悲为怀，视众生为兄弟，待万物如同胞；道家则是中国人的厨师，它教给我们如何抱朴守素、顺应自然、无为而治，它教给我们养生之道、吐纳之法以及修炼之术——炼精化气，炼气化神，炼神化虚，炼虚合道，最后达至天人合一、不生不死，你若领悟了道家精髓并认真修持，你自会有几分仙风道骨。

在民间信仰体系里，儒、道、佛三教（儒、道、佛，在把它们当作学说时，称其为儒家、道家、佛家，而当把它们当作信仰时，则称其为儒教、道教、佛教）并不截然分开，虽然三教各有侧重和分工，儒教更关心人与人之间的伦理，道教更关注人与自然的关系，佛教则专注于人和自身心灵的修持、圆融、觉悟和解脱。虽然三教各有侧重，但在传播和作用于心灵的过程中，儒、道、佛三教则是互补并存，共同构筑着心灵的住宅和精神的天空。我们常常看见，在一座寺庙里，也许供着佛，但门前楹联、墙上警句和经书箴言，却混合着儒家的思想和道家的哲学，反之，也是如此，宣扬儒家伦理的祠堂、文庙里，却不难发现佛家的智慧和道家的精神。就这样，儒、道、佛及民间诸神，互补共融，相互生发，共同积淀了厚实的精神土壤，形成了强大的心灵磁场，持久而深刻地熏陶、化育了中国人的心灵和情感。

土地的叮咛

过去，行走在大地上的任何地方，最常见的是土地庙，庙里供着专司土地和稼禾之事的土地神，他是泥土之神，自然是泥身泥骨，土脸土手。过去每个村庄的村头地畔，都有一座土地庙，我家乡村头有一块大田叫“六亩地”，地头就有一座土地庙，庙早毁了，那木讷、慈祥的土地神依旧隐约于眼前，庙门上那副对联至今记得：“勤耕种此地即福地，肯积德凡人皆圣人”，这是劝人勤劳和积德，如此朴素、诚恳的诗教，就在简陋的土地庙前叮咛着，就在田野、庄稼和乡亲之间流传着。由此我猜想，在古时的中国，再偏僻的地方，再贫寒的村寨，也蕴藏着不俗的、甚至堪称高深的文化，那是因为广袤的乡土总出没着一些饱读诗书的民间秀才和得道高人，他们构成了大地上精神的水土、文化的根须和信仰的潜流，维持了民间的基本文化水准、道德传统不致下滑和中断，从这蕴藉隽永的对联可见一斑（由此联想到如今已经彻底沦陷的乡村社会和乡村文化，还会有这样的文人、这样的文字、这样的情思出现吗？怕是再也没有了）。那时，下地的人们路过土地庙，总要祭拜，或烧炷香，或磕个头，太忙了，就匆匆放下农具弯腰作个揖，默念几句天道酬勤、神助好人、天降喜雨、天佑生灵之类，算是对神有个交代，在心里，就和神灵重温了那种古老的精神联系。有了这层人神之间的往来，这一天的劳作就不仅仅是物质的，就不仅仅是一家一人之事，也关乎天意和天下，关乎天长地久的命运，那么，这样的劳作不就有了某种更丰富的意味和更宽阔的境界了吗？这样的劳作不就多了一些愉快、念想和寄托了吗？你见了一只虫虫、一只青蛙、一只鸟儿、一株花草，你会随意残害和摧折吗？土地在下，神灵在上，人在其中，被养育，被护佑，也被监护，被教诲。这样的劳作，就充满了一种精神的属性，也具有了一种劳动的美感，成为人“参天地赞化育”的一个生动场景。丰收了，你感念土地和土地之神，你在精神世界里也有了一种丰收感；歉收了，你检点对土地和土地之神的不敬和失误，你反省内心里潜藏的贪嗔痴、嫉妒恨，这又是一次人心的打扫和净化。总之，有土地和土地之神在，人对土地的尊敬就在，良心的水土就在，希望的种子就在。

水边的情思

水神庙，河边有，井边也有，有的泉边也有。我老家村头有一眼古井，如今水依然很旺，水质也好。当年水井旁边就有一个井神庙，井是古井，庙是古庙，神是古神，据说这是一眼唐朝的古井，井、庙、神，都一千多岁了。比李白还早呢，比贵妃娘娘还早呢，上年纪的老人都这样说。一眼被水神守护的古井，就这样和李白的唐朝连接上了，和诗连接上了，村庄的心灵，就有了一种别样的意味和跨越时空的想象，变得幽深而空灵。当然，庙和神，都要经常维修，井，过几年就要彻底淘洗一次，我小时就多次见过淘井的场面，那是乡村的盛大节日，掉进井里的物件被打捞起来，手镯、纽扣、铜钱、小媳妇不慎掉下去的发卡，那么多生活的细节和遗落的时光被重新发现了，人们仿佛又回过头把过去的生活用心再过了一次，对生活和时光的理解就又深化了一次。而那被整饰一新的井神则容光焕发，似乎对自己作为一个神的事务和职责有了更深的确认，并发誓要护佑好村庄的清流和人们心底的清流。庙门上刻有一副对联："一窍有泉通地脉，四时无雨滴天浆"，说的是天道却又直指人心，意蕴幽深如这古井的水脉，它唤醒的是人心里最深长的情思，和最干净的心意。那时，我从没在井台上听见谁说脏话，或者说伤人的话，也没看见谁在井台上丢垃圾。我想，在清水面前，在井神面前，在古诗面前，人这时候的杂念是最少的——清亮亮的水映照着清亮亮的心，一天的日子从一汪清水开始，从诗句开始，从水神的注视里开始，这一天的心里，就有清波荡漾。故乡的人们质朴厚道，温良灵性，我想是得了这眼被神灵、被古诗护佑的古井的润泽和灵气吧。

山上的提醒

在过去，几乎每座山都有山神庙。山神的存在，为自然的山水赋予了灵性和神性，古人说的“山不在高，有仙则灵”，就是这个意思吧。过去，山下、山腰、岭头、崖上，都有山神的席位。哪怕是一个不大的土坡，也供着一个不小的神灵。好多山神庙前都有一副对联，墙上写着做人的格言，多是劝人积德行善。文字则有的简洁直接，有的含蓄蕴藉，有的机智幽默，并不一概是刻板说教和严厉训导。前不久骑车进山游走，在故乡以东的一座山梁路边，又遇到一座山神庙，又读到一副好对联，心里感到十分亲切和欣喜，对写这副对联的那位不知名的兄弟油然而生敬意，他一定是一位有情怀的读书人，他是以这种方式，向无数路过的人们进行着心灵的提醒。对联用红漆醒目地写在庙门上：“敬神牢记行善，拜仙莫忘积德”。你看看，这是多朴素的诗句，这是德行的箴言，也是旅途的叮咛。无论长旅或者短途，人走在路上看见这样殷切的提醒，人心里的善意和温情总会要多一些吧。这比那鼓动和刺激人们升官发财欲望的赤裸裸的物质主义标语口号要好多了。一个人走在路上若老是看见“速度就是效率，时间就是金钱，金钱就是生命”的教唆，能调动人性中的高级情操吗？既然时间就是金钱，金钱就是生命，那么贪污抢劫、坑蒙拐骗也就不算是罪恶了。没有信仰和灵魂的所谓文化，其实是一种反文化，因为它与文化的本质南辕北辙。文化的本质是净化欲望、纯洁心灵、提升情操，而反文化的所谓文化则是刺激欲望、污染心灵、泯灭情操。现今甚嚣尘上的商业文化、消费文化、暴力文化正是这样的反文化、反心灵的文化垃圾文化浊流。而以前，主流文化和民间文化的境界都是很高的，都是有益于世道人心的清洁文化。这种清洁的文化，借助神灵的力量，从山下一直翻山越岭抵达深山老林，也许山高皇帝远，但是山高文化并不远，因为文化跟随神灵的踪迹已经占领了高山野岭。我故乡不远的木竹崖、懒人坪、前垭河、梯子崖、慢坡、凤凰山、小河庙、大地湾、高庙子，过去都有山神庙，神的存在，暗示着山的无限久远的历史，而一切无限久远的事物，都有着不可穷尽的意蕴，不可穷尽者，即无限也，即永恒也，即神灵也。这样说来，哪一座山不是神山呢？山不是神，难道你是神？人们上山砍柴、采青、放牧、拾蘑菇、种地，路过山上的寺庙，总要拜祭一番，即使不拜祭，望一眼神灵，闻一阵香火，读几句箴言，狂躁的野心就要平息一些，征服的欲望就要收敛几分，闻鸟声而生温柔之思，望群峰而起敬畏之心。他还会炸山吗？他还会打鸟吗？他还会活吃猴脑吗？他还会拦路抢劫吗？他还会乱砍滥伐吗？山神庙的附近，常常有一眼山泉，绝不会有人搅浑和毁损，总那么淙淙而盈盈，一个木制小水瓢轻漾于泉边，轻漾于山神的目光里，供路人舀水解渴，人们喝几口清凉泉水,身心清凉,魂魄湛澈,上山的,往山上带去敬仰和念想;下山的,向山下带回清风与白云。

不灭的心灯

记忆最深的,是故乡的漾河对岸,有一座古寺,山上多柏树,故名柏林寺。寺门前一副对联,充满天趣和禅意,我以为是我见到的最有意味、最有意境的对联,联曰:“古寺无灯明月照,山门不锁白云封”,明月与白云,恰似洗却尘垢的空灵禅心,那么自在圆融,浑然天成。该寺据说也是唐朝所建,晨钟暮鼓、经声法号,从一千多年前响到今天,那缥缥缈缈的悠长之声,就把古今的时间连接起来了,也把古今的心灵连通起来了。每当听见寺里的响动,就感到千年万载的人们,其实都是行走在同一条心灵长河里,其实古今所有的人心,都是同一颗心,当拂去尘埃,拭去杂念,人心回到清澈和慈悲,就能感到形形色色的人心后面,其实藏着的是同一颗心,即那不增不减、不生不灭、无尘无垢,透明圆融、辽阔无边的“本心”,那即是佛教修行者所要抵达和证悟的“菩提心”。年少时,当然对佛法知之甚少,也不会想得太深,但庙里的声音总给人以出世之感,让人隐约感到一种高古、幽深、旷远、永恒的意味。后来读了些佛经和佛学书籍,有时也学习打坐、吐纳、静观内视、息念坐忘,虽未达到禅定和觉悟之境,但也略窥佛法的严谨和高深,再进庙,感觉就不一样,庙里的古树老井,青灯黄卷,苔藓幽径,仙窟卧佛，更把人带进古老而久远的时光，让人感到人的短暂一生不过是对永恒的一次穿越和路过，而我们究竟要抵达哪里，则取决于我们的虔诚修行。有时，河的这边有人在捕鱼炸鱼毒鱼，甚至有人用电击鱼，鱼子鱼孙全都难以幸免，带电的人所到之处，死鱼死虾漂满河面，惨不忍睹，我就强烈感到没有精神信仰、慈悲情怀和道德禁忌的人，很容易成为大自然和生灵最凶恶的敌人，而这样的人对同类又能有多少真诚的感情？而在河的对岸，柏林寺的僧人正在放生，他们化缘购买了捕鱼者捕捞的小鱼小虾幼鳖嫩蟹，然后为之诵经超度，放归河流，僧人也许自己把自己都感动了，他们神情悲悯，含泪放生，泪水滴进河流，河水也感到了来自佛心的慈悲和温度，河水哽咽而情深，像在哭。而围观的世俗大众，也感受到了几分庄严和圣洁，感受到了“无缘大慈，同体大悲”的感人境界。我就想，所幸还有个古寺在，还有一些持守古老信仰的人群在，还有护生、放生的传统在，不然，大地的一切角落、河的两岸，若全都是无所信仰、无所敬畏、无所禁忌的人群，全都是带电的、带毒的、带钩的、带网的、带炸药的、用高技术武装起来的物质的人、欲望的人、贪婪的人、饕餮的人、心藏大恶的人，那该是多么可怕！幸亏，那从远古一路传来的晨钟暮鼓、经声法号、禅诵偈语，以其苍老殷切的叮咛，还在触动着人心，还在反复把什么提醒。我们的河里，除了污浊，因此也还有几许清流；除了荒滩，因此也还有几处风景；除了死鱼，因此也还有几尾幸运的生灵。而我们的心里，也因此绽开了清香之莲，亮起了净土之灯……

莲花庵

我没有见过莲花庵。但在我很小的时候，常听人们说起莲花庵。

外婆说莲花庵里有两个尼姑，吃素，念佛。我就问：啥叫吃素？为什么要吃素？肉不好吃吗？啥叫佛，为啥要念佛？

外婆就给我讲吃素的道理，讲佛门的规矩。她说，不吃肉不是肉不好吃，而是肉好吃，大家都吃肉，见肉就吃，天天吃下去，会把一切活物、一切生灵都看成肉，都去吃了，最后连自己都变成了一堆肉。人这一堆肉啊，就像一座庙，里面若不养个好东西，不供个好心肠，那就成了空庙了，就成了废庙、黑庙了。啥是佛呢？心好、心肠柔软就是佛，行善就是佛，做好事就是佛；念佛么，念念不忘佛，口里念着佛，心里想着佛，就不起坏念头，心里有佛，自己就成了佛。

我似懂非懂，但心里有了一个印象：世上除了有很多人，还有一个看不见、居住在心里的佛；世上还有另外一种按照佛的要求生活着的人。

外婆说莲花庵修在河边，四周多是莲田。莲田，也就是藕田。藕是可以吃的，它开的莲花则是可以看的，可以闻的。藕吃到身子里长身体、长力气、长头发。莲花呢，看着好看，闻着好闻，吸到心里就让心变得干净，让人的心性里也有了清凉香气，世上的浊气、不好的气息就少了。莲花庵就在莲花旁边，佛就在莲花旁边，闻着莲花，念着佛，心里漾着明月清泉，不存杂念，但行好事，这样修行的人，心是香的，身子也是香的，走路带起的风都是香的。

那么，那两个尼姑呢，她们身上有香气吗？

外婆说，她也没见过。她听她以前的大人们说过。

我说，外婆，你领我去看看莲花庵吧。

外婆说，莲花庵早就拆了，那条河也改道了。她小时候去过莲花庵，现在，她也忘记了它的位置。

传说中的莲花庵，连个废墟都没有留下，连个遗址都没有留下。

外婆早已作古。她讲过的莲花庵，一直在我的心里保存着，从我小时候听见莲花庵的那一天，我就开始断断续续在心里、在念想里，一直修建着我没有见过的那个莲花庵。我把它修成方正的房子，盖着圆圆的屋顶，正中的屋里有一个佛，他轻盈地坐在一朵正在绽开的莲花上，他总是微笑着，静静注视着我的心。我还在它四周的水里，种了好多莲花。

如今，我的心里，一直在修建的那座莲花庵，我仍然还在心里修建，它坐落在河边，河水流逝着时光和万物，但莲花庵的灯没有熄灭，莲花的清香也没有散去。

我的心里，是有一片莲花的。

河在大地上散步

诗心和诗歌

是大地之河孕育的可爱灵物

是人世间葱茏摇曳的芝兰香草

河在大地上漫步

诗人在河上漫步

诗在人心上漫步

一个女人要我背她过河

记忆如此清晰，四十多年了，我还记得那天的情景。

那时，我还不到八岁，因为那时我还没上小学，我是九岁上的小学，据此推算，当时我至多只有八岁多吧。那是秋天的一个黄昏，太阳快落山了，在故乡的漾河岸边，我记得河滩一片白茫茫的芦苇花。我在河边玩，用小石子敲打各种形状的石头，听它们发出的不同声音；过一会儿，又用不同颜色的小石子在大石头上写"一二三山水田"。那时我虽然还没上学，但是跟上学的哥哥学会了"一二三山水田"等简单的字。写累了，捡起一些薄片片小石块，抛向水面，看它犁出一波波水花，在河心，或在快靠近河岸的地方，突然下沉，然后，为它遗憾片刻之后，又捡起一块石片，抛向水面……

就在这时，来了一个女的，穿着很鲜艳的花衣服，手腕上还戴着手表，可能她在县城工作，当时我还小，不会判断年龄，此刻在记忆里回放当年情景，估计她有二十多岁，最多不超过三十岁的样子。她向我"嗨"了一声，我回转身来，手里还握着准备抛向水面的小石片，她说，嗨，小朋友，你背过人吗？你能背我过河吗？我被她吓了一跳，我，一个小孩子，怎么能背她呢？而且她是个女的。我摇摇头，我老实地、害羞地，现在估计肯定是红着脸对她说，我是个小孩子，我背过柴，背过草，我没有背过人，我背不起你。她可能以为我是有力气背她而不愿意背她，又笑着说，你背我过去，我给你三角钱。我说，我力气小，真的背不起你。这时，我看着哗啦啦奔腾的河水，心里想，这么大的水，我自己过河都会被冲倒的，她一个大人，怎么就敢让一个比她小很多的孩子背她，她怎么就不害羞，让一个小男孩背她过河。当时，我感到这个女的很冒失，没分寸，我心里有点惊讶，她是个大人，她咋这么没分寸？

那女的对我有些失望，说，你不背算了，我不怪你，你确实太小，我等别的过河的人背我。

我离开了河滩，站在岸上看她会不会遇到能背她过河的人，可是，一直没有过河的人。

眼看着天快黑了，我看见那女的向两岸张望了一阵，最后，还是自己颤巍巍下河了，走到河水湍急的地方，她就弯着腰，用手摸着、扶着河里的石头，一寸寸过河。我在心里估摸着假如我背着她过河是怎样的情形，肯定是我的脚下一滑，或腰一闪，两人一起滚下河，想着我就很害怕。我很快制止了自己不去想那不好的情景，我紧张地盯着她，我在心里暗暗帮她使劲，用目光护着她一寸寸过河。好不容易，在河水里连打几个趔趄之后，她终于过了河，上了岸。

她没有回头,她也许不敢回头看那湍急的河水,那会让她后怕。她慢慢地走了,消失在对岸的柳林里。

她不知道,也永远不会知道,在岸上,在逐渐加深的夜色里,站着一个小孩,他站在他八岁的懵懂里,这懵懂里混合着羞怯、蒙昧、惶恐,也混合着一个突然相遇的有求于他的女人带给他的过于巨大和突兀的信任,以及辜负这信任之后产生的愧疚和对她的担心——这个懵懂小孩一直目送着她。但是,这一切她都不知道。也许,她只是在心里失望着,也隐隐地埋怨着那个羞怯的小孩。

后来,我总是莫名其妙地想起这件往事。也许,这位少妇,当时有了身孕,她从单位请假,要过河回对岸的娘家,河边,她记起医生的叮嘱,孕期不能接触凉水。可是,河里刚涨水不久,小河上的柳木桥被水冲走了,过河的行人稀少,她没遇到可以帮忙的大人,眼看着天快黑了,这时,她看见了我这个小孩子。但是,这孩子什么也不懂,又没有力气,又害羞,这个孩子辜负了她的信任,他也的确没有能力完成背她过河的重任。

一晃将近四十多年过去了,我都五十多岁了,那个女的,可能是七八十岁的老人了。这么多年来,时不时就想起她,并惦念着,她这一生过得好吗?她后来出生的孩子不会因为她那次过河接触了凉水受什么影响吧?因为我记得当时立秋不久,河水并不很凉,我们村里的母亲们在孕期也时常到河边洗衣服洗菜的,她们生下的孩子们都很健康。

那么,为什么几十年过去了,我对这个女的却还时常想起呢?

细思量,大概是这样的吧:一是我心里对她怀有一份愧疚,当时,她需要人帮助,在偏僻的小河边,在黄昏,她把巨大的信任和托付,不假思索地就交给一个懵懂无知的小孩,这一方面是情急之下的别无选择,同时也说明这个女人的单纯和善良,也佐证了当时世道人心的普遍单纯和善良,那时,随时随地,你邂逅一个人,是可以信任和托付的。可是,我辜负了她的信任和托付,虽然年幼的孩子可以完全不负道义上的责任,但是,在我渐渐长大的过程里,那份愧疚也在心里渐渐长大,在潜意识里我以一个成人男子的名义承接了那个小孩子在那天根本无法完成的托付,也承接了留在心里的那份愧疚。

还有一点也许是最主要的,这就是:那个黄昏,一个以后注定会成为男人的小孩子,在他还没有成为男人的时候,一个女人提前交给他一个他当时根本无法完成的重任, 一个女人把她的身体,把她的安全,把她的一部分命运,毫无顾忌地交给了他,而他不得不辜负了她。他站在岸上,站在懵懂的夜色里,他目送那个女人在河水里打着趔趄,颤巍巍过了河,带着后怕的心情消失在柳林里,消失在越来越深的夜色里。几十年了,那个背影仍没有走出那片柳林,仍没有走出那晚的夜色。而站在岸上的那个孩子,他渐渐长大,终于渐渐变老,而在他的心里,他一直认为,今生今世,正是这个在河边突然遇见的女人,第一次让他朦胧地意识到,一个人活在世上,他的脊背上不可能永远是空着的,他的脊背迟早是要负重的,他要背负着自己的命运过河,同时要背负着别人的命运过河，有时，一个孤独的脊背，还不得不背负着历史的托付和天空的重量，涉过湍急的命运之河。

此时，我闭着眼睛，我听见了河水哗啦啦的声音。我看见，那个八岁的孩子仍然站在岸上，站在几十年前的懵懂夜色里，他远远地望着对岸……

五泉山记

因五眼泉得名。是故乡以西的那座小山。

五泉山，五泉山，叫了几千年没变。现在，泉早已干了，此地还叫五泉山。我几次回老家，专门跑到山上寻找那五眼泉，可是，连泉的一滴眼泪也没有了。想看一眼泉的遗址也没找到，它的眼睛已经永久闭合了。很想看它们最后一眼，也不为什么，就是想看一眼，就像一个蔼然长者作古了，想看一眼他的遗容。

五眼泉里，收藏了我许多好东西。与小伙伴伏在泉边照镜子，听泉水从地底哼出的神秘口令；为同桌女孩采一朵泉边的野水仙，偷偷放进她的书包里。中学时，读唐诗三百首，一时间满心古意，突然有了朦胧的诗的情思，就模仿王维，常常于空山新雨后，来到五泉山，看明月松间照，听清泉石上流，写了一首又一首幼稚纯真的诗，用泉声押韵。

记得有一个星期天，帮大人干完农活，下午一人跑到五泉山一眼泉边，看泉里云影、花影交叠，水光随日光移动而忽明忽暗，就在青石上坐下，酝酿着写一首诗。一只野画眉看见默坐的我，以为是一棵落叶乔木，就跳于树杈（肩上），啄其木耳（耳朵），那精细的啄法，那绝非任何神灵能制造的微妙清凉和微痒，从鸟的口舌传遍了我的身心。我就一动不动静默着，看它怎么处理我。它品尝了我一会儿，大约觉得不怎么可口，低声议论了几句，翅膀一扇，飞了。其时，我被诗照彻的年轻透明的心里，满溢着晴空白云般的诗的情感，如这波光漾着波光、倒影重叠倒影的雨后清泉。鸟的降临，为这空蒙寂静的时刻，增添了神秘动感。那天，写了什么诗，早遗忘了，但是，那个诗的下午，在我记忆里深藏至今。那阵奇异微痒，仍时不时在我左耳上簌簌着，让我猛然记起那只画眉，那个下午，那眼泉。

五泉山上的五眼泉，五只眼睛，不只认识我，它认识太多太多像我一样的孩子，它也滋养了太多太多像我一样的孩子。故乡的人们大都心地善良，性情温厚，我想也是因了这泉水，血脉里流淌着清润的气质。而世世代代的人，在做孩子的时候，受过父辈的家教，也都受过泉水的诗教。我把自然对人的教育视为上苍对人实施的一种诗教，风花雪月，白云流水，等等，都是诗教之教材。泉，堪为经典教材。在泉的眸子里，收藏着我们的身影，沉淀着纯真的感情。而它在地层深处的神秘经历，它从不可知的远方一路提炼出的深沉思想，它历经岁月泥沙而始终保持的透明情感，它清澈灵魂里倒映的天地幻象，这一切，都潜移默化着人的性情和德行。当你喝下一捧泉水，你其实也服用了一剂灵魂的清凉药；当你将面影投于泉中，你其实也在用天地的明镜辨认自己的清浊；当你于静夜从泉边经过，看见一轮明月正藏在泉里沐浴净身，你忽然感到万物都有自己的洁癖，而人，为什么不能有一点心灵和道德的洁癖呢？

如今，五泉山空留下一个水汪汪的名字，在区域地图上，灌溉着干涸的地址。

大地的诗教被人的暴力打断，被迫中止。人颠覆了大地的伦理，拒绝着自然对他的诗化，而热衷于对自然的掠夺、伤害和丑化。这种伤害既深且巨，不仅使大地面目全非，而且已伤及血脉筋骨，甚至粗暴地解构了地质的构造——实则是粉碎了大地的内在灵魂，取消了大地的灵性。大地，它就像一个人被暴力所伤，造成重度脑震荡，记忆丧失，连多余的心绪、情思都没有了。就我故乡来说，五泉山就是伤痕累累大地的一个伤疤。五眼泉，在近十几年内彻底干枯、消失。明亮了五千年、荡漾了五千年、凝视了五千年甚至更久的五只眼睛，全都瞎了。是的，大地的眼睛瞎了，他不再能看见我们，他也许不愿看到我们。

背弃了大地的诗教，荒废了心灵的学业，我们一头扎进金钱拜物教、权力拜物教、技术拜物教的神龛，成了其忠实信徒和铁杆奴隶。

莫非，大地身上不再分泌泉水，我们身上也不再分泌美德？

我想和土地交换眼神，可是土地的眼睛纷纷瞎了；我想触摸土地的痛苦，可是找不到土地的穴位。我们的土地曾经是怎样多情呀,到处都是温柔的乳腺和多情的泪腺。如今,土地的乳腺干了泪腺枯了眼睛瞎了,在盲目的土地上,我们盲目冲撞着,盲目折腾着,盲目狂欢着。

也许土地不愿看见我们浑浊的身影，土地痛苦地闭上了眼睛?

我怀念祖先的大地。那是泉眼密布的大地,灵感密布的大地,诗意密布的大地。人走在大地上,无数纯真的眼睛注视着他,滋养着他,泉水以清澈的口音唤着他的乳名,纵使山高路远,他不会走失。

如今,我们乘着飞轮,扛着铁器,张着大口,怀揣大欲,心藏大恶,气势汹汹地争逐于饱受伤害和欺凌的大地,没有迎接的目光,也没有惜别的眼神,我们的背影,是如此荒芜贫瘠。

我怀念泉水荡漾的大地。

我怀念昔年的五泉山。

河流记

——大地伦理与河流美学

一

从四岁在故乡小河里学会游泳，已几十年过去了。几十年里，与河流、与水的感情越来越深，可谓之“一日不见，如隔三秋”。看河景，沐河风，听河声，早已是我每日都要进行的功课，若是哪一天不看一眼河流，不听一会儿水声，就成了一个亏欠和心病。好在多年来我主要生活在陕南的汉江流域，这里气候温润，河流纵横，溪塘密布，养育了丰饶的草木生灵和淳朴厚道的人民。我曾有几次调往外地的机会而终未成行，其中一个原因是新去的地方缺水，更没有一条像样的河流，所以就放弃了。厮守故乡，实在是因为舍不得那些美好的河流；临河而居，是我今生的大福气。

在河里游泳，是我多年的习惯，从童年一路游下来，也游过几十条河了，漾河、褒河、湑水河、泾洋河、汉江、冷水河、椒溪河、八渡河、黑河、嘉陵江……方圆数百里的主要河流都游过了。那年夏天，趁到江西南昌走亲戚的机会，我在夜晚游了赣江；到东北出差，本想在松辽平原的嫩江游一下，不巧感冒，只好在江边掬几捧水，打几个漂石，犁几波水花，以示到此一游；二十世纪末的一个初夏，我和朋友旅行来到海南的天涯海角，当夜晚落潮刚过，我跳下海游了约半小时，体验了一下被海浪浸泡的鱼类的感觉，也领略了海的凶险。当落潮凶猛地向远处退行，像有若干双巨手迅疾地卷起铺盖，我险些被落潮的涌浪卷走。我知道那可怖的力量是来自太平洋那巨大胸膛的强劲起伏和收缩，那一刻，笼罩海面的夜色使我有了深渊在即的恐怖，好在我及时随着落潮回旋的余波顺势拼命游到浅滩。我返回岸上，岸上看海的朋友竟浑然不觉，他不知道，我其实刚刚从死神大张的口边侥幸逃出来。

海里的那次冒险游泳，使我对陆地河流，尤其是对故乡的河流，有了更深、更亲切的感情。几十年来，在河里无数次的游泳，我竟没有遇过一次危险，仅有几次小小的呛水。在我心目里，至少对于我，河流是厚道的、友好的。

但是，千万不可轻薄地去挑战河流，不可狂妄地去蔑视河流，更不可怀着恶意去糟蹋和伤害河流。

二

我们应该像我们的先人那样，从内心里尊敬和热爱河流，并且多多少少对河流怀着一点畏惧，怀着一种崇拜。

把河流看作一位阅历无限丰富、内心有着无尽藏纳的长者和先知，把河流看作一位伟大的历史学家，不，河流就是历史老人本身，大地的往事都镌刻在河流弯曲的身上。随便一粒沙、一块河边的石头、一页沉没于河底的船的碎片，都记载着过往时光的遭逢际遇，其间有多少惊心动魄的事件和情节啊。你随意拾取一粒石子，在它细密的纹路里，肯定浓缩着比《史记》更浩瀚更久远的时光密码。

把河流看作一位博大精深的百科全书式的学问家和具有无穷原创力的创造者，他凿通万山、培育万物、养活万民、灌溉万世，如此大学问和大本领，河流竟是无师自通，无往不利，是何故？是因为河流秉持了“参天地，赞化育”的大道，利天下而不自利一分，育万物而不独占一物，河流真正做到了为天地工作，为众生操劳。得大道者，方有大德、大学问、大智慧、大本领。河流是上苍花了亿万年的课时精心培养的学问家和工程师，河流来到世间，就是为了彰显天意，广施福泽，创造奇迹。

把河流看作一位慈悲为怀、乐善好施的慈善家，他见过了高天旷野大世面，见过了深壑巨岩大事物，但他从不攀高弃低，从不喜大忘小，相反，他总是牵念着低处，在低处汇聚了他最多最深的情感；他总是怜小惜弱，弱小者投身到他的怀里，总能得到他的庇护和养育，无论是一只小鱼小虾，一只小小的水蛭，一条隐姓埋名、藏身泥沙的泥鳅，仁慈的河流都为它们准备了足够的口粮，并传授泅渡激流险滩的方法和诀窍；即使是可怜的乞丐和逃荒的穷人，只要来到河流面前，也总能找到些吃的，岸边林子里的野果、桑葚、救兵粮（一种野果）、猕猴桃，沙地里的野萝卜，野燕麦，这是河流为那些被命运遗弃的生灵储备的救济粮；若是渴了，那么，随意喝吧，露天敞开的河流就是任你痛饮的自来水和大水缸；而循着渡口老柳树摇动的柔软手臂的提示，你隐隐看见了对岸，看见久违了的温暖炊烟和故园的亲情，于是身陷绝境的你，重新对红尘人间有了念想……河流为什么不愿走直路，而总是曲曲折折地绕路而行？哪怕穷乡僻壤，他也要把它搂进多情的臂弯？他是为了尽量多走一些地方，多察看一些情况，多帮助一些饥渴的生灵、焦急的草木和等待的水瓢。河流就这样不计回报地一路慷慨施舍，一路广布恩泽。古往今来，我们不知道这一条条河流，究竟救活了多少草木和生灵，接济了多少穷苦的日子，抚慰了多少焦渴的思念？

把河流看作一位将浪漫情怀和写实手法完美统一于一身的天才美学家、文学家、诗人、艺术家、音乐家，他一路制造梦幻倒影，一路创作山水画、水彩画和国画，一路举办摄影展览；一路举行独唱、男女声二重唱、童声齐唱和多声部合唱，且场场都是义演，句句都是真唱；他一路不停上演场景变换、情节曲折、高潮迭起的风情长剧；他一路触景生情出口成章，见山吟山见鸟颂鸟见风赋风见月咏月，看见一个小姑娘从小桥上走过，他也不忘记仔细为她剪一帧生动侧影，作为一首诗的插图。凡是河流走过的地方，都是有意境、有美感、有风情的好地方，即使一个偏远小村落，被清亮的河流轻轻一绕，就变成了令人眷恋的桃花源；他一路诗词歌赋，一路琴棋书画，一路松竹梅兰，一路风雅颂，一路谈天说地，一路议古论今，河流有着挥洒不尽的艺术灵感和创造才华，有着说不完的见闻和传说，有着我们永远也无法理解的深沉思想，当然，河流也有着难以言说的孤独和忧伤。那么，河流深邃的内心究竟藏着怎样的思想和忧伤？这是我们这些总是在岸上魂不守舍、左顾右盼、东张西望的人类，所无法知道的，甚至一只水鸟对河流的理解，也比我们深刻得多。在河流面前，我们其实都是一群懵懂小儿，浅薄无知，有待启蒙。

把河流看作一位不倦的旅行者，他穿越群山、漫游天下、鉴赏万物、行吟大地已达亿万年之久了，那滔滔不绝的流水和绵绵不断的烟云，就是他卷帙浩繁的行走记录和心灵档案。自盘古劈开混沌以来，天地间发生的无数事件和走过的衮衮人物，一部分由化石做了记载，极少量在人类史书留下片段记录，而大部分还是都收藏在河流的眸子里和内心里。河流那深沉的语言和悠长的讲述，一旦被我们听懂，我们将不再需要什么历史学家，因为，河流——这历史的当事人和撰写者，已经亲口向我们讲述了真实的历史。这伟大的旅行者、时光的穿越者和目击者，他见过恐龙，见过始祖鸟，见过盘古，见过女娲，见过大禹；见过伏羲，见过神农，见过黄帝，见过尧舜，见过水上女神；见过秦始皇、刘邦，见过陈胜、吴广，见过唐玄宗和杨玉环；见过人类精神史上那些开天辟地的大哲和圣人，他见过经常静坐水边沉思的老子，这位智者曾面对流水说出了意味深长的千古箴言：上善若水，水善利万物而不争；他见过沿河而行的孔夫子，两千多年前的那个黄昏，圣人望着滔滔远去的河流，说了一句很著名的话：逝者如斯夫，不舍昼夜。

三

即使是一条小河，他也比你有见识、有故事、有趣味得多，他见过许由、屈原、司马迁，见过褒姒、西施、王昭君，见过陶渊明，见过李白、杜甫、王维、孟浩然，见过苏东坡、辛弃疾、李清照和曹雪芹，见过华佗、孙思邈、李时珍。他亲眼看见李时珍沿河岸采集和遍尝草药，在野外受凉发烧了，他就嚼几枚柴胡麦冬祛风散寒，然后，掬一捧河水研墨、润笔，伏在岸边青石上，继续写那济世救民的医书，你应该相信，《本草纲目》里的若干词条，就是李时珍蘸着你家屋后那条小河里的水写的，沉疴缠身之际，不妨于夜深人静之时，翻开这药香弥漫的仁慈古卷，你会听见几百年前的水声，从某个处方里潺湲而来，耐心观照、诊断你此刻的病情；他亲眼看见李白乘船去往对岸，上船时打了个趔趄，他急忙站稳，恭恭敬敬拱手施礼，遥对目送他的友人深情吟唱："李白乘舟将欲行，忽闻岸上踏歌声，桃花潭水深千尺，不及汪伦送我情。"他亲眼看见辛弃疾沿着一条小溪走过来，走进那清贫而厚道的农家，无限怜惜地吟哦："茅檐低小，溪上青青草，醉里吴音相媚好，白发谁家翁媪？大儿锄豆溪东，中儿正织鸡笼，最喜小儿无赖，溪头卧剥莲蓬。"他亲眼看见陆游从河边大柳树下慢慢走过，亲眼看见他在河里提了一桶清水回家，净手焚香，研墨铺纸，然后，一笔一画写出了“山重水复疑无路，柳暗花明又一村”的诗句，写罢，又沿着河岸柳林漫步沉思，反复吟诵。不仅这首诗，古代的千千万万首诗，哪一首不是诗人们按照河流起伏的波浪和跌宕的节奏，造的句，押的韵，定的稿？

知道吗？就是你家门前的那条小河，他对你早已遗忘了的你们家族数百年的家谱，也能倒背如流。他见过你爷爷以及你爷爷的爷爷，见过你外婆以及你外婆的外婆，他见过你妈还是个小女孩子时的样子，那是初夏的午后，她与邻居小孩在河边戏水的时候，河水就打湿过她那葱白一样的脚丫子……

是的，如果我们静下心来，默默想一下河流，我们就会对河流生出无限的感念、深情和敬意。

四

走近一条河流，就像走近一位母亲或女神，你不该怀着轻薄的心思，去亵玩她情感的碧波，去蹂躏她洁净的白沙，去盗取她河心的金子，而是怀着对母性之乳、对母亲之爱的一份敬重、一份挚爱，轻轻地、端庄地、礼貌地走向她，那么，她，我们的河流，就会接纳我们这些懂得爱，也珍惜爱，怀了一腔纯洁渴望的好孩子。她知道，我们是河流的子孙，我们离不开河流的乳汁和感情。

是的，这绝不是我对河流的偏爱而生出的矫情，对大自然、对土地、对河流，无论有着多么深的感情，这感情都绝不是矫情，那是我们与生俱来、出自生命本源的真挚感情。

我故乡过往的先辈，和仍然健在的上年纪的乡亲，一直保持着久远年代传下来的传统和操守，那些出自先人们内心的感激和尊敬，而定下来的对日常生活和天地自然的种种禁忌，我的一代代乡亲们都谨守如仪。比如，不能对苍天（老天爷）说坏话，更不能骂老天，对不利的天象和天气，比如天旱、暴雨、霜冻或冰雹有怨气的时候，可以问天、劝天，但不可用怨恨的语言谩骂天；对山上裸露的古老岩石或古树巨木，遇见了不能随意搬动或伤害，最好要行礼致敬，认为古岩古木身上附着山的魂魄，任何无礼的触动和损伤，都会动摇了山的根基和灵气；在寒气重的夜晚，不能随便大声呼叫一个人的名字，那会把阴寒之气带给这个人，而对他（她）的健康和流年造成不利；在庄稼地里路过，不能说粗话和脏话，不能说伤人的话，这样不仅会伤及人，也会伤了土地的元气和庄稼的和气。关于水的禁忌要更具体更详细一些，比如，在水井挑水时，尽量不要两腿叉开横跨水井，而是最好站立井台俯身取水，现在我理解这个禁忌的用意，一是两腿跨井姿势不雅，对井也不恭敬，二是若有小孩子两腿横跨井台，由于腿短，孩子容易闪失跌进水里，极不安全。那时候，山上有很多泉，泉里多数都放着水瓢，供过路人使用，大人要求我们，不可将漱口的水吐在泉边，要吐到远一些的地方，用水瓢喝水后，要将水瓢放回原处；有的山泉边长着野葫芦藤叶，叶子正好用来舀水喝，用过的叶子不能毁坏和扔弃，要用水冲过之后放在泉边供后面人用（如果人人都采了叶子用后毁弃，那会把泉边的叶子采尽）。小时候，我们并不怎么理解这些禁忌的含义，但也能模仿大人并严格遵守，每次到泉边玩耍或喝水，都小心翼翼地护着泉，而泉水也以清亮的目光和好听的歌声迎送我们。有关河流的禁忌和信条，我记得是这样的：对河流不能说坏话和脏话，不能对河流吐痰吐口水，不能在河边随地大小便，不能往河流里扔任何脏东西，不能伤害河边的草木和鸟儿，在河边，哪怕起一个不好的念头都是对河流的不敬；当心里有了忧烦和愁苦，可以在无人的时候，独自对着河湾里湍急的流水大声倾诉，哗哗的流水会带走你的烦恼和忧伤，洗净你心里淤积的尘埃；过桥时要礼让对岸的人先过，过了桥，要在心里对桥和架桥人说声："修桥铺路，积德有福。"

这些满含情感和敬意，也有几分神秘意味的古老禁忌和伦理，其实都出自古时先民们对天地自然发自肺腑的尊敬。心存如此庄严感情的古人，该是一些怎样可敬的人？他们有情有义地走过大地山川，上不亵渎一片云彩，中不伤害一个好人，下不糟蹋一颗露珠，由此维护了满目风景，认领了遍地诗意：他们登山则情满于山，临水则意溢于水，对月则幽思盈怀，踏雪则诗情漫天。

五

面对一条河流、一脉小溪、一眼山泉、一泓碧潭，我们的先人都绝不仅仅把它们看作一个东西一个物,绝不仅仅看作可以随意支配和掠夺的消费对象,而是看作一种生命,而且是比生命还要久远和幽深的更本源的存在,是孕育生命的生命。他们对之投注以真挚的情感和尊敬。这是比现今所谓的环保意识、生态意识要深沉得多的一种生命情感,它是源于对天地万物、对生命本源的至深感悟而产生的一种精神信仰。作家张炜对有人把他的作品仅仅理解为“生态写作”颇不认同,认为文学是远远大于生态意识的,文学是关于生命体验和生命关怀的深沉表达。不错,文学作品里天然地含有生态元素,但对有着生态元素的文学作品不能仅仅予以生态的解读,若是仅仅这样解读,实际上就大大缩小了,也降低了文学本身的境界和格局。我们的先人虔诚信奉的生活禁忌和大地伦理,也不能仅仅给以生态和环保的简单理解。生态意识与环保主义当然是个好东西,但它们还是出于现今人类对自我生存和保护的实用需要,出于对不可持续的担忧和对可持续的渴望。而古人的生活禁忌和大地伦理,固然也有自我保护的因素,但更有超越实用的对天地宇宙的敬畏,对天命和天道的崇仰,包含着对终极真理的膜拜和体认,那已不是一种实用的理念,而是一种至深的生命觉悟和精神信仰。

那些饱含深情和深意的古老禁忌和大地伦理,那些关于水、关于河流的禁忌和仪式,不仅使一代代的先人们,生活得有操守,有敬畏,有生命意境,有伦理深度,而且也保护了大地的贞操、生灵的繁育和山河的完好。就我故乡来说吧,在我很小的时候,我们那里山清水秀胜过如今的生态景区，山上松柏郁郁成林，涧水鸣溅，泉流淙淙，一座小小山上就有大小五眼泉，名之为五泉山，给了我们童年多少透明的快乐和最初的诗意启蒙；小河里一年四季清流荡漾，沿河古槐老树很多，河畔巨石横卧，奇石随处可见，却无人采挖和盗走，在河边林子里走一趟，就有回了一趟古代、“别有天地非人间”的时空跨越之感。河水清澈得可以照镜子，有的乡亲到对岸走亲戚，就在过河时对着河水整理自己的头发和仪表，我小时候也有过这样的经历。那时的河水是可以放心饮用的，河边的人家就直接挑回河水烧水做饭，行路的人渴了，就随时俯身在河边痛饮一番，那甘洌，那清爽，是现在的年轻人不能想象的。

当你俯身看见，那么温柔的河水里、泉水里，都有你的清澈倒影，与你面对面，辨认着你，欣赏着你，你此时的心里，荡漾着的该是怎样一种纯净、喜悦的感情？是的，当我们怀着清洁的情感和念想，走在大地上，走在时光的水边，被我们感念着的清澈流水，也乐意抢拍我们的形象，也乐意收藏我们的倒影。

于是我们明白了，在物理学的能量守恒定律之外，还有一个万古不变的大地的美学原理和伦理学原理：那被我们珍惜着的，也一定在珍惜着我们；那被我们深爱着的，也一定在深爱着我们；那被我们欣赏着的，也一定在欣赏着我们。

六

如今，古老的禁忌和大地的伦理，或被遗忘或遭践踏，我们，对于脚下大地，对于万物生灵，对于水，对于河流，我们还有几许尊敬，还有几许深情，还有几许怜惜？还有哪一片土、哪一座山、哪一棵树、哪一种生灵，哪一条河，哪一条溪，不被我们欺凌、掠夺、糟蹋和伤害？在孟浩然沉吟过的田野上，还剩下几处田园意境？在李白放歌的山水间，还存有几许山水诗意？

当物质主义、消费主义和金钱拜物教成为人们迷信的“邪教”，当颠覆传统、解构信仰、践踏美德成为丑陋的时尚，我们上不畏天，下不敬地，外无造化可师，中无心源可得，我们心藏大欲，手挥利器，放纵欲望的虎狼，迷醉于形同抢劫的所谓升官发财、争名夺利、一夜暴富、“只要我生前洪福齐天，哪管它死后洪水滔天”等等邪恶低级的快感。危险啊，只差一步，我们就成了穷凶极恶、吞噬万物的大地的蝗虫和大自然的敌人。

我们一路张狂，一路呼啸，见山欺山，见水辱水，见鸟烹鸟，见琴焚琴，见色起淫心，见玉生贼胆。我们像迷狂的疯魔，张牙舞爪蹂躏着大地，也蹂躏了我们本可以纯正高尚一些的心灵。

我们可曾发现，如今，还有几只鸟，愿意停在我们屋顶？与我们聊聊天、拉拉家常，或亲热地呼唤我们的乳名，或用水灵灵的语调向我们朗诵几首唐诗；还有几眼山泉，愿意向我们投来深情的眸子？它们早已痛苦地闭了眼睛，不愿再见到我们；还有几条干净的河流，愿意收藏我们的身影？它们很浑，像我们的内心一样浑；它们很浅，像我们的情感一样浅；它们失去了活水源头，才变得如此残破和恓惶，那是痛彻心扉地在提醒：人啊，倘若不找回你的心灵源头和情感活水，你们的心灵之河，大地的生命之河，又如何能重新荡漾，并映照出天地万物的倒影？

河在大地上散步

唐朝的河非常多。除了一条叫黄河的大河，水浑，有时还泛黄，其余无数大大小小的河，都很清澈。有的河，浪大，滩深，岸险，在有的河段，激流沸雪，涛声如雷，气象悲壮，转一个弯，则絮絮叨叨，温柔如淑女倾诉；有的河，清清浅浅的，始终押着悦耳的韵，就像一个教养好、脾气好的人，一辈子没说过一句粗话，即使偶尔发一次脾气，也是在雷雨和涨水之夜，那是上天发脾气了，河水不得不做的感应。

我做过一个实验：随手翻开全唐诗的任何一页，几乎都能翻开一条河，或翻开一条溪，古代的波浪、水光和气韵，就打湿我干燥的手指和心了。在李白、杜甫、王维等等诗人的诗里，有多少河流在奔腾，在潺湲着吟唱？有多少溪水呢喃着透明的情思？那些情意深长的句子，都是从流水里提炼出来的。就凭此，我们就应该感激河流，正是那在大地上纵横流淌的无数河流，浇灌了唐朝的诗心和诗歌。诗心和诗歌，是大地之河孕育的可爱灵物，是人世间葱茏摇曳的芝兰香草。

河在大地上漫步，诗人在河上漫步，诗在人心上漫步——这就是诗的生态，美的生态，心灵的生态。

何以现在诗人不少，真诗、好诗、美诗、妙诗却很少呢？甚至似乎灭绝了呢？

看看你的土地上还有几条河呢？还有吗？也许还有那么残剩的几条奄奄一息的河，在勉强敷衍着干枯的河床，快断流了，可叹还被污染得脏污不堪，那怎么能叫河呢？一条污水沟。

污水沟能浇灌诗心和诗歌吗？

难怪，诗心和诗歌，这可爱的灵物，这人世间葱茏摇曳的芝兰香草，随着河流的污染和干枯，随着心灵的污染和干枯，也濒临灭绝了。

如果真有一个时空隧道，我希望，我能从那里穿越而去，随着倒流的时光，快速到达唐朝，在纵横交织的河流里，我将沿着水光明澈、草木摇曳的河岸，一直走啊走，我将邂逅许多的诗人、诗心和诗歌，我注定会把自己也走成一首诗。

如果可能，我要把更多的人，要把整个世界拉进那个时空隧道，到唐朝走一趟，去邂逅诗意、诗歌和诗心……

芦苇，激荡人心的大美

绿树拥岸、蜿蜒流淌的河是很美的，要说河的最美的地方，那肯定是芦苇荡。

对河流的审美并不需要多高的美学修养，河流有一种天生的打动人的美的力量，她闪烁的波光，婉转的河岸，或激越或温柔的流水的声音，她的周围和上空旋绕的鸟的身影，她的波光里明灭起落的星星的倒影、银河的倒影和云的倒影，从她身上弥漫而来的湿润清爽的空气……这一切，通过视觉、听觉、嗅觉和触觉全方位地感染你、渗透你、浸润你，河流很快就笼罩和充满了你，此时，你没有别的想法，只有一个感受：河流真好，真爽，真美啊。

你不想再远离河流了，你就入迷地站在河风里，站在河的絮语里，你举目四望，河流太好看了，目光都不知该停放在哪个地方，因为每一个地方都是美景，都是亮点。

你该把目光投向哪里呢？你知道了“美不胜收”这个词的来历，要是古人不造这个词，面对了河流，你也会在此时此刻造出这个词来的，不然，你会觉得对不起河流。

这时，你看见了河湾里那大片大片的芦苇荡。

那么浓郁热烈的绿，像旗帜招展在河流的身体上。微风吹来，苇浪就开始有节奏地起伏，那么绵软、优雅、节制，那么美好的动作。也许只有芦苇能做出这么美好的动作。风大起来了，苇浪起伏的弧度明显放大了，眼看要匍匐在地了，然而并没有完全伏下去，你也不愿意看见可爱的芦苇做出这么委屈的姿势。芦苇们互相依托着、呼应着，只把柔韧的腰弯到有几分悲壮的程度，就又挺起来，然后随了风继续那哀而不伤、伏而不倒的动人舞蹈。

是的，水在流动，风在跑动，岸在移动，在变动不居的河流里，在变动不居的岁月里，芦苇们不知听到了谁的暗示，不声不响地在低处做着准备，然后集结成浩荡的军队呼啦啦开出来，就在流动的河里，流动的时间里，流动的生活里，切割了这么一些安静的、绿色的岛屿，宣告美的征服和温柔的占领。让我们看到：许多东西在不停地变化、流逝，许多事物在无可挽回地快速远离我们，但是，仍然有一些东西没有变，仍然有一些可爱的事物停留了下来，并且远远近近地陪伴着我们，它们时时眺望着我们，也被我们时时眺望。比如：你正在凝视的那一片片芦苇，此时，它在接受你投去的目光，它那么安静、深邃，它似乎要把你清澈、深情的目光收藏起来，把你的美好年华收藏起来，若干年后，当你老眼昏花了，它再把它收藏的你青春的情怀，把它收藏的你早年的目光，都还给你，重新放进你的瞳仁。

到了秋天，苇花如弥漫的白雪，被覆盖的河滩成了起伏的雪原，走近它，你能听见大地深长细微的呼吸，你能感受到一种只有从风浪和霜寒中一路走来才会有的那种深沉、忧郁，而依然保持着纯真情操的成熟之美和内在之美。在苇花的雪浪里行走，你会重新发现你内心深处原来有一片柔软地带，此时它正在落雪，正在不断展开灵魂的空阔和洁白。

许多个秋夜，我来到苇花飘曳的河滩，月亮小心地，踮着脚轻轻从上空走过，生怕让这唯美、柔弱的梦受惊。月光落下来，一层层落在苇花上，天上的雪与地上的雪相遇了，尘世的梦与天国的梦汇合了，我目睹并参与了两个梦的交接仪式和汇合过程，并荣幸地成为那超现实的一个细节。我在大地的一隅邂逅了天堂。

不止一次，我在秋日里看见过这样的情景：一对对情侣在苇花的白雪里走着走着，置身于大自然纯美的诗的意境，即使再没有诗意的人，这时候看过去，也有了几分空灵和超凡气息。我想，也许他们都是很普通的人，以后也将过着庸常甚至琐碎的日子，然而，这一刻，大自然的诗意使他们凡俗的岁月有了经典的记忆，雪白的苇花漫过他们初恋的时光，即使到老了，什么都忘记了，也许他们仍记得那雪白的苇花，以及那贴着苇花飞过的雪白的鹭鸟，还有头顶那雪白的云。这记忆的底色，将漂白时光里沉积的灰暗，在纷繁甚至浑浊的色彩里，他们一生里都将坚持对洁白的崇拜。当他们在尘世间走出去很远，停下来回望，总能望见过去的白雪，那是多么纯真的雪啊。

柳木桥

小时候走过许多柳木桥。

小河上、溪流上、原野的沟渠上，一根躺倒的柳木，托起往来的行人、牛马、蚂蚁、狗、逃亡的老鼠和迷途的小青蛙。

也托起小小的我。

那时刚刚学会走路，过桥算是冒险的事情。我战战兢兢踏上桥，慢走几步，紧接着一阵小跑，跑到离岸好远的地方，才回过头看那桥和桥下流淌的水。

往返几次，再过桥，就觉得桥很安详，水也友好，那嘻嘻哈哈的浪花，都在和我说亲热话。

到了春天夏天，柳木桥长出绿绿的柳枝柳叶。柳木还活着，这躺倒的木头还活着。

我就想：这柳木一定是站累了，躺在这里休息，不小心睡着了，就做梦，梦见春天梦见夏天，说不定还梦见了燕子、黄鹂，最后梦见自己绿了，果然就绿了。

它梦见水在流，鱼在游，梦见北岸的种子想到南岸开花，南岸的蛇想到北岸冬眠；它梦见羊，羊就走过来；它梦见我在它身上小跑，果然我就在它身上小跑；它梦见我蹲下来，折它身上的柳芽，它感到一点疼。

我，以及水里、岸上的风景和事物，是不是正是这做梦的柳木的梦境呢？

我就想：躺倒了，仍在做站着才能做的事情，这柳木，一定是一种珍贵的树。

可大人们说，柳树是最平常的树。

后来，我走过许多水泥桥、铁桥，它们都给了我方便和安全，但是奇怪得很，它们都没有在我心中留下太深的记忆。我不是忘恩负义过河拆桥的人，我为什么对这些高大的桥如此淡漠？

想来想去，原因其实很简单：这些铁的、水泥的桥，它们僵硬、结实，它们很宏伟，但它们不会做梦，不会长出绿色的芽。它们不亲切，它们没有感情。

行走在长满绿叶的柳木桥上，心里也会生出些绿的芽儿。流水溅湿裤腿，你会感到河流是以如此亲近我们的方式不停地告别我们。如果你驻足桥上，还会看见受惊的小鱼，隔着薄薄的水，睁大眼睛在注视你，很快，一个浪头拽走了它，你和它就此永别。

在高大冰冷的现代铁桥、水泥桥上，不会有如此纯真、美丽的邂逅和怜悯。

在那里，只有气势汹汹的钢铁、轮胎、尘埃、货物，只有气势汹汹的对速度、效益的追逐。

在那里，没有温情，没有宁静，没有思念，没有诗。

在那里，速度就是一切，过程被碾得粉碎。

走过许许多多的桥，我怀念童年的柳木桥。

梦里，我又走上了柳木桥，我看见柳芽，我看见和我同行的蚂蚁，我看见水里我的倒影，像桥上的我一样，是小小的……

女人，是我们水草丰美的河湾

男女在外观上最大的差异是：女性有隆起的乳房，这使她看上去给人以水草丰美的感觉，令人想起河流，想起牧场，想起家，想起生长的故事。而男性的胸脯是一贫如洗的，那徒有其名的所谓乳房只是废墟，是倒塌的神庙的遗址，这使得男性的胸脯乃至整个身体显得荒凉而陡峭，像悬崖和绝壁。

水的丰沛使女性具有了河流和港湾的品质，比起男性，女性的身心保存着更多的感性和原始性，与大自然、与宇宙的隐秘结构保持着更多的血缘上的联系。女性用身体思想，她不提供理念和抽象的哲学，她呈现的是生命与宇宙的全息，是大气层般弥漫的暖流和情意。而男性用头脑思考，社会和文化组装了他的头脑，拆解了他的身心，他提供的思考成果仍然是社会性的，是狭隘而世俗的，是属于人的有限的、实用的那一部分——而这一部分，只是女性身心中最外在的一部分。

难怪最初的神多是女神。男人仅仅是人，他必须借助于女神，才能接近神并获得神性——即获得某种无限性和神秘性,获得某种不可言状的深沉而丰沛的情感和精神体验,只有这种神秘深挚的情感和精神体验,才能超越狭隘的俗世锁链而抵达无限,让有限的生命与永恒的宇宙本源接通,并融入那蕴含着神圣奥秘的终极境界。

波德莱尔在一首诗里写道:我睡在你高大的乳房旁边,像睡在和平温暖的村庄。

这是我至今读到的，最感性也最纯真的对女性身体的赞美。的确,纯真的女性让我们有来到泉边、来到牧场、来到水草丰美的河湾,终于回到家的感觉。何况她有那么温润的、金字塔般的乳房。

内心的河流

一

我必须穿越这条河流,才能到达你。

我不想从那座桥上走过。

虽然桥是一个捷径。我怕我混在人群里,被太多的尘埃覆盖,被太多的喧嚣淹没。我怕我在桥上走丢了自己。

桥把过桥的人带入相同的岸,会使我错过了自己的波涛,找不到你。

我知道你肯定站在你的往事里,坐在最不显眼的一块石头上。

我猜想你会从记忆里抬起头来,向水面凝望,你看见的那个漩涡,也许与我的一段记忆有关。

从桥上走过去,我肯定会错过你,错过整整一条河流。

远远地,我离开桥。桥无法引渡一颗漂泊的心。

我从最险峻的河岸跳进激流。

我将把一河的波涛带向对岸……

二

苜蓿花在疾风里系好自己小小的蓝色头巾。

芨芨菜花在下一秒钟就要凋谢了。在最后的一秒钟,她仍然那么妩媚地笑着,她微笑着目送自己凋零。

在庙的废墟上,静静地开着淡白、淡紫、淡黄的野花,神已不在的地方,她们绽开了比神更丰富的表情。

——你坐在这些花面前,你望着这纯真的微笑,也微笑着。这一刻,你的神情和大自然的神情都是透明的。被永恒的美洗浴的灵魂,单纯得仿佛没有经历过尘世的一切,却把尘世的一切都照亮了。

我静静地望着你,你静静地望着一丛野花,野花静静地望着露珠。

静静地,时间在这一刻变成钻石。

三

没有那么多玫瑰,没有那么多夜莺。古典的花园已经废弃。现代的天空上,连乌鸦都已罕见,夜莺在多年前就已失踪。

商业推销的玫瑰，经过细心修剪，没有野性也没有水分。

被克隆的夜莺，保留着似是而非的口音，但它已经丧失了纯真的基因，它不会逗留在唯美的云层，谁知道它的歌，是唱给朴素的原野，还是黄金的屋顶？

没有那么多玫瑰，没有那么多夜莺。

在荒原上，能看见一丛三叶草为你打着忧伤的手语，就很不错了。

在布满间谍卫星、飘着有毒尘埃的现代天空，有一只孤独的麻雀停在你疲倦的肩上并且向你诉说，就很幸福了。

四

把你藏在心里，以为就留住了你。

心，其实是最不安全的地方。

内心的激流时时陡涨，淹没了多少岛屿。

多少次，你被卷进水底，被饥饿的鱼群包围。

眼睁睁看着你被鱼群蚕食，却不能救出你。

我的内心有一条比我更浩瀚更汹涌的河流。我也是被它拍打、冲刷的陆地。

把你藏在心里，其实是把你放进激流。

我真同情你，你被泥沙、波浪追赶和伤害，你被饥饿的鱼群袭击。

但我又无法把你从内心里放出。无法把你悬置在心之外。

我只能让心静下来，让内心的河流走出险峻的峡谷，渐渐宽阔，渐渐坦荡，渐渐平静。

我必须让内心的河流变得清澈。

然后，我站在岸边，凝视你那深不可测的倒影……

河边的睡眠

漾河，是我故乡的一条小河，发源于巴山深处，一路穿山破云，跳涧越石，绕树摇花，逶迤数百里而来，路过吾乡时，已是荡荡然澹澹然，很有点气象了，然而，它知道它是山里的娃娃，山里娃的脾性是厚道和淳朴，它从不哗众取宠，从不轻狂嚣张，它总是谦和地流淌，低调地叙说，沿途漾着些笑纹，漾着些低语，漾着些押韵合辙的古歌。它乐意人们叫它漾河儿、小河儿。是的，高天大野里，俺们都是小孩儿。

说来，我还算是个有点福气的人，投生在李家营，李家营旁边就是绕村而过的漾河。我的漾河，注定要灌溉和荡漾我的一生。

漾河于我恩泽多多，故事也多，能写几部书。最值得说的，漾河岸边还是我的眠床。

河床是水的床，河岸呢，该是人的床吧？我父亲和爷爷那辈分的人，劳动间隙，常常在河岸树荫里枕着农具睡觉纳凉，受了他们的感染，我也自小养成了在河岸睡觉的习惯。

下午放学了，我和小伙伴背着书包到河边柳林里、芦苇荡里疯跑一阵，捉一会儿迷藏，然后靠在树上读书、做作业，河水哗啦啦在旁边陪读。河水出口成章，我也出口成章，我在河边很快就能写好一篇作文。做完作业，我们就仰躺在草地上熟睡过去，一阵鸟声叫醒我们，妈妈们喊吃饭的声音从村头传来：喜娃，吃饭了；荣儿，快回家了……我们一股脑儿爬起，揉着眼睛呼喊着跑回家。

还记得那年中学放假，正是酷暑季节，我拿了一本《唐诗三百首》跑到漾河边，先下水游了一阵，上了岸，就在一棵大柳树下放倒自己，仰躺着，上身留在岸上，两条腿伸进河水，鱼儿一群群围过来，啄我的脚丫子，吻我的腿杆子，按摩脚底的涌泉穴（我外爷是中医大夫，生前告诉过我穴位的知识），还时不时用力碰触某些部位，那是在揉搓关节打通血脉吗？这些水上的按摩师们，在集体为我会诊，免费为我保健哩。

凉意和清爽迅速漫过身体，漫进书里的诗句，手上捧着似懂未懂朦朦胧胧的唐朝，脚下浸着从远古一路荡漾而来的流水。我想，此刻打湿我身体的这些水，也该打湿过张若虚李白杜甫王维李商隐们，打湿过他们的衣襟、手足和灵感，呀，不朽的诗卷里回旋着古老的波涛。流水照料着千年万载的人世人心，浇灌了一代代的诗魂诗情，现在好不容易赶来照看我，流水将带着我的心魂汇入记忆之海。这么想着，就睡着了，梦里竟然真的溯流而上，“梦回唐朝”，我见到了那春江花月、幽涧野渡、岭上白雪、天际帆影……

水边的冥想

你总是在低处供养着一切。

而高处的事物，只有低下头来，才能在你的镜子里辨认并发现自己。

所以月亮出现的时候，立即把自己交给水，千江有水千江月，母性的水，把一个月亮生育成无数个月亮。

并非你不知道高处。你恰恰来自高处，在天上，在云端，在大气层的边缘，在最靠近虚无的地方，正是你的祖籍。

你来自虚无，然后认真地灌溉虚无，催生万物。你无中生有的天赋，令我想起神，然而神也许只是暗中模仿和抄袭了你。许多生动的事物，都是你的原创。

你的任何一滴都比我深刻。你知道世界的来龙去脉。

我只是站在水边，与水底的倒影匆匆打个照面，然后随流水远逝。

你熟悉每一粒沙子的来历，那是你亲手用史前巨石慢慢揉搓出来的。

你知道每一缕根芽的心情，你在泥土深处为它传道授业解惑。

你懂得我脸上泪水的含义，许多年前，你在海里组装了我复杂的灵魂。

因为与你保持着血缘关系，脆弱的花才学会了微笑。那高高地供奉在神面前的郁金香，她心里明白，在看不见的根部，藏着更重要的神，液体的神，母性的神。

即使凌厉的闪电，也是在暗中借你的力量打磨了那永不生锈的剑，黑夜被它大篇幅地删改了，这或许正是你的思路？

是一滴水就映照四周的空虚，直至蒸发，你小小的心仍跳动在辽阔的大气层中。

是一杯水就接待那个人的脸和脸上的全部表情，他(她)喝下了你，而你深入了(她)他，你熟悉他内部的江湖，却绝不出卖他的秘密。

是一条河就收藏两岸尘土、落叶和倒影，淙淙着，潺潺着，滔滔着，你无休止的诉说，使岸上的语言更像是插嘴，你向人们短促的生活提示了更悠远的背景，你让日常的水井有了更深的源头。

是一个海就容纳陆地的全部污秽，用深渊的胃去消化，用波涛的激情、盐的耐心、风的意志去淘洗，去提炼。你日夜奔腾操劳，只为了一个单纯的思想：提炼更多的蓝色，保存这浩瀚的经典，让陆地荒凉的眼睛，时时能读到古老伟大的诗卷……

此时,我伏身在你的岸边,掬起一捧水,掬起这液体的时间和浩瀚的史卷,我知道,我手里捧着的,是漫过大禹脚背的水,是漫过女娲手心的水,是漫过孔子思绪的水,是漫过李白酒杯的水……

我静静地掬起这捧水,我不忍喝下去,我怕我的内脏不干净,我看着它在指缝里一点点漏尽,又生怕它漏尽……

拿什么拯救我们的耳朵

在城市以及城郊,一浪接着一浪的,是电锯声、电焊声、电视声、电脑声、电玩声、超市点钞的声音、家禽市场点杀的声音、轮胎与水泥路面与我们的梦境激烈摩擦的声音、切割机严厉审讯和判决金属以及非标准化生存的尖锐声音、推土机将最后一片乡土和蛙歌推入绝境的声音、搅拌机将柔软月光和坚硬石子狠狠搅碎的声音、打桩机将少年的星星和欲望的灰浆一起打入地狱的声音、手机与手机隔空喊话虚与委蛇的声音、下水道将过往的生活一冲了之的疑似瀑布而实乃污水汹涌的声音、喇叭促销的声音、麻将铿锵的声音、歌星们娱乐至死的声音……

如果化验你的耳朵,你会大吃一惊:耳轮上被高分贝噪音撞击的伤痕至少达数千个以上;耳膜上被高密度尘埃层层堆积的沙漠至少达数十平方公里以上;耳鼓上被时代的尖叫打磨的老茧厚度至少达三寸以上;被噪音的枪林弹雨围追堵截的你那耳神经连接的你的那颗原本单纯温柔的心,终于也不幸变得粗野、粗鲁、粗俗、粗浊、粗秽、粗劣、粗鄙、粗浅、粗糙、粗暴，已基本听不懂微妙的、清新的、唯美的、纯净的、诗意的、古典的声音了。

若从审美的角度评价我们的耳朵，我们的耳朵已经接近失聪，我们的耳朵正在变成非音乐、非审美、非灵性的机械式、硅胶式、电子式的耳朵；作为审美器官的我们的耳朵，它不幸已经被狂躁不安、噪音四起的现代生活严重致残，而失去了正常听力和审美功能。

尤其值得指出的是，我们的耳朵，除了对“升官发财”“成功成名”八个音节特别敏感，听得最真切，无论何时何地，只要有一点点与这八个音节有关的风吹草动，它就立即全神贯注竖起耳轮倾听、聆听甚至窃听，或为之喜不自禁，或为之痛不欲生，我们的耳朵绝对已经高度物质主义化、高度市侩化、高度官本位化、高度钱本位化了，如同许多眼睛沦为势利眼，许多耳朵也已经沦为势利耳。总之，在势利世界里捕风捉影捕鱼捞油，我们的耳朵已经具备了超过雷达一百倍以上的极度敏感性，用这样具备超常听力和敏感性的耳朵代替迟钝的雷达，侦察和对付未来的高科技战争和导弹偷袭，我们或许很有些不战而胜的希望；而对于真理、美德、神性、灵性、同情、悲悯、诗意等等无法变现、无法使自己快速升值和利益最大化的非物质、非功利领域传来的深沉的召唤和声音，我们的耳朵已经基本失去知觉和听觉，这一方面是因为普遍的物质主义削弱了人的灵性从而导致耳朵对精神世界感应力的迟钝，更因为耳朵里淤积了海量的尘埃和噪音（如前所述），从而使耳朵的功能发生了严重变异和扭曲，除了钱和权、名和利，别的我们已经听不清或干脆听不见了，在情感、真理和诗意领域里，我们已经差不多成了聋子。

且不说那些体现人性高深领域的微响宏音，我们是否还能聆听，这里，我们仅就这些方面不妨问问自己：那些亲切、优美、纯正、诚恳、精致、清新、悠远、微妙、高古、隽永的天籁般的声音，有营养的声音，含蓄婉转的声音，高山流水的声音，养耳又养心的声音，你还能听见吗？

还有，你有多少时间不曾听见过那镌刻在记忆年轮上的童年的纯真回声了？很有些时间了吧？

是的，城市已经没收了我们的回声。

用水泥、钢铁、化学、金钱、电子浇铸的城堡，不理睬柔软的声音，不回馈心灵渴望的声音。

你试着用温柔的乡音喊一声故乡的名字，狂暴的车轮很快碾碎了它。

你试着用怀旧的心情哼一段往昔的民谣，僵硬的水泥很快覆盖了它。

你试着用战栗的语调念一首初恋的诗篇，唯利是图的市场很快删除了它。

心灵发出的声音，因为找不到对应的心灵，于是纷纷坠落，埋入烟尘。

我们的耳朵，被噪音撞伤致残，又因为缺乏有营养的声音的补给，我们的耳朵，也是十分荒凉、饥饿、贫困的耳朵。

为此，我来到深山，来到河流，我为耳朵寻医问药，我要拯救我的耳朵。

对不起你，耳朵，你为我受苦了。我早该带你到深山、河流里来洗洗尘、养养伤、定定神了。

此刻，你就闲下来吧，我亲爱的耳朵，从噪音和尖叫的惊吓里解脱出来吧，你听听，那么好的声音、好的天籁在慰问你，在抚摸你，在治疗你，在营养你。

狗尾巴草、野刺玫花上细微的风声，与你耳语着童年往事。

车前草、木瓜、桃花、兰草、芍药……它们捧着《诗经》里的露珠向你致欢迎词。

柴胡、前胡和金银花，在一阵微风里，操着中医口音，说着苦口婆心的话语。

毛竹和楠竹，先用手语与你聊天，很快记起你不是眼睛而是耳朵，于是呢喃着唐诗里的一些清凉句子与你分享。

转一个山坳，突然，屈原种植的艾草和菖蒲，在一潭碧水边出现了，摇曳着楚辞的苦香和忧伤的自白，于是，你听见了公元前心灵的颤音。

而那边，菊花一丛丛、一簇簇，蜜蜂们一群群飞来飞去，蜜蜂不读诗，但它们比任何一个诗人都懂得怎样酿蜜，它们不知道采菊的陶渊明是谁，但它们知道，有菊的地方都是东篱，东篱有菊，必定有诗，也肯定有蜜。于是，我的耳朵，你听见了吗？嗡嗡嗡，嗡嗡嗡,它们在当着你的面与你商量:一丛菊如何变成一首诗,又如何变成一滴蜜?

山泉在仔细讲解:一首美妙的诗或一篇隽永的文章,必来自一颗神秘的心灵,这颗心接通了幽微处的某个极深源头,然后,它显现和暗示,那透明的言说,暗示着一个并不透明的晦涩的出处,和一个无法穷尽的至深根源。

溪流在含蓄提醒“单纯到极致就是丰富”的心灵哲学和情感美学,淙淙的妙音,让人耳根根清净,心尖尖安宁;浅浅的碧蓝,却映照苍穹,到夜晚,就仔细清点着天神也无法清点的银河里的星子。

布谷鸟在提示春天播种的大致时刻。

云雀在崇高的云端议论地面上的一些未必崇高的琐事,然后删繁就简,只向地面传达清朗的消息。

啄木鸟怀揣秘方,悬壶济世,虽然已是森林大师,他仍然不辞劳苦,不停琢磨,坚持望闻问切,上树行医。

等等,等等,这天籁,这清音,这低语,这美声,这妙响,我的耳朵,我知道你都听见了,你都一一收藏了。

这时,我想起,你还没有听见另一种妙音。

是的,好多年了,你没有听见回声已有些年头了。

我的耳朵啊,我要邀请那美妙的回声来款待你了。

于是,我对着群山喊:“你好啊——?”

群山立即回应:“你好啊——?”

我朗读李白的诗句:“相看两不厌——”

群山当然记得李白,我的声音刚发出,群山立即回复:“相看两不厌——”

我大声喊:“诗很好——”

群山十分激动,回复我更隆重喜悦的声音:“诗很好——”

我发现,我的耳朵快乐得快要笑出声了。

最后,我代表耳朵对群山说:“现在我很好——”

群山先是一愣,片刻寂静之后,只听见回声四起,且是拉长了的回声,我知道,这是亲爱的群山要把这单纯美妙的时光尽量延长再延长。

我的耳朵幸福地战栗着,战栗着倾听那温暖的回声:

“现 在 我 很 好——我 很 好——很 好——好——好——好——”

最后那声“好”拖得很长很长。

我和我的耳朵,以及整个世界,都沉浸在那经久不息的“好”里……

汲水

在住处对面不远，是一片古老的林子，掩映着一座庙宇。看上去很神秘。我就喜欢神秘的事物。一棵树活了几百岁，它的年轮里录下了多少风雨往事？一片由很多古树组成的林子，肯定是一部深奥的史记了。

可是，庙里的僧人们都已现代化了，除过袈裟、光头和脖上的念珠，让人还能联想到古老的佛事，其余的均与世俗无异——

宽带已接入每一间禅房，他们已不再面对十万大山、万古时空修炼定力、开悟智慧，他们面对着一个小小的幻象缤纷的电子屏幕，轻移鼠标、频敲键盘，他们用“百度”一千次一万次地搜索地球各个角落的信息，他们再不用虔敬的佛心、庄重的字体抄经持诵，磨砺德行，只需一个简单的动作，用拇指单击，就可以下载佛经无数；累了，就走进游戏网站，玩一会儿扑克，打一场战争，然后拇指一动，又返回到佛的主页。

他们的腰里都别着新款手机，出世的腰，已被数字化控制，随叫随到，即呼即应，1、2、3、4、5、6、7、8、9、0，你连按几个数字，就能找到佛的号码，“只在深山中”的高人，如今只在数字中，“云深不知处”的意境，早已失踪。

他们在桌上放着一次性塑料杯子，接待一次性的或非一次性的香客。一次性的茶，一次性的偈语，一次性的“道”。佛，也是一次性的吗？用后即扔？

佛堂里的佛身上镶满灯泡，从变电所接来的电线缠满佛的四肢，日夜里彩灯闪闪，我看来看去觉得那不像是佛光，那是每度八角七分钱的电光。

“清音”响起来了，光盘在转动，盗版的光盘，反复播放着盗版的佛。听着听着，我抬起头，我怀疑这天空和星星，是否也是盗版？而原版的，已陨落于多年前的夜晚。

…………

于是我再看那林子，也不怎么神秘了。一种高深的文化，应该把人带进高深的意境，带进对宇宙与生命的深沉感受之中，它会让一块简单的石头都有了深奥的暗示，让人体悟到时间后面的时间，生命深处的生命，存在远方的存在，它能让貌似不神秘的事物呈现出与更繁复背景的深刻联系，让人对存在生出敬畏和感恩。人的心灵就在这种与事物的深妙往返中，被深化、被灵化、被诗化，而与万物保持一种隐秘、神圣的血缘联系。而当一种文化，将神秘打破，将事物从深广的背景里抽离出来，变成一种把玩之器和消费之物，最终也将人逐出一种意境，切断了人与万物隐秘的精神联系,人也成为一种毫无内涵和神性的无用之物了。

那个本来神秘的林子,也不再神秘了,它不再有内涵和神性。因为那座庙,它取消了自己的内涵和神性,也取消了这片林子的内涵和神性。

大而言之,如今失去了神性内核的文化,也是以同样的方式影响了我们的生活,或从根本上毁掉我们有价值的生活。它一点也不能帮助人们深化对人生意味和宇宙奥秘的证悟和理解。它以它毫无神性和深度的空洞形式,取消了自己,也取消了世界的意义和神性。

所以,我不再进那个庙。

但是,我必须以自己的方式重建与宇宙万物的精神联系。

我不大相信,偷懒的佛,技术化了的佛,贪图享乐的佛,与世俗毫无二致并且完全认同世界的佛, 遗忘了世界的悲苦本质的佛,玩着电子游戏的佛,能烛照世界的幽暗,能普度众生。

当僧人们在自来水龙头前悠闲饮茶、快乐上网(包括悠闲下载“自来”的佛经、悠闲播放“自来”的盗版“清音”,等等),而不再叩问世界的本源和人生的究竟,我绕过翻山而来的自来水管,坚持到庙背后那被僧人们弃而不用的古井里,取回清凉之水——

在自来水之外,泡沫之外,我坚持到过去的宇宙里过去的时间里打水,并相信在看不见的深处,有一个秘密源头。

而当夜晚,我常常会打捞出水底的古典月亮,那棵被现代的刀子反复砍伐的孤独桂树,被我小心呵护,完好地保存在一句鲜活的诗里。

我会晤水底那入定的星子,那来自光年之外的眼神。低下头来,我发现天空和宇宙,一直在水的后面看着我,等待我,在永恒的注视里,我舀取这清澈的一瞬……

瀑布

赞美瀑布的诗文太多太多了。文人们对瀑布的激情也是一道滔滔千古的瀑布。

打开唐诗宋词,便有瀑布之声从时间深处传来,打湿我干涸的思念。

真该感谢瀑布——它滋润了诗人的情怀, 洗涤了画家的心胸,浇灌了一代代赤子们的创造激情!

每一次我来到瀑布面前,或远远地看见瀑布的身影,我总是激动不已,欲狂欲歌!

它来了,它从命运的高处来了!它兴冲冲地来了!如儿童追逐一只彩蝶,如少年捕捉一个幻影,如青年赶赴一次约会;它来了,它跑着笑着唱着舞着,它越跑越快,越笑越开心,越唱越激动,越舞越狂热!

它来不及选择。它别无选择,它也不想选择。它重重地跌落下来,从高高的悬崖跌入深深的峡谷!

没有听见它的叹息，更没有听见它的哭声，我听见的是海潮，海潮，海潮，依旧是海潮。

我听见纯真的笑，迷狂的笑，灿烂的笑。

我听见十万群山一片笑的和声。

瀑布碎了，水复活了，水沸腾了，雪浪，雪浪，雪浪……

瀑布来了，又来了，它每时每刻都在壮丽地死去，每时每刻都在庄严地新生。不停降临的瀑布，分娩着层出不穷的雪浪。

不间断地受难，不间断地死去，不间断地涅槃；不间断地体验着生与死的大喜悦！

高潮跌落在深渊，深渊里涌动滔滔不息的高潮！

瀑布的一生，是高潮迭起的一生！

柔弱的水，女性的水，阴郁的水，在悬崖上，在忘情奔流的途中，写着大智大勇大起大落的传记！

我有水的信仰吗？如果我追寻的真理隐藏在寂寞阴冷的深谷，我敢拒绝头顶云霞的诱惑，毅然从悬崖上跳下，去殉我的道吗？

我有水的真爱吗？如果地狱里有刻骨铭心的爱情，我敢走出天国的迷梦，到地狱里去从魔鬼手中夺过新婚的酒杯吗？

我有水的意志吗？不舍昼夜，不拒涓细，心系一处，情注一方，以坚韧得近乎愚蠢的耐心，以百年千载为一个工时，把顽石打磨成细细的沙粒！

我有水的纯洁吗？不管地壳裂变，阴阳错乱，候鸟变换着格言，云雾修改着脸谱，水的女儿，不改冰清玉洁的品性，升天入地，依旧是晶莹明洁的赤子心。纵使在绝望的命运里跌碎了，也是明亮的碎片，干净的颗粒。

我有水的忠诚吗？天真地活着，坚贞地爱着。不羡慕南面的金山，东面的银山，西面的铜山，爱上了这北山，就千年万载厮守着它的高洁、孤独和庄严。当金山垮了，银山倒了，铜山裂了，仍然唱着对北山的初恋。北山寒冷而高峻，北山的峰顶有古老的积雪，那是爱的源头，高洁的爱总是在人迹罕至的地方发源……

瀑布，以经典的方式，把水的品质大写在天地之间。

读瀑，我读到了我的浑浊、平庸和贫弱。我的生命早已熄灭了激情，仅有的只是死水和微澜。

在瀑布的大生大死面前，我知道我是苟活者；在瀑布的悲壮激情面前，我顿悟我往日的那些自以为很壮烈的情感，只不过是池塘里泛起的泡沫；在瀑布的大手笔面前，我发现我写的那些文字，包括“大师”们制造的那些所谓“经典”，多半是燥热、浅薄、昏蒙的谵语，耐不住寂寞的蛙们自欺欺人的妄言。

终生囚禁在悬崖上，终生是自由的歌者。

时时刻刻在死去，时时刻刻在诞生。

我想做一次瀑布，从高高的悬崖，向深深的命运，纵身一跃……

在激流中行走

涨水了。汤汤大水很快将河床注满。轰轰然,哗哗然,天地很快共鸣成一片声音。

我欲渡河,我正行走于河的中央。

此刻,高涨的水拍打我,且大有淹没我、席卷我的企图。汹汹潮头恶狠狠地向我扑来,好像我是它们的敌人。

我既不能回转身,此刻我在水中央,南岸和北岸已是等距,同样的遥远,同样的都是陌生的彼岸。

我也不能顺流而下或逆流而上。顺流而下我将与泡沫一同浮沉于浑浊凶险的深渊,逆流而上至多是走一步退三步——我只是以倒行的方式向下游沉没。

我只能也必须向那越来越远的对岸走去。

大水把所谓的岸越来越推向遥远。

水的尽头是一列青山——大约,那就是我的岸了。

在雾茫茫的远方,毕竟,还有站立的青山。

在失却方向感的时候，毕竟，那古老的青山仍固执着早年的手势，为我比画方向。

走着，走着，在潮水里走着。以为已经走了很远，抬起头，我仍在水中央。

走着，走着，十万潮头如十万疯子的头颅，迷狂地冲撞着，野蛮地叫骂着；又如越狱逃跑的囚徒，在绝境中仓皇夺路，仿佛身后有无数追兵，其实是它们自己追捕自己。

走着，走着，水浪推搡我，嘲弄我；水花迷惑我，羞辱我；漩涡不时地扯我的腿，抱我的腰，溅起的水沫狂吻我的脸我的头发。

我不能游泳，浅水里学会的技艺无法拯救我。蛙泳，那是池塘里的体操；蝶泳，那是花园里的游戏；仰泳，在风平浪静的河湾，我曾以这种姿势与白云交换表情，而此刻，在汤汤大水中，最优美的仰泳，也无异于提前主动交出自己的遗体。

我只能行走。我拄着这根篙竿——下河的时候，岸上那个年迈的老艄公送给我的这根篙竿。这也是一根书签啊，翻过多少波浪，披阅过多少岁月之书。此刻我在水中央，我已深入到岁月之书最深刻的段落，扎下去，扎下去，在深深的水底，才会触到命运最坚硬的部位，然后才能体验深水又走出深水。

我只能行走，艰难地，如一寸寸移动的石头。我得感谢身上过重的行李和过重的记忆，曾经我想抛掉它们。而此刻，过重的行李和记忆增加了我的体重，增加了我的分量，使我不致被大水轻易卷走。我可以和命运较较手劲了，我可以和漩涡比比脚力了——

只因为在下河之前，我已负载了额外的重量。

我已累极，我已困极，浪花眨着不怀好意的眼神，波浪不停地隆起美丽的坟墓，这汤汤大水正是冥冥中大打出手的死神的咒语。水声哗啦啦背诵着早已拟好的悼词。我有些害怕。我真是害怕。

一棵古树适时地出现在我的面前。苍老的树枝，苍老的手臂，苍老的、布满伤痕的身体。我抱紧树身，紧紧地抱着古树的腰身。大水冲撞着，仿佛要与我争夺。古树有些俯仰，但仍然笃定于这个位置。我想起大水下面，它深潜的老根，此刻也如我抱定它一样，它抱定着地层深处的岩石、泥土和幽暗中潜伏的磁场。流水哗啦啦漫过，我得以借助树的定力镇定了我自己，流水不那么可怕了，此刻是我在检阅它们，倚着古老的树身，我仿佛在检阅一群没有纪律的军团。

不断地，有逃亡的鱼群与我擦身而过，流水汹汹不让它们有片刻的停留，我想，它们一定已经晕眩过去了，也许有许多已在波浪的鞭打中死去，我多想援救它们，但险恶的处境不允许我有多余的爱意。这时候，我不无悲悯地想到，激流中，有多少孤苦无助，有多少疼痛和牺牲，有多少我们听不见的呼救。

上游仍有隐隐雷声，闪电打着险恶的手势。

雨仍在下，水仍将上涨。我不能把自己寄存在这里。古老的树庇护了我，但再温暖的驿站也不是终点。

拄起那饱经沧桑的篙竿，背起超重的行李和记忆，告别了古树，我依旧行走。

艰难地，一寸一寸地行走。

在波涛之间，踏一条险路。

不会留下任何脚印和痕迹。流水，从来不懂得保留脚印。鸟飞在天，鱼行于水，都不留下痕迹。

每一瞬，我的脚背上都滚过万斛流水。

今天的水和一万年前的水有什么两样呢？

史前的洪水漫过此刻，漫过我。

我隐隐看见了远处的青山。它一定是妩媚的，但我此时无法与它交换目光。

在史前的洪水里，我艰难行走……

去了一次唐朝

运气真好。前天夜里，我去了一次唐朝。

依稀记得大致过程和主要情节——

不知何年何时，我在街上走着，要去超市买东西，家里的盐、牙膏、洗衣粉快用完了，吉列牌剃须刀片需要换新的，手机电池也要换个牌子；夏天来了，冰箱里要放几瓶可乐、啤酒、王老吉之类冰镇着，随时爽爽口，降降温，虽是垃圾饮料，也得喝点，不然你想喝什么？想喝泉水？做梦，地上的泉十有九都干枯了，我已有三十多年没见过泉长什么样子；蚊香、防叮咬花露水，也得准备一些，蚊子昨晚已访问我两次，并宣布天天都要对我会诊，对我的血液每天都要抽血化验，还要进行医学和营养学研究，我有点害怕这些长翅膀的夜班外科医生……

心里想着购物的事情，眼睛看路和周围街道就不太清楚。忽然“嚓”一声，抬头，见同事小君将摩托骤然停在我跟前，差点轧在脚上，好险。“李哥，我带上你吧，走路多累！”小君对我友好，一向如此，每次路遇，开车则停车，步行则停步，礼数周全，古风犹存，难得。我开玩笑说，谢谢，但你不能剥夺我的行走权和安步当车的快乐。对，对，哥说得对。小君笑着，一溜烟走了。

我转身，向十子街的南面走，车很多，尾气直往我肺里钻，汽笛和车声汇成漩涡，四周高楼上的玻璃闪着理直气壮却十分漠然的尖锐冷光，刺得人眼花缭乱，胸有点堵，就忘了购物的事，我从人群稀少的一个缝隙，看见一条小径，就走过去。小径是土路，长满野花野草，深绿苔藓覆于其上，露珠晶莹，空气潮润，鼻息盈香，脚底柔软，回头，城市骤然消失，高楼皆已不见，钢铁水泥没了踪影，但见一片绿野平畴，远山则一律呈浅蓝、深蓝、墨蓝，层次分明，历历可数，峰峰可餐。我在心里对自己说：怕是来到唐朝了吧？

果然，这就是唐朝。原野上有三五农人在耕作，不慌不忙，衣衫是青色的，仿佛刚刚从远山裁下来的几款山色，心里想这都是唐朝的大嫂们亲手织的；牛在草地散着步，偶尔哞一声，抬起头远远地打量我；鸟们低空旋绕，叫声毫不迫切，像在朗诵古老谚语，有一只不知什么鸟儿竟擦着我的眉毛飞过去，还对我说了一句什么话；偌大的原野静静蹲着一两个村庄，村庄八九户人家，天蓝得分明是刚刚洗过的，天的蓝，山的翠，地的绿，整个儿是蓝莹莹的，透明的，啊，原来唐朝是蓝色的。几缕炊烟慢悠悠升起来，几条白飘带在无边蓝色里飘动着淡淡的清愁。我随着那炊烟走，过了小河上的木桥，河水清澈，游鱼调皮地仰头望我，瞪我一眼，扑通一下藏进水底，我就想，这是唐朝的鱼笑我哩，笑我没见过好水，没见过好鱼,没见过自己的倒影;河水流得缓慢,似乎不愿意急急告别两岸的风情景色,于是就慢悠悠地一边哼唱小曲一边为倒影们造像,我静立岸边,也把一帧倒影让唐朝收藏了……

一切都缓慢,天长地久的样子,把一天延长成十天半月的样子。在缓和慢里,天地宽阔,时光悠长,人心里生起无尽的情思和联想。不觉间进了山,看见一座庙,听僧人在念经论道,想前去看个究竟,穿着塑料凉鞋的脚却老是不肯向禅房里走,可能是塑料包裹的脚不好意思见人。却看见庙墙上有题诗,走近默读,飘逸的毛笔字写着:云过山愈明,水流心不竞。鸟吟梦中诗,窗含天外星……墨迹未干,墨香隐约,题诗的诗人也许刚走,山道上还有马蹄印迹。一看,山谷空蒙,满目翠色,鸟啼幽涧,泉声如诉。我急忙加快脚步,想追上那位诗人,向他请教,问他是否认识李白,最好领我去见见,我要给诗仙敬两杯,请他在《李太白集》上给我签名。一心只顾追上诗的背影,我走得太急,被脚下石头绊了个趔趄,急忙手扶路边松树,手没挨着,却抓了一把雾,扑通一下,我跌倒了,一身热汗,用力睁眼,看见夜色中我家阳台上的防盗铁栅栏,煞是警惕威武,与夜色对峙着。栅栏外,是一幢挨一幢的水泥高楼,黑森森立着。人,突然醒了,唐朝骤然消失……

水，一个寓言

在古井里打水，忽然看见许多春秋战国时的星星，在水里窃窃私语，交换着隐晦的眼神。孔夫子与我们相距多久呢？他刚打完水，那些星们刚刚从慌乱的水纹里回过神来，一眼就看见我的水桶掉下来。

河的源头常常是一脉隐蔽在荒草乱石里的细流，有的则是一座雪岭或一汪泉流，渐渐地就汇成长河激流。这些源头又有更深的源头。追溯下去，也许是无穷的过程。比如，山腰那汪泉水的源头或许是山顶上那终年不散的云雾，弥漫、渗透，而成泉流。今天我饮的这捧泉水，也许是由唐朝的某个黄昏的那片云滴落渗透而来。而那个黄昏李白正在长安城笑傲王侯呢。这从雾中滴沥而来的水，穿过了多少苔藓、岩石、化石、骸骨，才化为凛冽、澄澈的泉水，来到我的手中，进入我的身体。由此可知造物的艰辛和神奇。一滴水、一片云、一朵雪都是奇迹，它们绝不是仅供我们使用的物，而是宇宙轮回的密码，是时间馈赠给我们的最高礼物。由这样的眼光看万物,万物无不具有不可思议的神性和诗性,万物无不令我们尊敬。

起风了,水中的幻影消失了,水底的天空破碎了。水骤然间苍老了,布满稠密的皱纹。愤怒或烦躁的时候,事物总是显出它的老相,显出那亘古不散的迷茫、漂泊、虚无和对死灭的恐惧。水因风而怒的时候,我在水里看不见别的,我只看见水的老。

风停了,水安静下来,水又变成了万物的情人,它以深沉明净的心胸接纳天上的一切,也显现心中的一切。云朵、天空、天空深处若有若无的幻影,以及那一闪而过的飞翔的鸟,还有岸上那时而摇动尾巴的牛,都在水中一一呈现。这时候的水,文静得像一位少女,像一位纯真诗人:它以不染纤尘的澄明的心,博大的爱,捕捉着宇宙万象的美, 与它相遇的事物都变成亦真亦幻的诗的意象。

一只鸟永远不知道水里的那只鸟是自己的影子。一群鸟也是如此。鸟永远在水面上打捞那些沉沦的鸟,想与它们结伴飞翔。这幻象是美丽的,诱惑也是致命的。水永远流淌,鸟永远在打捞沉落于水中的幻影。这是一出伟大而虚幻的诗剧,在水面世代上演。

我当然知道水里出现的那一位是我的倒影。水外面的我是有限的,是一个肉身的物。水里我的幻影是无限的,不可测量的。从水中我的幻影我看见了我与宇宙万物无限丰富的联系:水从大禹脚底漫来,从公元前就开始积雪的那座雪山上流来,为准备这面镜子,造物者花费了亿万年的工夫;四周是青山的倒影,嶙峋着创世之初悲壮的遗迹，玄武岩、花岗岩依然保持着苍凉的表情；白鸟从远方飞来，它投下的影子正好和我的影子叠合在一起，它变成我的一部分，我也变成它的一部分，要流逝多少岁月才会出现这样一个瞬间？我要诞生多少次才会遇见这只鸟？

水是创造神话的大师，在水里一切都是神话。水里的天空，就是一句创世的浩叹。

从我手里漏下去的水，千年后会被谁捧在手里？月亮，永远在水中轮回，水流千转，不变的是那颗宇宙的童心。

葬我于水中，千载以后，我会为你的倒影造像，我会为你修补不慎被陨石划破的天空。低下头来找我吧，我小心地托着落花，托着你无意投下的影子……

目击一处河湾

夏天，一场雨后，往日枯瘦的河胖了些，黏稠的浊水也被稀释了，变得干净一些，可以下河了，于是，我这个对河流怀着"一日不见，如隔三秋"之深情的河流的子孙，就迫不及待连奔带跳下河游泳去了。

游至一处河湾，见有一丛水草，却笼罩了五颜六色，停下来，观察一番，以防被尖利之物划伤，或被绳索之类纠裹而溺水。看着，觉得这不大的草丛，竟是无限富足：周围堆积、缠满了各种颜色的塑料袋、蛇皮袋、塑料凉鞋、破皮鞋、尼龙袜子、已经或快要变成纸浆的报刊和文件碎片、方便面袋、塑料快餐盒、洗衣粉袋、塑胶水瓶子、洗洁精瓶子、沐浴露瓶子、洗发液瓶子、护发乳瓶子、洗面液瓶子、护肤霜瓶子、消毒液瓶子、洁厕净瓶子、除臭液瓶子，还有卫生巾、裤头、胸罩等物，细一看，我差点惊呼起来，啊，我见到了好多明星：成龙、刘德华、巩俐、周润发、刘若英、周杰伦、陈宝国、孙燕姿、周华健……我见到了我们这个时代的偶像、大腕、大款，我见到了我们的影后、影帝，我见到了我们的天王、地王、人王！呀，流水无情却有情，时代的滔滔浑水，商业的滚滚潮水，将巨星们浩浩荡荡送到这里，送到这个小小的河湾，送到这片小小的草丛。啊，我何其有幸，不出远门，不花钱，不买门票，明星们就云集在我的面前，为我一人举行水上见面会，为我一人献演，不，为我一人举办化工垃圾博览会。他们何等敬业，他们一路被水呛、被石撞、被沙掩，他们被乱石和污浊洪流一次次撕打击伤，但他们仍坚守在各种塑料袋和塑胶瓶子上，坚守在鼓吹消费的广告岗位上。他们或面容模糊，或肢体残缺，或缺鼻少眼，但都一律保持着明星的姿势，固执着破碎的笑意，高举着消费主义大旗，向奄奄一息的河流、向濒临灭绝的鱼虾、向麻木不仁的石头，推销，推销，激情推销，隆重推销，强劲推销……

小小河湾，小小草丛，集中了这个商业时代的全部消息，纠结着偶像、时尚、被商业操纵的欲望、被消费主义改写的文化，纠结着塑料和化学定格的各种脸谱和生活方式，纠结着被迫喑哑了歌喉的河流之苦闷，纠结着不堪承受污染之毒害的青草之迷茫，纠结着我对河流的忧伤和恐惧。

如果，我稍稍想得远些，我还应该想到河床，当人们掏空了它金子的内心，这个时代在它的底部填充进去的又是些什么？我还应该想到前面更远处的河流，想到大海，据说我们在美好地生活着，我们在奋斗着，我们在进步着，我们在日夜制造和消费着，那么，我们向远处的大江大海，向未来的时光，向远方的人群，向我们的子孙，我们都馈赠了什么礼物？

我忽然有点惊心动魄：从我们手中，从我们生存的岸上，我们还能向时光之河投下什么呢？除了垃圾，我们手里还有什么呢？

我想起了河流的不朽诗篇："蒹葭苍苍，白露为霜，所谓伊人，在水一方。溯洄从之，道阻且长；溯流从之，宛在水中央。"我恍然看见，在水一方的伊人，我们的女神，终于走到山穷水尽，她看见昔年的河流已经作古，于是，她郁郁而死。

我们的手里，没有苍苍蒹葭，没有青青柳枝，没有灼灼桃花，没有盈盈清泪。

我们的手里，没有尊敬，没有思念，没有怜惜，没有诗。

我们的手里，只有消费之物，只有垃圾，扔不完的垃圾，无穷无尽的垃圾……

对不起，来世兄弟

那日河边散步，水面上挤挤挨挨晃晃荡荡漂来一串白花花、蓝莹莹的东西，一看，是几十上百只塑胶水瓶，估计是上游或纳凉或游泳或走路或在岸边“农家乐”里消费的人们喝完水顺手抛进河里的。各种牌子的塑胶瓶子在被人短暂相握之后，被消费之后，在一只只举起的手里遭遇一阵晕眩之后，就被抛下水，远离了消费的地面，开始了悲怆的流浪。萍水相逢，偶尔的风浪将它们集结起来，组成这塑料的舰队，满载着化学的愤懑和不屈的意志，在时代浑浊的水面上，做着盲目而顽强的航行。

在与风浪、泡沫、漩涡、污浊、垃圾和石头的周旋与战斗中，它们有的将折戟沉沙，有的将驶入海洋。折戟沉沙的，其实是化作了顽强的伏兵，将与曾经玩弄和抛弃它们的人类打一场持久的化学战争，污染他们的水域，毒化他们的土地，戕害他们的子孙；驶入海洋的，将与来自世界各地的塑料舰队胜利会师，组成浩瀚的海上劲旅，与浩瀚的人类继续战斗，即使粉身碎骨化成颗粒，它们也要潜入鱼虾的血肉，最终占领人类的餐桌，打入他们的内脏，在他们欲望和身体的深处，敲响死亡的丧钟。最终，我们吃下的，正是我们用塑料喂养的，我们通过这浩瀚复杂的工程亲自谋害万物和自己。这个过程可以理解为：海上化学舰队通过招募替补战士，让鱼虾变身为陆战队员，由海上转战于陆地，攻入人们的身体和血液，与人类进行最后的殊死肉搏（据说在太平洋上，由陆地倾倒的无穷塑料垃圾已经形成一个巨大的漂浮着的大陆，面积达一千多平方公里，环保人士称它为地球第六大洲，谓之塑料洲。在海浪的冲刷下，“塑料洲”不停地分解塑料颗粒，谓之塑料沙，鱼类、鸟类和海洋生物吃了这种塑料沙，大量中毒死亡，活着的也浑身带毒，最终端上人类的餐桌——古人曰：天作孽，犹可违；自作孽，不可活。诚哉斯言）……

望着河里行驶着的“塑料舰队”，我浮想联翩，不寒而栗。

我想将它们打捞上岸，让这可怕的舰队搁浅在我的手里。

然而我如何打捞？千河万沟，有多少化学舰只同时下水？千城万镇，地下埋伏着多少塑料军队？

据说塑胶瓶子（包括塑料袋等塑料制品）埋入地下，其化学毒性一千年也不会降解，这就是说，每一只小小的塑料瓶子，将与土地、与水、与草木、与生灵、与人类战斗一千年。

这也就是说：我们放出这无敌的杀手，深潜水中，埋伏地底，去祸害和杀戮我们的子孙。

我们或许是无意的，我们这样做，或许仅仅因为贪婪，仅仅因为自私,仅仅因为懒惰,仅仅因为习惯。然而,无意的恶,也是恶。如同无意的善,也是善。

心藏大欲者,必心藏大恶。

心藏大欲大恶者,正是当今之人类。

作为消费大军的一员,我也有恶,对自然之恶,对生灵之恶,对子孙之恶。

我急忙捞起几十只塑胶瓶子,准备卖给废品回收公司;还有一些被水冲走了,估计要加入到"第六大洲",想来我可能还会在餐桌上与它们再度会晤的,并荣幸地吃下它们,与之身心交融。

我跪在地上,用碳素笔在一页纸上写了一句话:"对不起,我的后代子孙,我的来世兄弟。罪人:李汉荣"。

然后,我把纸卷起来,放进一只坚固结实、由天王周润发守护的护发露瓶子中,拧紧瓶盖,将瓶子埋入河湾沙地。

(我这样做,是想对后人有个交代,是想让后人略微知道:我们对他们有错,甚至有罪,但我们中的部分人多多少少还有点恻隐之心不忍之心,对自己的罪错怀着愧疚。)

我死后的三百年、五百年或八百年之后,这塑胶瓶子仍将活着,它的毒性和我的忏悔仍将活着。我希望后人们挖出它时,先别诅咒这可恶的化学,而要指责我以及如我一样有着化学心肠的先人。

如果,我们除了留下这不可降解的不朽垃圾及其经久不散的毒性,我们竟没有留下任何别的具有不朽价值的东西,比如美德、良知、智慧、伟大的心灵诗篇、对自然的尊敬,对生灵的同情,对子孙的怜惜,我们一样也没有留下。

那么,作为先人,我们是不值得后人缅怀和尊敬的。

那么,蔑视我们吧,诅咒我们吧。

罪证已经出土,谴责我们吧。

谴责吧,就从谴责这个名叫李汉荣的古代罪人,开始谴责。

把带毒的历史一页页打开。

直到顿悟的太阳跃出地平线。

直到更深处的灵魂,被惊醒……

纪念一条河流

一条河断流了，我们的一部分记忆，也随之断流。

再没有隔河眺望的彼岸，没有柳浪如烟，没有月浸波心的静夜。从今，石头和荒草修改着岁月，也修改了我们的梦境。

那曾经打湿我童年的波浪，早已蒸发，而远方的大海已被跨国公司的巨轮租用。

我生命的水域越来越窄，越来越浅，细数梦里落叶，似乎都已缩水。

举起一块石片，想打一个水漂，却找不到哪怕很小的水面。

纸船早就不折叠了。让纸就在纸上走完一生。没有谁让你远行或沉没，你自己沉没自己吧。

在没有倒影的日子里行走，我看不见时间的深度，看不见情感和记忆的深度。

不会有什么能溅湿我们的衣襟和脸，我们的背影，匆忙、空洞而干枯。

上游的故事已经失传,我好像再也找不到自己生命的源头。

多想再看一看那些古老的漩涡,那些让人晕眩的漩涡。

多想跳下去,让自己也变成漩涡,让岸上的人担心和牵挂。

——这些奢侈的想象,只属于那些曾经行走在河边、最后失去河流的人。

那些从没有见过河流的后来的人们,连这点想象都不会有了。

我焦渴的爱人啊,你为什么总是在河的遗址上徘徊呢?

我知道你不愿意她成为遗址,你不愿意那些属于心灵的事物成为遗址。

即使生命注定成为遗址,她也不应成为遗址。

你问我,她还会复活吗?你问我,那失去的河还会重新奔流吗?

这可是个很严重的问题,我不好回答。

那就先察看我们的心——

心,她已经复活了吗?她又找到了鲜活、清澈的源头了吗?

是的,这可是个严重的问题。

与孩子谈河流

曾经,我们一代代人都住在河边。

我们的祖先、祖先的祖先都住在河边。

我们在岸上,耕种着庄稼,也耕种自己的内心,收获人间的情义。

我们在河里,捕捞着鱼儿,也捕捞天上的倒影,收藏上苍的教诲。

涨水了,平静的河忽然起了波涛,这时候,我们知道,命运会用另一种语调对我们说话,在它狂怒的声音里,我们也大声说话,好像是一种争辩,好像是一种插嘴。当河水平静下来之后,我们又开始与河流亲热地说话了。

就这样,在与河流世世代代的争辩和交谈中,形成了我们的方言和口音。

你想象:当一个人或一群人与河流面对面说话的时候,像不像在校对口形,练习发音?

于是你就知道了,我们口音和方言的来历,它肯定与河流有关。河流是我们的语言老师。

想象那些早晨吧,两岸的鸟儿,早早地醒来,就站在树枝上向对岸问好;炊烟也升起来了,顺着河风转一个弯儿,再转一个弯儿,两岸的炊烟就连接起来了,淡淡的温暖的情意就连接起来了。

想象那些正午吧:一个老人在柳荫下垂钓,静静的水湾里,他钓起的或许是一尾尾往事,虽然沉积多年,如今浮出深水,依然活蹦乱跳;在那个激流浅滩,几个少年正在嬉水,他们互相把大捧大捧的水泼向对方,也把大捧大捧的笑声泼进记忆。就这样,河流把他们的快乐一次次推向高潮。河流永远记得这些浑身开满水花的光屁股孩子。河流希望他们的身体和心灵永远这样明亮和干净。

想象那些夜晚吧:月亮一声不响就走进河里了,它仰躺在水上,端详着天上的月亮,它不知道哪一个是真的自己,它忘记了自己的身世,就这样,月亮望着月亮,月亮辨认着月亮,直到一声鸟叫,月亮被惊醒了,一不小心,就沉进了水的深处,天上的月亮与水底的月亮就合成了一个月亮;这时候,银河哗啦啦流了过来,天上的波涛,都流进了河的怀抱里。这时候你会发现,我们的河流,她的心胸真大啊,她容得下天上的潮水和人间的波澜,而她又是那样安静平淡,水波不兴。

就这样,河的涛声、波光、倒影、幻象,就收藏进了我们的心里。

倘若打开我们的心,就打开了一条河流,你会听到和看到那么多涛声、波光、倒影和幻象……

孩子，不过，我说的这是多年以前的河流了。

我们早已离开了河流。

曾经那么美好的河流，如今怎样呢？

你说，为什么要离开那么好的邻居呢？你说你要返回去做河流的好邻居。

你说，你要与河流面对面复习方言，校对口形，练习发音。

你说你要在河流里投下自己的倒影，并测量倒影的深度和美的深度。

你说你要在岸边树林里，列席鸟儿们的会议，与它们商量如何筑巢，如何修改云彩、剪辑春天。

你说你想知道河流从古至今反复朗诵的，究竟是一篇什么文章，是一个什么寓言，是一首什么诗？你想在它涛声间歇的时候，也说几句话，让河流把你小小的“插嘴”，收藏起来，带给远方的大海。

是的，孩子，没有了河流，我们的记忆，早就没有了波光、倒影和深度。

我们曾经碧波荡漾的内心呢？好像已经干枯了。

临水小立，我们忽然发现：天上的鸟影、水里的鱼影和我们自己的倒影，都重叠在这个时刻。于是这个时刻就深到无限。

可是，我们已经好久没有这样的时刻了。

我们的影子匆忙地打在僵硬的日子里，打在疯狂的尘埃里，那么零乱，那么浮浅，那么短暂，那么破碎。

仅仅想看一眼自己的倒影，我们就应该走向河流。

我们不愿意渴死，我们不想成为干鱼，我们思念河流。

那么，孩子，走吧，我们去寻找河流，去看望我们的河流吧。

我们希望河流还会像从前那样碧波荡漾地活着。

我们重新去做河流的好邻居……

记忆深处的芦苇荡

芦苇是我最喜爱的植物。

儿时，我和小伙伴常常在河滩芦苇荡里捉迷藏，青青的叶片在四周摇曳，猜不透哪一丛芦苇后面藏着紧张眨动的眼睛，和正准备捉拿我的“敌人”的手，真有一种“四面楚歌”的感觉，虽然除了风与苇片轻轻摩擦的声音，以及低低的虫鸣，再没有别的声音，但是，在这茂密的寂静后面，分明藏着我们的“敌人”。盼着被发现，又害怕被发现，突突跳动的心与起伏的苇浪应和，更增加了恐怖的“战争”气氛。终于被捉拿了，又怎样呢？无非是罚唱一支歌，罚讲一个故事，如果被女孩子捉拿，就为她采一束野花，或替她整理被苇浪拂乱的头发。多么美丽的惩罚，多么美丽的“绿色恐怖”，多么美丽的“战争”。

绿色的苇浪摇荡了童年无邪的心，最初的美的启蒙，最初的爱的演习，是在这露天的课堂里进行。后来知道了伊甸园的故事，并不为之惊讶，只觉得它的描绘似是抄袭了我少年时的经历，不过，我们的伊甸园里没有葡萄，没有蛇，只有青青的芦苇和清清的河流，我们没有偷吃禁果的原罪。但是我们和伊甸园里的主人有同样的遗憾，最终都失去了伊甸园，区别仅仅是：他们是被逐出，我们是走出。

不管是逐出或走出，我们都失去了生命中最动人的神话。此后，我们都纷纷进入尘世，进入欲望编织的罗网，在苇箭射不到的地方，在苇花飘不到的地方，我们为了简单的一生复杂地活着，复杂地挣扎。爱、纯洁、美的感动和诗的遐思，渐渐搁置一旁而终于抛弃，最后，我们为活着而活着。

终于有一天，生存中带毒的利箭射进心房，流血不止却找不到止血的药方，伤痕满身却找不到疗治的医生。这时候你记起了你也有过射箭的经历，你射出的是苇箭；你也有过中箭的记忆，你接受的是苇箭。多么温柔的箭镞啊。那时候，射出和接受的，都是透明的心。当年的射手哪里去了？爱的演习是否已升级为人性的战争？又有谁能断定，当年温柔的射手已老练成冷酷的射手，而那射出的，支支是人性的黑铁，命中的，是当年的纯洁，是无价的良心。

这时候，你深深意会了那个古老的伊甸园的故事。那是多么致命的寓言。你多么希望人们修改那个故事，修改得像梦一样美，至少让它不是噩梦。然而，人性的不可救药已然印证了那个寓言的千真万确。蛇早已是我们身上的一部分，神死了，蛇的生命力空前膨胀，我们自己教唆自己，自己放纵自己，直到浑身带毒，并把毒气播向四方，我们习惯了带毒的生存。生存未必不是一次带毒的旅行。

这时候，你长久地低垂着头，是忏悔？是厌恶？是绝望？生存是什么？难道就是不断放弃生存的诗意？活着的过程，莫非就是不停地消灭自己身上的美德？生命的顶峰是什么呢？就是让自己彻底抛弃纯真，以爬行动物的卑琐，为自己垒一座虚无的坟？

“人是会思想的芦苇”，你记起了哲人的话。思想，思想，你终是还拥有思想，在思想的深处，还有那一片青翠的芦苇，青翠的记忆。有时候，人需要用记忆来拯救自己。当人性不可扼制地向深渊滑落，有一双手从后面突然伸过来，拽住你，使你倾斜的灵魂不再倾斜下去，转过身来，你看见了远方一片翠色，那还没有完全沉沦的记忆的翠色。而你，正是从那里走过来的，你怎么背对着它，一步步走向人性的黑夜？

这时候，你意识到：内心的水域要靠自己不停地开辟水源去维护和灌溉，即使世界明天早晨就变成寸草不生的荒原，你仍然可以享用内心的清泉，并滋润四周干裂的水罐和焦渴的灵魂。让行尸走肉们在臭气冲天的天堂里舞蹈吧，你独自下到深深的地狱，或许，魔鬼们上天堂了，地狱反而变得干净，那么，就留在这里，留在孤寂里，在劫掠者永远抵达不了的地方，挖掘灵魂的泉水。

其实没有这么悲戚和孤苦。思想者可以充分地享用他的思想，而思想是造物者对人的最高馈赠。只要星斗在头顶旋转，内心就有不竭的对光的向往，就有去拥抱一个纯真天宇的持久冲动。只要河流仍在莽原上奔腾，古老的波涛仍然回旋着爱的潮音,两岸青山依旧将下坠的石头高高举起，去接近我们仰望中的星辰。那么,我绝不悲戚,也不孤苦,更不绝望。

越过人群,越过我不能完全原谅的罪恶和黑暗,越过我们充满痛苦和焦虑的生存空间,我仍然感到:天地有大美不言,我们当与天地精神往来，同时也在天地之间播种我们的信仰和情怀,这样,迷失在黑夜的鸟群会有转身返回的时刻;至少,辗转一夜之后,推开沉寂的门窗,我们看到的,也许是不那么晦暗的、充满启示的乳白色的黎明。

何况,此时,我凭窗眺望,我看见了那一片芦苇,仍旧摇荡着纯真的绿浪。早年的神话,并没有完全失传;早年的伊甸园,或许仍藏着三五个纯真的夏娃?

我一度荒凉的心,渐渐有了绿意……

生的渴意

终生都在找水。我永远跋涉在找水的途中。

瓦罐在炎阳里破裂,我听见我的心裂成碎片的声音。

在没有边沿的沙漠,骆驼缓行着,依旧缓行着,水草是它的信仰,它的神。在风沙的围困里,它终将倒毙。而它的骨架,它被岁月凿空的头颅,一万年后,仍朝着一个渺茫的方向——水的方向。

终生都在找水。我永远跋涉在找水的途中。

汲水女子的背影吸引了我。她也一直走在找水的途中。水罐始终摇晃在她的背上,泉源在越来越远的地方。我确信她的方向是水的方向。她的背影就是水的身影。于是我跟随着她。我不知道她空空的水罐是何等焦渴。她空空的水罐里灌满风的回响——我于是听见了泉的声音。我全然不知道她的焦渴。我在她焦渴的背影里舀取泉水。而她的水罐已渐渐破碎。

终生都在找水。我永远跋涉在找水的途中。

二三飞鸟盘旋头顶,忽又隐于云中。或许,它们到云中搜寻水的消息。有云,就有水,云,不就是逃逸到天上的水吗? 于是,我仰起头,张开冒烟的嘴唇,希望有一片云漫过我的身体。一阵冰雹砸下来,我的嘴里和心里,落满自天而降的拳头。渴意缓解了,接着是持续的疼痛。

终生都在找水。我永远跋涉在找水的途中。

那么就低下头,跪下来,在祖先饮水的地方挖掘水源吧。挖下去一米,是污水;挖下去三米,是浑水;挖下去五米,是硫黄水;挖下去八米,是一条干涸了的古河道,沙土里沉埋着锈蚀的剑戟,有暗蓝的水缓缓渗出。

终生都在找水。我永远跋涉在找水的途中。

于是我终于来到陆地的边缘。我看见一片浩茫大水。这是海,这是精卫的乡土。我伏下身体,我把干裂的嘴唇和干裂的心,交给海,交给这无尽的水域。

我愈加感到了渴意。我同时理解了水的渴意,它未尝不想饮我,以缓解它亘古的渴和苦涩。

面对无尽的海,我感到了它的无尽渴意……

源

当江河越来越浑浊的时候，人们忽然想起了源头，于是去寻找那源头。

是那样细细、涓涓的一汪清澈，或许只是叮咚的几声清响，宛如处子羞怯的眼神，宛如啼哭，那带着母体温馨的童音。

当它怯怯地从面目狰狞的乱石里探出头来，与峡谷缝隙里漏出的一丝天光交换了第一瞥眼神，就再也没有收回好奇的目光。

当它从水仙、菖蒲、荆棘、野百合密集的地方浅浅漫过，寂寞的野鸟忽然发现了一片欢喜的梦影。

当它有能力一边行路一边沿途汇聚些水洼、水滩、水湾、水潭，它惊喜地发现了越来越多的星群、鱼群、鸟群，以及越来越深的天河和人世。

它兴许就是江海的源头，是那永恒交响的最初几声试唱。

它又无意成为江海的源头，它知道有限的陆地已被海洋围困，以至于一片草叶下就拥挤着无数恐惧的蚂蚁。

它只是平平淡淡地流，在燥热的荒原走过自己水汪汪的路程。时而溅起一簇雪浪,时而喷洒几许银雾,时而溢到岸上,濡湿石头的面容,打湿蜻蜓的眸子……

有大海在远方高唱,它便有了低吟者的妩媚和魅力。

然而它毕竟是源头,冲动的天性使它不知道什么叫恐惧和怯懦,难说它会随时跳下那座悬崖,以它的童真和无知,抛出那惊世骇俗的绝唱。

世界说:我爱这涓涓的一汪清澈,爱这带着母体温馨的童音,爱这不懂世故为何物的天真和勇敢,从它,我知道我还不曾衰老,我是这样年轻,我才刚刚开始。

你看那源头,从深深的地底岩层涌出,也许只在阳光上匆匆露了一下面,便又潜入深深的地底岩层去了。

就在这一刹那:我们发现了更多的源头,在眼睛里,在灵魂里,在梦境里,在鸟的鸣叫里,在遥远的那些星星的目光里……

河边的母亲:洗衣

从我记事开始,一直到母亲的晚年,在她还能做活的那最后的日子,家里的衣服,都是母亲在村外的漾河边洗的。

早年的漾河,真是一条配得上“漾”字的河,清澈、婉约、温存、秀气,还有那么一种贤淑的风韵,在水色天光里荡漾着、氤氲着,在河的两岸发散着、温润着。漾河在认真地以我们人类不易掌握的方式——液态的或气态的方式,甚至梦态的方式,暗暗地滋养着她所波及的一切事物。

村庄被漾河的臂膀温存地搂抱着,远远地看,我们的小村真是有福气的小村——虽然,她其实是清贫的。

在这样的河边洗衣服,我想,母亲的心情是愉快的,平日的劳苦和对艰难生活的焦虑,会在河水的絮语里得到化解,搓洗衣服的过程,也成了舒展心境的过程。当衣服一件件洗干净了,我猜想,看着重新变得干净的、清清爽爽的衣服,我母亲的心里,也有一种刚刚换洗过的轻松和清新吧。

这并非全然是我的猜想。记得在我还是少年的时候，那时已经懂得欣赏美的风景，也略略懂得留意人的内心。有一次，好像是春日的下午，我曾悄悄从河湾洗衣的母亲身后路过，我看见她把洗好拧干的衣服，一件件放进竹篮里，这当儿，被她揉皱的河水，也渐渐平静下来——水静下来，就成了镜子。母亲放好衣服，转过身，一低头，她看见一面镜子，她看见天也俯下身来照镜子，鸟也俯下身来照镜子，河对面的山也俯下身来照镜子，母亲的表情好像有几分惊讶了——她和天和鸟和山，照着同一面镜子。那么，天也在镜子里看见了她，鸟也在镜子里看见了她，山也在镜子里看见了她。她在镜子里看见了这一切，这一切也都在镜子里看见了她——这时候，母亲的脸上，似乎笼罩着一种不能用"高兴"或"快乐"等浅显词儿来形容的神情，是什么神情呢？是震惊，是出神，是恍兮惚兮不知此夕何夕、不知此身何身的感觉，是看见了梦中梦、身外身的神奇幻觉？

然而，她很快回过神来，这是漾河，这是春天，这是她，这是她在洗衣。回过神来的母亲脸上的表情，有了微妙的切换——由迷醉的惊喜，变成了平静的、却来得很深的欢喜和感激——她欢喜，她感激，她欢喜她在天地间出现，她欢喜她在河边洗衣，她感激她和天和鸟和山和两岸的人们共用同一面镜子……

河边的母亲：劝说

母亲生前，遇到伤心、忧愁的事情，常常一个人走到河边，找一个没人的地方，面对着河流号啕大哭，或默默流泪。

八十余载，足够漫长，除了辛劳、焦虑、恐惧、愁烦和悲苦，母亲的履历里没有多少别的稍微光亮温润的内容。我不知道母亲那一双民国初年的小脚，是怎么战战兢兢走过来的？想一下，我都害怕，假若谁让我把我母亲活过的一生，原样不动地活一次，我绝对不敢，我受不了，我只能选择放弃。

好多次，她跳河的念头都有了，生活的艰难，亲人的死，心里的苦，她对谁说呢？谁愿意耐心听她的诉说呢？即使听了，又有谁能给她慰藉和帮助呢？

对岸上的恐惧和绝望，使我母亲一次次走向河流，她想做一次了断，把自己交给河里的激流，一了百了，顺水漂去，再不上岸。

母亲生前对我说过她与河流的事情。她说，曾有好多次，她想投进河流，却被河流拒绝了，河流不收留她，河流劝说她回到岸上。

我记得最深的是这么两次——

第一次，是在一个冬天的早晨，田野和庄稼敷满寒霜，几天前，母亲的头一个孩子被人害死了，当时，民国已快垮台，天下很乱，世道昏暗，杀一个人、死一群人都是寻常小事，谁会为一个小孩的死操心或判案？可是，孩子是母亲身上掉下的肉，母亲的心是为孩子跳的，母亲的眼泪是为孩子流的，母亲的命是为孩子随时去捐出的。孩子死了，既没有一个机构惩治恶人，母亲又无力为惨死的孩子复仇，走投无路之中，母亲决定了结自己，以自己的死，去殉孩子的死，她来到河边，准备跳下去，河流却已结冰，河流已提前封住了死亡之门，河流不让母亲死。冰层下的河水还在细细地流，在低声劝说母亲：回去吧，孩子的娘，世上的生灵世上的命，谁不受苦，谁不心酸，谁不流泪？这河里的水，都是草木生灵的泪水。把你的泪水交给我，你上岸吧，岸上有受苦的时候，也有草木开花的时候，回去吧，在岸上栽植你的草木吧。

第二次，是在一个深夜，那天下午，一位从国共战争战场上返回的同乡士兵，向母亲报丧：他的年轻战友，也就是与母亲刚结婚就被抓去当兵的我母亲的丈夫，已在不久前战死，死时才满二十岁。“可怜无定河边骨，犹是春闺梦里人”，母亲没有读过这首诗，这首诗写的却完全是母亲的情形。白天哭昏过去的母亲，半夜里醒来，她一人来到河边，岸上一排排柳树的影子，都是那个日思夜梦的熟悉身影。母亲抱着一棵柳树，又哭，哭了好久，母亲擦了擦眼泪，整理了一下凌乱的头发，死也要有个样子，阴间见了面好让他一眼认出来。这时，月亮正在靠近岸边，很亮很大，很急切的样子，很想上岸的样子。它上岸来干什么，岸上这么苦，这么多冤魂？我上岸帮助你念想那个人，不然，要是你不在了，那个走了的人无人念想，就走得没影了。拉我一把，我想上岸，你要下水，你来，我上岸，我代替你活着，我替你念想那个走了的人。可是，母亲无力拉它一把，母亲无法让水里的月亮上岸。母亲定定地望着月亮，直到天亮，月亮突然消失，村庄炊烟升起，村上的乡约——那位仁义厚道的乡贤，领着一群族人赶来了，劝回了我的母亲……

河边的母亲:洗衣石

我又一次来到故乡的河边。我低下头,寻找那种我很熟悉的石头。它们并不奇特,没有古怪的造型,或好看的图案什么的,它们的样子很普通,是石头里的朴实百姓,随便一块放在河滩上,一转眼你就很难再找到它了。

但它们有着一些细微的特征,使它们在普通里有了些不普通,或者干脆说使它们更普通了。据说朴素到极致就是大美,那么,普通到极致呢?

我至今记得,母亲当年告诉我她是怎么选择洗衣石的。她说世上所有石头的样子都是好看的,没有丑的石头,也没有恶的石头,都是好的石头。要紧的是你看上了石头什么,就那么一点被你喜欢上了,这个石头就是与你有缘分的石头。挑选洗衣石,也是这样,那石头既要你看着好,也要衣服看着好,才适合做洗衣石。衣服是怎么看石头呢?衣服的性情是柔软的,它肯定也在寻找那细腻厚道的,只有细腻厚道能够体贴它。世上没有一个事物愿意被伤害被欺负。棉花变的衣服更是这样，棉是衣的前身，衣是棉的后世，棉与衣，就为了体贴来到世上，它们也盼着被体贴。它们最害怕粗糙、尖锐的东西。

这样，就有了洗衣石的大致模样，长方形的，圆形的，椭圆形的，细腻厚道的。母亲说，找到了这样的石头，是洗衣人的缘分，也是衣服的缘分，合起来，就是一个人和这条河流的缘分。

我多次看见母亲们河边洗衣的情景：

沿着蜿蜒的河湾，她们坐成蜿蜒的一排，身后是摇曳起伏的芦苇和柳林，是树枝上招展的刚刚洗好的鲜亮的衣衫；母亲们的手里，是湿漉漉正在洗的衣服。在细腻厚道的石头上，她们揉搓着各自的心情，揉搓着水里波动的天空，揉搓着两岸的山色。棒槌温柔敲打的声音，河水淙淙的声音，时不时有几条鱼从河心里溅起水花的声音，抖衣撩起的水波的声音，她们的交谈引起大笑的声音，苇浪和柳林里轻风拂过的声音……这时候的河湾，那种妩媚、生动，那种只有在民间才能生长出来的风情和诗意，我只能这样说：今后的人们啊，你们是永远见不到了，甚至你们做梦也梦不到了。被工业流水线支配的你们，是方便了，快捷了，但你们的洗衣机，永远洗不出一丝旧时的风情；你们的烘干机，永远烘不出半点古典的意境。

默默地藏在一切声音的后面，是那憨厚的石头，它知道衣服们信任它，母亲们看中了它，它也许永远都上不了岸，但它对岸上的款式了如指掌，对母亲们的手纹了如指掌；它熟悉衣服们从鲜浓到平淡的一生，它目睹了那些温柔的手们在时光的水中渐渐老去。

当然，这些石头们也会渐渐瘦下去，直到再不能洗衣了，而洗衣的人们也陆续走远，河水再也照不到她们的倒影。那时，它们就默默地沉进河床深处，回想曾经的流水，曾经的月光，曾经的手温，在无尽的回想中，渐渐变成黄金……

河边的母亲：棒槌

它是木头做的，浑厚朴素，完整的、彻头彻尾的木质，没有一点铁或塑料，没有漆，没有化学，没有近代、现代的任何气息，没有被加工的痕迹，没有商标，没有被买卖的经历，没有哗众取宠的表情，没有充当旗杆的想法，没有伤害的意图和暴力倾向。世上没有比它更纯粹的木质器物了。你看，木的凳子上少不了几根钉子，木的拐杖上也会有龙凤装饰，木的椽子上免不了要压上瓦，木的水桶肯定被尖锐的东西在暗中控制……唯有棒槌，它完整地保持着木的形象和本质，它是完全的自己。

此刻，我闭起眼睛想了很久，没有想出第二个像棒槌一样的事物，一生一世，就做一根单纯的木头，就做木头做的事情。

它从来到世上的那一天，也就是由树变成木头，变成棒槌的那一天，几千年，也许上万年了吧，从世上有了衣服开始洗衣服的那一天，从它来到河流的那一天，从那时候开始，它就是这个样子，到现在还是这个样子。它简单，一开始就把简单变成完美。从女娲开始到现在，它没有任何变化，它不需要变化，简单不需要变成不简单，完美不需要变成不完美，诗不需要变成散文。况且，河流喜欢它这个样子，衣服喜欢它这个样子，那些温柔的手们喜欢它这个样子。而它自己也喜欢自己这古老的样子。

它也许是我们唯一能看见、能把握的古老的事物了。

握起它，你就知道在《诗经》的上游，那些女子们是怎样握起它的，她们用棒槌清越的声音，为河流押韵，为生活押韵，为风雅颂押韵，为古国的心灵押韵；你自然也就知道，在唐朝，在宋朝，在明清，母亲们是怎样握起它的，她们仍然是用这简单的棒槌，守着漫长的河流，敲打着内心的节奏。风平浪静的日子，她们用轻松的心情，把河流挽成柔软的身段，把生活收拾得有模有样；在河水涨落无定的时节，她们用忧愁的手势，细心劝说暴躁的河流，反复揉搓不安分的日子。你随意打开一卷古书，你都会看见，男人们总是用刀，用剑，一次次把河流搅浑、斩断，是母亲们流着泪，坐在河边，握起浑厚的棒槌，一遍遍，千万遍地诉说着，叮咛着，直到浑浊的河渐渐变清，直到断流的河又开始重新流淌，直到发皱的生活又找到了自己的款式。因此，我完全相信，最有诗意的河流，是母亲们守护的河流；最动人的诗歌，是棒槌为之押韵的诗歌。

是的，几千年了吧，都是这浑厚的棒槌，在不厌其烦地拆洗生活，教导衣服，应答河流，在一丝不苟地为诗歌押韵，为岁月洗尘。那手握棒槌的女子和母亲，是河流的女神，被她揉搓和折叠过的衣服，穿在谁的身上，都是合身的；历史虽然跌跌撞撞满身伤痕，一旦穿上她换洗的衣服，也总显得光鲜、整洁、得体。

这是棒槌，浑厚朴素，完整的、彻头彻尾的木质，仍是几千年前的样子，《诗经》里的样子，唐诗宋词里的样子，孔夫子看见过的那个样子，陶渊明在南山溪水边看见的那个样子，李白在“长安一片月”里，听见的“万户捣衣声”，那捣衣的棒槌就是这个样子，西施用过的棒槌是这个样子，曾经握在我母亲手里的，也是这个样子。

它，也许是我们唯一能看见、能把握的古老的事物了。

不对，我已经多少年没有看见它了。

很可能，它与我们擦身而过，头也不回地远去了。

没有了它，河流成为真正的流浪汉、穷光蛋，没有了女神的撩拨和抚慰，没有了棒槌的韵脚，没有了浑厚的回声，没有了生动的倒影，没有了温柔的挽留，河，没有诗意，没有风情，没有灵魂，没有想象，没有期待也没有回忆。

这时候，我才知道，《诗经》和唐诗里的河流已经一去不返，匍匐在我面前的，是漂白粉漂着的河流，是农药毒着的河流，是淘金船淘着的河流，是洗衣机搅着的河流，是钓鱼竿钓着的河流，是正在死去的河流。

我必须赶快回一趟老家，找到母亲用过的那个棒槌，把它永久收藏起来，这该是河流留下的最后一点把柄了，凭着它，我才能想象河的上游，那万古千秋的岁月的上游，那神话的上游，传说的上游，母亲的上游，诗意的上游。

我将握起它，沿着河流行走，我将不停地用它制造声音，为死去的河流招魂……

河边的母亲：笛声

那时的漾河岸边，有绵延数十里的柳林、槐树林、杂木林，在孙家湾一带的岸上，有大片竹林。我小时候吹过的几支竹笛，就是在这里采的竹子，回家模仿民办老师保元哥的标准笛子制作，比对着用铅笔画了笛孔位置，用烧红的细铁棍钻了笛孔，用竹子里的薄膜做笛膜，一吹，不错，还有几分悦耳。放学了，一有空，就拿上书本，带上笛子，到原野，到河边，做一会儿作业，读一会儿书，吹一会儿笛子。故乡的原野山水间，缭绕着少年的纯真笛声。

有一天，妈妈提着一篮衣服到河边洗，我就想，何不让妈妈听我的笛声呢？就悄悄过了柳木小桥藏到河对岸孙家湾的竹林里，为我妈吹了起来，边吹边留意我妈的动静。我看见我妈搓衣的手停下来了，她在向这里眺望，她在寻找吹笛的人；然而，笛声停了，她略微失望地把注意力返回手、返回手中的衣服，继续搓洗。我怎能让妈失望呢？于是我又吹起来，一曲又一曲，我妈沉浸在笛声里，洗洗停停，停停洗洗，笛声里的河水泛着喜悦的波纹，笛声里的我妈揉搓着天光和白云的倒影。但是，我妈不知道，给她吹奏的是谁家的孩子，他藏在青翠茂密的竹林里，把少年胸腔里饱满的气流和纯洁感情，都化作了一曲又一曲笛声。

现在，他看见太阳偏西，对岸，妈身旁的衣服还没有洗完，让妈专心洗吧，改天再为妈吹奏。他也累了，就躺下来，怀里抱着心爱的竹笛。

轻风里，竹叶飒飒；林子外，河水淙淙。此时，喜欢发声的笛子静静无声，它躺在他的胸前，静静地，倾听少年均匀的鼾声……

河边的母亲:恒星的来历

它们守在这里,至少三千年了,对河流的热爱,使它们实在想不起,世上哪里还有比河湾更好的地方。

当母亲把等待拆洗的衣服,把生活的各种颜色和款式,放在上面揉啊,搓啊,它们坚硬的内心,也微微战栗了。

它们渐渐被揉搓得发亮, 喜欢对周围的事物作出热情的反光。河水照出母亲苍老的容颜,河水带走两岸落叶和炊烟,河水带走多少母亲的身影,只有这闪光的石头留了下来。

它的每一个纹路都熟悉母亲的手纹,是的,一年复一年,一代复一代,母亲与石头,都在彼此交换着手纹,都那么细腻、隐忍、温润、谦卑和诚恳。它们也许曾经是顽石,但接受了母亲的反复抚摸和反复叮咛,这些石头的内心,已渐渐有了玉的成分、宝石的成分、贵金属的成分。

如果有一天,这些石头忽然飞上天空,我一点也不感到意外和吃惊,因为,我一直相信它们应该,也完全能够飞天而去,变成恒星。

这是因为:被一代代母亲们温柔的手反复抚摸过,被母亲深情的目光反复凝视过,这些貌似平常的洗衣石,注定会变得异常温暖,也因此有了强大而美好的磁场,当它们飞上苍穹深处,将会凝聚起宇宙中散落的珍贵元素,最终形成永恒的星系……

河边的母亲:口音

我妈是上世纪 20 年代出生的,她就用那双小脚,一步一步丈量了八十多年的一生。我妈生活的半径基本没超过三十华里,最远到过百里外的一个城市,因为我妈的妹妹,也就是我姨姨在那个城市工作和生活,我妈多次去姨姨家,算是出了远门。为此我很感激我姨姨,姨姨拉长了我妈的生活半径,使她在针尖大的地球的一个点上多移动了几步。

除过偶尔到姨姨那里去几天,我妈这辈子几乎是足不出村的,这样,就没有别的方言和口音的加入,我妈的口音就是最地道、纯正的故土口音。几十年里,我妈就用这不变的口音,与家人说话,与乡亲说话,与猪啊狗啊猫啊鸡啊牛啊等生灵们说话,与麻雀燕子斑鸠喜鹊等鸟儿们说话,与草木庄稼说话,与时光和内心说话。

我妈的语汇来自田野,来自山水,来自草木庄稼,来自风雨霜雪,来自鸡鸣鸟叫,一部分则来自天上,来自云彩、月光,来自天边温柔的曙色和孤独的落日,来自夜晚无边奔腾的天河。有这么丰盛的辞源和辞海，我不识字的妈妈，她的语言一点也不贫乏,相反,受教于大自然的博大课堂,我妈的语言是丰富鲜活的,她最大限度地做到了对大自然、对生活、对天道和人心的心领神会——详见我的另一篇散文:《我妈说话》,在此不再赘述。此文只说我妈的口音。

我妈当然是不会说普通话的,一句也不会说。

出于工作和生活的需要,在外“混”的人,多数都要说普通话的。我模仿和学说普通话，也有几十年了。我们那里把模仿,叫“撇”,有装、冒充、勉为其难的意思。因地方口音重,我“撇”普通话,就撇得很不地道,是那种“地方普通话”。

活了多半辈子,也走了许多地方,听过不少方言和口音,反复比较,觉得地方话里有地气、有历史、有风情、有故事、有味道。普通话除了方便字面上的交流,其实最没特点,也最没有文化和味道。普通话的腔调,是一种官腔,整齐划一的行政腔,格式化的意识形态腔。任何意思,用普通话一“撇”,就有了正确、正式、标准、居高临下、不容置疑、非此莫属的感觉。连骂人、撒谎、说下流话,用普通话撇出来,似乎都有了一腔正义。

这样说来,一个人把普通话说成“地方普通话”,未必是多大的缺陷,也许倒是一种幸运:在不那么标准、不那么过分格式化的似是而非的官腔后面,隐隐地、顽强地驻扎着一个“地方”,驻扎着童年的故乡和口音,盘桓着深入生命和骨髓的老根,连说话的气流里都潜隐着故土的声腔和气息，这说明你是一个有根、有源、有来历的人，也许你西装革履、冠冕加身，但是，你的口音总在泄露和提醒：你的本色是什么，你的根在哪里。

而根本不会说普通话，就用一种口音，不走调地说一辈子话，不走调地把漫长的一生说给日子，说给泥土，说给落日，说给时间的长夜——这个人，她就是故乡本身，就是泥土本身，就是山水本身，就是大自然本身，就是老根本身，她就是我的辞源和辞海，她就是我诗歌的韵律，她就是我口音的源头，她就是我的磁场，她就是我的妈妈。

这样，我就觉得我妈的口音很好听，朴素，柔软，缓慢，亲切，有情义，有味道。如果有一天，我妈突然说起普通话来，那会很别扭、很吓人的。试想，有一天我回老家，突然，一串字正腔圆的普通话从老屋门口飘出来，用格式化的官腔、行政腔、意识形态腔，说："你好，我的孩子，我想你了！你过得幸福吗？"怎么，电视台播音员在我家老屋门前主持节目了？而且是新闻腔调。我会吓得回不了神的。

我至今记得我妈与家人，与邻居乡亲说话时的神情、语气和口音，"云娃他爹""润娃他娘""喜娃他爷"，我妈爱这样称呼人，一句称呼就带出几代人，辈分里套着辈分，亲情里套着亲情，也表露出她对人家的熟悉、亲近和关心程度。"喜娃他爷，唉，喜娃他爷，今早走了，连一句话都没留下，就走了。记住，喜娃他爷，你也叫爷的，那可是个好人。"几十年过去了，我也到了当爷的年纪了，我还记得我妈哽咽着说的这句话，我还记得她眼角的泪水。

我妈与生灵打招呼，很自然地用的是儿化音，我妈不识字，当然没学过什么修辞，这大约是源于慈母的天性和乡村的习俗吧，心外无物，心外无语，心中有，则眼中有，口中有。言为心声——不过，这话如今只适用我妈，世人早就言与心相悖了。麻雀儿，喜鹊儿，斑鸠儿，燕儿，鸡儿，鸭儿，鱼儿，虫儿，猪儿，羊儿，狗儿，驴儿，猫儿……那么高大的一头牛，年纪也很老了，我妈仍然是"牛儿""牛儿"地叫着。在我妈心里，这些飞着和行着的生灵们，都是天地的儿女，都是人的亲戚朋友。人家帮着我们，人家不欠我们的，我们却欠着人家，甚至常常对不起人家。我妈的儿化音里，带着几分疼爱、歉疚和怜惜。在她的眼里和心里，天地的这些"儿"，应该得到天地的护佑，也应该得到人的呵护，它们与人一样，好不容易活一世，应该无病无灾、不受苦或少受苦才是。

我妈走了好几年了。这些年，我是无日不想着我妈，看到路上蹒跚的白发母亲，我就想起我妈；参加朋友或同学母亲的葬礼，我就想起我妈；有时在山野路过墓地，看见墓碑上刻写的××芳、××兰、××英……及其生卒年月，我就情不自禁地掰起手指头计算这位母亲活了多少岁，并与我妈的岁数比较。我知道所有的母亲都会离我们远去，连我们自己的离去也是迟早的事，但我还是忍不住为离去的母亲们悲悼。死亡夺走了我们的母亲，留下我们孤独地走向死亡，这个时候，我心里是多么希望宇宙间没有死亡这回事儿，或者，也可以有死亡，但所有慈悲的母亲都能获得特赦，而长生不死，这样，我们就有了永在的母亲。

我是多么希望梦见我妈，哪怕在梦里看一眼妈的背影也好，可是，这么多年我竟然没梦见过我妈。我妈活着时，总是体贴和体谅别人，再难的日子总是自己撑持着，却很少去麻烦别人。我妈不到我梦里来，是怕惊扰了我吗？是怕影响我睡眠吗？是怕给我们这些活着的人添麻烦吗？梦不到妈，那就退一步，听一声妈的口音也好，听她用那温和的故土口音叫一声：荣儿。可是，这些，梦里都没有出现。人说，做得再圆的梦也只是梦；可是，连残缺的梦也不入我的梦。

好几次回故乡，只为走走母亲生前爱走的田野小路，听听母亲爱听的燕子、斑鸠、清明鸟的叫声，闻闻母亲爱闻的庄稼草木气息。

而每一次回故乡，我总要在绕村流过的漾河边走来走去，因为我母亲一辈子都在漾河边洗衣、洗菜、采野菜，有时候遇到烦心的事，母亲就一人来到河边，久久地静坐，让河水流过心田，带走一部分沉积的悲苦。我估计，寂寞的母亲是让这亲爱的小河为她的内心清淤；母亲有时候也在河边洗脸、洗头发、对着河水的镜子梳理头发，记得她洗衣、洗头发用的都是皂角，那温柔的流水和洁白的芳香泡沫，一次次简单打扮了母亲的朴素容颜。

前年农历五月，思母心切，情难自已，我就回到故乡，坐在漾河边，闭起眼睛，听河水淙淙流过的声音，听水花泼溅石头哗哗的声音，听小鱼儿浮出水面又旋即“扑通”一声潜入水底的声音，听微风揉皱水面又一寸寸抚平水面的温润声音，听一只或数只燕子一边背诵口诀一边剪辑河水亲热的押韵的声音，听河底的沙粒簌簌移动的声音，听一片树叶不情愿地告别枝头轻轻地旋舞轻轻地落下河面的声音……

我突然一个愣怔，这不是我妈的口音吗？这不是我妈在说话吗？

我终于听出来了：漾河的口音，就是我妈的口音；我妈的口音，就是漾河的口音。

在漾河边生活了一辈子，漾河的语气、声腔、口音、韵味，都传给我妈了。

当夜，我在河边一直待到后半夜，村里鸡叫二遍了，我才离开。

我顺河行走了一会儿，河对面山上有一座古老的柏林寺，柏林寺的下边，是一片开阔的河湾，漾河在这里转了一个很大的弯，河水的声音也敞亮、徐缓、温柔，是亲切的，但听不出悲喜。

我忽然听见，转弯的漾河，一边转弯，一边用我熟悉的口音，一遍遍地叫着：荣儿，荣儿，荣儿……

漾河在这里转了一个弯，我觉得是我的母亲在这里转了一个弯，一遍遍叫着我的乳名，然后，走远了，走得很远很远了，汇入了时光的浩瀚深海。

漾河里，有一种熟悉的口音，永世回响……

秋日澄潭

远去了，多少汹涌和浑浊，终于沉淀成这澄碧、安静的一湾，此时，只有在此时，才发现了自己内部那个更深远的自己，那里，横渡着远古的白云，横卧着庄子和李白的星群。

让这一泓清澈，倒流，倒流，持续倒流，能否找到初恋的河湾？然后，返回那双泪眼，为爱，再透明地哭一次？

你相信祖先的某一次滂沱泪雨，一直在寻找你，追赶你，流过千秋万载，此时，就在你的面前轻漾，等着你辨认。经过时间的充分过滤，这静静一汪，已看不出悲喜，然而，你还是想溯流而上，找到那些深情的眼睛，分担它们的疼痛和忧伤。

芦苇飘雪，那么白，那么忧郁。秋水看见的，总是些极致的事物：最白的云，最深的忧郁，最寒素的鱼，最孤独的石头。

白鹭看见了水底的自己，低下高贵的头，面对面久久辨认，直到确认自己这身素白是别的鸟儿没有的，才放心地离去，它怕带走了不属于自己的影子。

乌鸦临水，并不为自己的黑色惭愧。黑就彻底地黑，像殉道者决绝的黑夜，像王羲之砚池的墨，像少年乌黑的头发。秋水照出乌鸦的孤独和纯粹。

要奔流多少年多少年，才把多少滴多少滴泪水，才把多少代多少代人的忧伤，汇聚在一起？这静谧、澄澈的一汪里，收藏着多少透明的眼神，在向我打量、询问、凝视？这深不可测的时刻啊。

我看见李商隐窗外的秋池，一千多年了，鱼儿还是那样清瘦，走不出无题的深水。只差一点，月亮就可以一步上岸。就差那一步，纯情的月亮永不上岸。

可以断定，再过五百年或五千年，那时候，你所看见的水底的星空，仍是今夜我看见的星空。我们是掠过水面的一阵风，或投向水底的一粒石子，使水面出现片刻紊乱。一切时代走过，无数人群漫过，都只是使水面出现片刻紊乱。片刻紊乱之后，水、重归清澈，水底，依旧是史前那无言的星空。

独立澄潭，心驰千秋，回过神来，我已历尽沧桑。

荷叶行星，在古老河流的上游

我本来应该不断地为自己的生理和心理减负，轻松地走过漫漫宇宙长旅，然而，通过我的叙述你已经看到了，这趟旅行并不总是快乐的体验，相反，我所看到的不好玩的、令我难过的事情也不少。

我既然已经出门，也就没什么抱怨。比起坐在棺材旁边、颤巍巍懒洋洋晒着太阳等死，我这次跨越无数光年的太空漫游，无论如何都是不错的。我不说“辉煌的”“伟大的”“壮观的”等等大号套话，我不能那样说。在宇宙无限的莽原上，我知道我究竟有几两几钱几毫厘。我觉得我即使内心无比谦卑，在宇宙面前，都是另一种骄傲。你让我自夸，那简直是万分之万的愚蠢。什么叫辉煌？什么叫伟大？什么叫壮观？只有宇宙本身才配得上这样的伟词，谁都不能用这些词语自己为自己颁奖，那实在是井蛙之自恋、檐雀之自诩、跳蚤之自吹。一句话，那是没出过门、没见过世面、躲在裤裆里自我膨胀，臭美。

说到“臭美”，我想起我该洗洗衣服、洗洗澡了，有些时间了，我都闻见我身上有一股怪味，那是汗水、太空尘埃以及身上脱落的皮肤屑，还有前些天路过巨蟹星上空，那浓烈的炮火硝烟及血腥味也溅到了我的身上，昨天在蘑菇星上参加会议之后进餐时，一位跳蚤首长十分平易近人地亲切接见了我，并且无比温柔地亲吻了我，就在我左胸膛上留下了一片红肿。这一切混合在一起就发酵成了我身上的怪味。

是该洗洗衣服、洗洗澡了。就这么凑合着，我自己不舒服，也会在宇宙中留下不良气息，说不定还会影响别的星球的生态环境和居民健康，也许还会干扰某个星球的正常运转，如果我身上的怪味变得更浓烈，怪味一不小心飘进一团正在沸腾的原始星云，正好成了它的酵母，这团原始星云就极有可能演化成一个奇形怪状、狰狞邪恶的星系——这不是危言耸听，你想想，我们这个无限的宇宙是从哪里来的？按照大爆炸理论，我们的宇宙是从没有时间没有空间的奇点上爆炸而来，那奇点在爆炸之前，上面仅仅放着几毫克的原始宇宙汤，就这点看不见、尝不到、闻不着的虚无的汤一经爆炸就形成了无限壮阔的宇宙。我们能看见的一切、能感受的一切、能想象的一切，以及不能想象的一切，都从那一点点虚无的汤里爆炸而来、沸腾而来、荡漾而来、弥漫而来。那么，你再想想，我身上这浓烈的怪味应该比宇宙诞生前的奇点上放着的那点“原始宇宙汤”的能量和体积要大得多吧，那么，它会不会在我们的宇宙之外或之内，再形成一个奇点，引发新的大爆炸，在我们的宇宙里再造一个宇宙呢？而且，由这样一股怪味造就的宇宙会是一个优质的宇宙吗？会是一个和谐的宇宙吗？会是一个真善美兼具、德才能均备的伟大的宇宙、光荣的宇宙、正确的宇宙、敬爱的宇宙吗？由一股怪味做成的“原始宇宙汤”能发育一个如此高尚的宇宙，那真成了神话了！所以，我不能玷污了这好端端的宇宙，更不能一不小心造一个邪恶的散发怪味的宇宙（我再说一遍，按照大爆炸理论，以及一些社会学事实，这并不是不可能）。所以，我必须赶快洗衣服、洗澡，洗掉身上的怪味。

我按了一下右手中指上的“磁场调适器”，发出降落的指令。接着，我胸口上那粒宝石闪了一下，我知道，那是父亲示意我，可以下去看看。

我到达的这个行星位于大麦哲伦星云以北，名叫荷叶行星。地面上纵横交织着无数条河流，河水清澈，河湾妩媚，河岸遍植柳树、杨树、槐树、银杏树、白桦树、杉树、松树，河滩上成片的芦苇在风中起伏着蓝丝绸的波浪，与河里流水的波浪共鸣着呼应着，形成波浪与波浪的多重交响和奏鸣。从空荡荡的太空走下来，面对此情此景，我想放声歌唱，然而，当我激情飞扬地张开口，却只吐出了三个字：美极了。

在真正的大美面前，所有对美的形容、赞许都是蹩脚的、多余的。

我们的古人发明了那样美丽的词汇，最初是有根据、有客体的，是有所指的，是及物的，是有感而发的对美的由衷崇拜、礼赞、感激和挽留。

而后来，我们动用那些美丽的词汇，越来越成为一种奢侈，一种修辞，一种矫情，一种粉饰，一种化妆，一种“美术行为”，一种小资趣味，一种陈词滥调，因为我们已经失去了那些值得感恩的古典事物和美的事物。那些真正具有美学价值和诗性光辉的事物，已成为一去不复返的传说和神话。我们不甘置身于贫瘠的价值荒原和审美荒原，于是，就高频率动用那些徒具发音却已失去所指的“美丽词汇”，用来装饰我们空洞无聊的内心和浅薄乏味的生活。

在这里，我看见了只在梦中见过的真正的大美，古典的大美。

奔腾的河流，荡漾的河流，静谧的河流，清澈的河流，说着梦话在梦境里散步的河流，唱着童谣在蓝天下小跑的河流，波光闪闪的河流，月光盈盈的河流，倒影重叠倒影的河流，幻象重叠幻象的河流，星光与星光相拥的河流，鱼群与鱼群嬉戏的河流，彩虹与彩虹交换婚纱的河流，白云与白云交换诗句的河流……

我来到一条很长很长的河流的岸上。

我沿着源头，顺流而下。

这是一条飘着花香、衣香、草木香的芬芳河流。

河水蜿蜒着，绕过几座山，就出现一个又一个美丽的河湾。

每一个河湾里，都有洗衣的女子。

在第一个河湾，我看见十几个女子在洗衣，她们起伏的身影，倒映在水里，我觉得她们同时在揉洗着水里面的天空和水里面的心灵，好像水里面还有更深的秘密，更深的生活，更深的心灵。其中几个女子一边洗衣一边读诗，一人读一句，连起来，是一首完整的诗，我听见几个句子："汉有游女，不可求思。汉之广矣，不可泳思。江之永矣，不可方思。""青青子衿，悠悠我心，纵我不往，子宁不嗣音？青青子佩，悠悠我思，纵我不往，子宁不来？"

呀，我记起来了，这不是《诗经》里的诗吗？她们，是《诗经》时代的女子？她们何时来到了这里，把她们没有洗完的衣服带到这里来浣洗？

我曾无数次吟咏着这些唯美感伤的古老诗篇，无数次想象着那时山河的容颜和那些女子们的容颜，想不到，竟是在这里，在遥远的宇宙深处见到了她们。

听着如此纯真的诗，看着她们美丽、忧伤、单薄的身影，我情不自禁地哭了，我泪流满面。

我在她们身边停下来。

她们都侧过身看我，微笑着。

我表示我也想在这里洗衣。

她们中的一位站起来，从河边柳枝上取来一身青蓝色衣裳，低眉、颔首、弯腰，对我施过礼之后，就双手捧给我，轻声说："这是我夫君的换洗衣服，你穿上它，把你的衣服放在这里，我给你洗。"

她向姐妹们轻轻笑了一下，像在暗示什么。

姐妹们都害羞地笑了，一起转过身跑进了柳林深处。

哦，我明白了，她们怕我换衣时会引起自尊的难堪和身体的尴尬,她们就静静地躲开,留给我一段时间,让我从容换衣。

我记起了“非礼勿视”的古训,她们仍然谨守着祖先的礼仪。在大自然的透明和空旷里,她们并不拆除那些必要的、柔软的、羞涩的篱笆。

正是那些篱笆分割出生活的不同单元,而在整体上,各个单元又互相映照,互为悬念,这就使同一平面的生活超越了平庸,而达到了更深的伦理境界和生命意境。

此时,我感到“礼”的感性之美和值得尊敬的高贵。

我脱下我的脏衣服,换上了那飘着皂角香、衣香和草木香的衣裳,我向柳林里的她们呼喊:“好了,姐妹们!”

她们从柳林里笑着走出来,返回河边。

其中一位女子手背在后面,神秘地走向我,说:“闭上眼睛,送你一样礼物。”

我闭上眼睛,过了一会儿,按照她们的示意,我睁开眼睛。

她们指着河湾里安静的河水:“照照镜子吧,看看我们的礼物。”

我低下头,我看见水里走过来一个人,与我面对面互相凝望着。

他头上戴了一顶漂亮的翠绿色柳条帽,胸前佩着一柄青绿色苇剑,像一个幽默的牧人,也像一个天真的顽童,又像一个威武的将军。

那不就是我吗?是的,就是我。

她们在那个遵循着严谨禁忌、有着庄严氛围的礼仪的时刻，在柳林里亲手为我编织了一顶柳条帽，“打造”了一枚苇剑，她们在柳浪深处重新设计了我的形象。

我是威武的、凛然的，你看那青光闪闪的苇剑。

我又是柔软的、纯真的，你看那翠叶飘飘的柳冠。

她们用“礼”对待生活，她们用诗感受生活，她们是水的女儿，是岸的母亲，是万物的情侣，她们是以人的形象到来的神。

这时候，我第一次深切地理解了“礼”的意义：它是生活和生命的仪式，表达对天地、对万物、对同类的感激和礼敬。这种高贵的仪式使生存变得庄重、尊严而且有深度。因了那种深挚情思和庄重氛围的笼罩和浸染，生活不再是一些无目的、无意义的偶然事件的混乱堆积，生活成了某种生命意境和宇宙意境的呈现和表达。这种饱含情与义、敬与礼的仪式，使在场的人们都感受到生活深处和内心深处存在着一种更深的价值和意味，你无法完全抵达，但它确实存在，并缭绕、渗透和构成了你的生存场景和生命意境。于是生活变得深挚、庄重、美好，有了无穷的伦理深度和无法穷尽的神圣意味，即使生活中有愁苦有悲伤有死亡，但是生命的过程依然值得尊敬、留恋和感激。

我向她们鞠躬致谢。

我多么不想离开她们啊。

就留在这美丽的河流的上游，留在诗里，留在礼里，留在波光闪闪、衣香飘飘的河湾，留在这纯真的、羞涩的古代，该是多么好啊。

我挥泪与她们告别。

在渡口我看见一位鹤发童颜、面容温和、目光仁慈、神情安详的老人，他是这条河的长老。

对我的突然出现，他一点也不觉得惊奇。

他像看见了熟人一样和我打招呼。他对我讲了这条河流的传说和新近发生的趣事。他注视着我的衣着和打扮，问我："从上游来的？"

我回答："是的，就在不远处那个河湾。"

他说："怎么不远？很远啊，从那条河湾到我这里整整要走十万多年。"

老人告诉我，时间是奔腾的河流，河流是奔腾的时间。时间携带着一切向远方流动，把曾经存在过的一切不停地带进新的空间新的河床。时间不毁灭任何事物，它只是转移曾经存在过的事物。在时间里出现过的一切都是永存的，我们有时看不见它们了，那并不是它们被时间消灭了，不，它们只是被时间转移了。

我这才明白了，我在这条河的上游经历的事情，那个《诗经》时代的美丽河湾，那些纯真美丽的女子，那依依的柳，那丝绸般的苇浪，那庄重的礼，那在柳林里的温柔编织……时间把这美好的一切都不停地转移到了别的空间。

那在上游河湾里发生的美好邂逅，让我终于确认了一个信念：那些曾经被时间经历过的，时间都不会忘记，更不会丢失。我们的心灵所敬重和渴望的一切，时间都会妥善收藏。

曾经在时间中存在过的人们，美好的人们，我注定还会见到你们，如同你们还会见到我。

天河

天河就是我们头顶那条横贯天宇的银河。银河是天文学的叫法，民间都把它叫天河。这真是一个很好的名字：天河，天上的大河。有一条天上的大河在头顶终日、终年、终古地流淌，灌溉着天上的时光和人间的时光，灌溉着天上的神话和人间的故事，该是多么壮丽的情景啊。从远古至近代，天文学在民间并不普及，人们对宇宙的起源、演化以及它的规模、命运、归宿等等涉及"无限领域""终极关怀"的大学问，多半是由神话、巫术、传说、想象、迷信等给定的，我们真该感谢世世代代活跃于民间的学问家、占星士、风水先生、道士、僧侣，他们提供了那些时代所能达到的智力成就和人对天地宇宙的感悟成果，那是直觉与想象、知识与迷信、神话与传说混合的知识体系，它对应于人对无限宇宙的敬畏、冥想、恐惧和惊奇。它化解了人们对宇宙命运和自身命运的恐慌迷茫和无所适从，使人们在这纷繁的尘世得以安顿身心并有所向往。它以"也许""可能""传说"等想象性的知识，回答人们层出不穷的"天问”，缓解人们内心的焦虑和无归宿感，帮助人们“与天地参，与天地化，与天地合”，安身立命、修德养性、顺天惜物。一代代人们就在对那种知识体系的半信半疑中走完了一生，从一个想象中的天地进入另一个不可想象的天地，生生死死，无有穷尽。头顶的天河始终没有断流，永是那么辽阔、浩瀚，奔腾不息。从这动人的天象、永恒的长河里，人们感到了“天道”的存在，它是永恒的公正、公道、公义、公心，它是生生不息的宇宙脉息，它是一切伟大情怀和崇高精神的源头，万物从它生发，又归于它，它是最初的本源，又是最后的归宿。壮丽的天河，横贯宇宙苍穹也横贯人的内心，它化作我们对万物、对生死、对时间、对空间、对生存意义恒久的追问，化作我们对“无限”“永恒”的滔滔不已的激情。人们相信，天河不断流，我们的命运也不会断流，“天无绝人之路”，因为，抬起头来，我们就能看见“天上那条不断流的大河”，而大地上的河、人间的河，不都是天河的支流？牛郎织女为那一年一度的七夕相会，在滔滔天浪、耿耿长夜度过了千年万载，这美丽的天国故事，安慰了多少人间男女？我们的爱情和婚姻里，即便是十分世俗的婚姻，也多多少少受过浩瀚天河的映照、浸润和洗礼。我们在人间，却时时有天上的光明照临我们幽暗狭窄的房间，而感受到某种“无限”和“永恒”的意味，不知不觉中，天，提升了我们生存的境界；不知不觉中，天河，灌溉了我们的想象和灵魂生活，使我们超越生物属性和时空篱笆的限定，在诗意的栖居中，我们把短暂的“此世”和“万世”联系起来，把有限的“我”和无限的宇宙联系起来，把临时的此岸和永恒的彼岸联系起来，我们变得无边无际的宽广、无始无终的浩瀚。死，也不那么值得恐惧了，一粒沙返回沙漠，一滴水返回大河，一粒元素返回宇宙，这不就是“死”吗？如此说来，死，岂不是另一种意义的再生？死，不过是越过有限的门槛，汇入无限宽广的河流里。哦，未知死，焉知生？

帕斯卡尔说：“无限空间的永恒沉默使我恐惧。”这是一声充满宗教情感和宇宙意识的伟大叹息。他一定是在夜的旷野长久仰望星空、沉思宇宙，而深深感到人在宇宙中的孤独无依以及对宇宙的本质和命运最终无可索解而又难免归于寂灭的根本处境，从而发出的感叹。又有哲人说：人的命运以及人对宇宙的叩问、探索，注定“始于迷茫，终于更高水平的迷茫”。中国古代哲人也说：吾生也有涯而知也无涯，以有涯逐无涯，殆矣。又说：知其不可为而为之。在无穷的不可知的命运面前，强调应保持通达的态度。可见，在宇宙与人的终极思考上，中西智者早已达成共识。

初夏五月的某个子夜，我在灯下写这篇文字，我打开窗子，抬起头，一眼就看见了天河，天河好像一直在望着我，哦，永恒一直在望着我。我在地球上呼吸，而地球是天上的一颗星，是天河的一滴水。我的每一个字，每一个思绪，不都是天河里溅起来的水花？我们生来就注定要与一条大河相遇，它凿宽和打通了我们的内心，它拍打和加深我们的生命，使我们有限的流程和无限的宇宙洪流贯通。我在奔流，天地在奔流，宇宙在奔流，我是地球公民，我也是宇宙公民。我与天河一同奔流，滔滔着，汇入浩渺的无限……

好水

我们一行人在溪边歇息。四周是陡峭的高山和苍茫的密林。溪水在峡谷里流动，极清澈，一看见这么好的水，我们就知道了唐朝人看到的是什么水，涉的是什么水，喝的是什么水，一定也是这清冽的水吧。人被这样的水洗过，就有了清明的性情，语言被这样的水浸过，就变成了诗。即便是俗人，在这样的水边坐上两天，也会变得清洁可爱一些的。火与水是世界的两极，火点燃人欲，水化育人心，这个世界的火太旺，而水少了，水浊了，满世界的欲火腾腾，而满世界的人心荒芜着、迷乱着、流失着。这个世界缺水，缺清凉之水，缺洁净之水，缺化育人心之水。沧浪之水清兮，可以濯我缨；沧浪之水浊兮，可以濯我足。濯我缨濯我足者，都是这沧浪清水，我能返本归真吗？我如依然污垢满身，实在愧对天地，愧对这沧浪清水。我对人的灵魂的清洁还是怀有信心的，青山做证，清水作镜。我看见，愚顽的石头在水边也变得湿润多情，那块青色石头，俯卧水中，饮水、听水的教诲，一脸慈祥，浑身佛光，远远看去，就像卧在水中的佛。水,终于把石头感化为佛,水边的人呢?我忽然对人产生了信心,有好水,就能化育出好的心魂……

女儿潭

在秦岭深处佛坪县探险，穿越森林，进大坪沟，树多林密，溪水明澈，山色可餐。沿小径行走，芳草拂面，藤萝牵衣，时有蜻蜓立于臂上。偶尔一只小鸟掠过眉尖，定眼寻觅，已不见影子，只听不远处的林荫里飘出一串清婉鸟语。举目皆是美景，目光就不知落在何处，脚步就停了下来，心想：花看半开，酒饮微醺，天地大美不必一一细览，审美的过量饱和，也会导致审美疲倦。同行的向导说，前面更有妙处，不看会遗憾的。于是缘溪而行，至溪水转弯处，漾为一潭，水至清洌，潭底为一狭长完整岩石，石上有白色蓝色花纹，纵横交织成飘逸浪漫的图案，仿若远古的图腾岩画，又如现代派的大写意。几位年轻人从交错的线条里看见了洗浴的女子，素手轻举，长发拂水，大家围拢来，越看越像，那女子竟从水中睁开眸子，以不染纤尘的古典眼神，注视着这群贸然闯来的现代生物。蔼然长者黄先生离开人群，默默沿溪徐行，在潭的上下寻觅着什么，时而俯身凝视，时而闭目冥思，智者悦水，他是在水中另有发现？他走过来，说：我在这潭中石上发现了九十九个“女”字，以及众多的女子形体。大家果然就在纵横交织的线条间找到了好多“女”字，有篆书、有隶书、有魏体、有草体；女子的形体也不只那洗浴的一位，有弯弓射箭的英武女子，有弹琴吟诗的儒雅女子，有临窗眺望的孤独女子，也有掩面而泣的忧伤女子。这么多好女子都藏在了水里，隐身于幽寂的深山岩石上。我就想，世间男儿多俗物，辜负了水做的女儿，质本洁来还洁去，水做的女儿就返回到水，投影于岩石上，保持了清洁的女儿身和女儿心。她们失望于那些浑浊薄情的男儿，但又对水外面的人世怀着希望——你看，她们幽闭了千年万载的目光，透过岩石，望穿秋水，盼着干净的男儿清纯的男儿，出现在水边……

转弯

我的人生转了很多个弯之后，我已经不大像当年那个纯朴、多情、真挚、坦荡的我了，我却平静地接受了这个非我，而昔年的那个真我，失踪了，也许被岁月拐卖或藏起来了，对此我似有醒觉，多数时候却浑然不觉，还以为这个非我就是成熟了的我，我追随着他，与时代的毒气和尘埃一起狂奔，直到自己面目全非，也变成一粒带病的尘埃。然而，我们总是有无数理由背叛自己和原谅自己，在变成带病的尘埃之后，我们仍然能平静地认同自己：管它呢，尘埃就尘埃，反正，谁不是时光中漂浮的一粒带病尘埃。

大地的河流却不是这样。大地的河流在转过无数个弯之后，仍然是一条纯真的河流，转一个弯使她的背影变得更妩媚，转许多弯之后，河流变得更宽阔，更有气象，内涵更丰富，每一个波澜里都回荡着丰盈的天光山色；她修长的身姿因频繁的转弯而迂回曲折，她成了历史老人的替身和象征，然而，她却没有历史的晦暗和诡谲，她积满了泥沙也蕴藏着金子的胸怀里，沉淀着对历史暗夜的深广同情和对生灵命运的无尽悲悯；在她时而波涛激荡、时而澄明如镜的内心，我们会看到众多投影，看到两岸的景物、风暴、血泪、伤口、垃圾、尘土、雾霾和徘徊于人生迷途的艰难的人群。在夜晚，我们也会看到她对天国幻象的逼真写意，看到在她的内心里舞蹈的星空、飞翔的天使和奔腾的天河！呀，我们的河流，她牵挂着人间，也遥想着天界；她喂养着此岸，也哺乳着彼岸。她是万物和宇宙的乳娘——这就是大地的河流，在转了无数个弯之后，她没有背离、扭曲和浑浊了自己。转过无数个弯之后，她更是她自己了，她更像一条博大深沉的河了。最后，一条真正的河流，决定把自己完全交出去，当她携带着一生的波涛、伤痕和情感的深泽，从容地转过身去，我们看见了她横卧于苍茫夜色里的孤独背影，而大海用无边的眼泪——是悲泪也是喜泪，迎接归来的赤子，流浪了一生的赤子。最后，大地的河流，她把自己消融于一卷浩瀚史诗里了。

我一次次沿河流行走，每当走到河流转弯的地方，我就停下来，看河流如何转弯，看她如何服从了坚硬的地理，似乎不得不折叠着自己，而当转过弯之后，河还是那条河，还是那碧波清流，还是那古老的眼泪和乳汁！而且更像是一条有故事有情怀有意境的河了。这时候，我深感自己愧对河流的养育和教诲。我从小在河边长大，几十年里我没有离开过河流，亲爱的河流已经蜿蜒成我周身的血脉了吧？我为什么就不能成为一条饱经沧桑而清流常在的河呢？我当然算是一个好人，但是，人不应该止于仅做一个好人，而应该成为君子，成为至善之人，成为感通天地、怀抱万物的圣人。人应该在这唯一一次的人生里，行天地大道，法古今完人，为真理工作，为众生操劳，为永恒服役。人生难得今已得，大道难闻今已闻，生而为人，若不行大道、求至善，则愧对天地生我，愧对众生养我。我生天地间，天地乃我师。山示我以崇高，地示我以浑厚，海示我以博大，云示我以温柔，泉示我以深情，日月星辰示我以无涯追问和无边襟抱。而饱受伤害的生灵，则以流血流泪的伤口，一次次呼唤我应该有一副“无缘大慈，同体大悲”的慈悲心肠，去体恤它们的苦难和无助。是的，我们每一个人的身心里，百分之七十都是水，是透明的水组装了我们的身体，灌溉着我们的心魂，人，其实就是一条站立着行走的河流，我们为什么就不能保持水的透明本性和仁慈心肠，去减轻生灵之悲苦，搀扶万物于倒悬，协助天地之化育呢？你看，河流的一次转弯，都是转向更深的恩泽、更高的映照和更多的灌溉。我们人生的每一次转弯，也应该转向更深的觉悟、更高的情怀、更大的境界，转向辽阔，转向崇高，转向慈悲，转向深邃，最后，把自己转向大海，把自己交给大海，直到把自己变成大海，像大海那样容纳陆地的全部污秽，也像大海那样在世界的最低处，建造一座永恒的修道院，以无尽的泪水和乳汁，抚慰战栗的陆地、苍凉的沉船和受苦的鱼群，收养全宇宙无家可归的星星，在无边苦涩和激荡里，孕育辽阔的希望……

野河

河在无人烟的地方流着。喂养一些野草、野花、野兔、野鹿，以及很野很野的风景。这是一条无人垂钓和捕捞的河。鱼们游在自己的家里，不安全来自它们内部，与烹调无关。鳖长得很大，放心地上岸晾晒它们的盔甲，一如隐士晾晒古老的经书。

树随意长着。笔直的、弯曲的，高接云天的大树和不思进取的灌木，纷然杂陈、互相衬托，各自都不识自己的魅力，只顾欣赏对方的魅力，最后大家都有了魅力。成材与不成材是林子外面的看法，树，只欣赏对方身上的叶子。

花可以开在任何地方，水走到哪里花就追到哪里，于是蜜蜂和蝴蝶都有了飞行的路线。花停下的地方，聚集了更多的花。这里是河湾，水徘徊的时候，春天就显出更多的妩媚。

野鹿来到河边饮水，为自己美丽的影子忧愁，难怪它总是横遭追捕。它想象，水的深处，是否有一片安静的林子，使它能躲过那凶残的牙齿？鹿望着河水发呆，河水也望着鹿发呆。

一些石头横七竖八地守在河边，或卧、或蹲，或静、或动，或黑、或白，或丑、或俊，全都憨厚慈祥，时间一直沉默。河心的石头，制造了许多漩涡和泡沫，自己却一无所知。

水鸟来了，许多鸟都来了。鹦鹉发现自己太小了，与天空不般配，却正适合自己管理自己。白鹤惊讶于自己的白，羡慕乌鸦的黑；乌鸦惊异于自己的黑，羡慕白鹤的白。它们都从水里发现了自己，它们全都想变成对方。河水哗哗地笑着，打断了它们的胡思乱想——也无黑，也无白，也无大，也无小，都是好影子。

水草茂密，安静地铺张着远古的绿色。芦苇于晚风中摇曳，无数温柔的箭镞，射向岁月，射向水天一色的苍茫……

忽然，前面出现了桥。先是木桥，有汲水的女子从桥上走过，流水捧起她害羞的身影；她缓缓地走向鸡鸣鸟唱的村庄，走向静静升起的炊烟。

接着是铁桥、水泥桥，无数的钓竿垂向河面，无数道路伸向河面，无数网扑向河面。

河结束了它的“野史”。河浑浊，河淤塞，河渐渐断流、渐渐枯竭。一片荒滩出现在我面前……

河床

河也有床，河躺在床上做着川流不息的梦。

河躺着，从远古一直到此刻，河不停地转弯改道，那是它在变换睡眠的姿势。

远远看去，河的睡相很安详。那轻轻飘动的水雾，是它白色的睡衣，时时刻刻换洗，那睡衣总是崭新的。

远远地听，河在低声打着鼾，那均匀的呼吸，是发自丹田深处的胎息。河是超然的、恬静的，它睡着，万物与它同时入静，沉入无限澄明的大梦。

河静静地躺着，天空降落下来，白云、星群降落下来，也许待在高处总是失眠，它们降落下来，与河躺在一个床上，河，平静地搂着它们入梦。

一只鸟从河的上空飞过，它的影子落下来，于是它打捞自己的影子，它把更多的影子掉进河里了。于是世世代代的鸟就在河的两岸定居下来，它们飞着、唱着，繁衍着、追逐着，它们毕生的工作,就是打捞自己掉进水里的影子。

河依旧静静地躺着。河床内外的一切都是它梦中展开的情节。

河躺着。它静中有动,梦中有醒,阔大的梦境里有着沸腾的细节。河躺着,它的每一滴水都是直立着的、行走着的、奔跑着的。一滴水与另一滴水只拥抱一秒钟就分手了,一个浪与另一个浪只相视一刹那就破碎了。一滴水永远不知道另一滴水的来历,一条鱼永远不知道另一条鱼的归宿。波浪, 匆忙地记录着风的情绪;泡沫,匆忙地搜集水底和水面的消息,然后匆忙地消失了,仿佛美人梦中的笑,醒来,连她自己也不知道她曾经笑过。

匆忙,匆忙,每一滴水都匆忙地奔跑着,匆忙地自言自语着,匆忙地自生自灭着,远远地,我们看不见这一切细节,我们只看见,那条河静静地躺在床上。

有谁看见,河床深处,那些浑身是伤的石头?

海葬

对着大海朗诵遗嘱是很滑稽的。

孩子，海就是一篇伟大遗言。

不要怪我一句话没说就走了，孩子，在海面前，我的语言是太贫乏了。

不用祭酒了，孩子，你看，这么一大坛老窖，足够我痛饮亿万年。

也不用哭泣，孩子，我今后绝对不缺盐。节制你的泪水吧，节约你的盐吧，留给你的爱人，留给你们岸上的岁月，分别和重逢的时候，泪珠儿会串起珍贵的项链。

再见了，孩子。我一生一世热爱河流，崇拜海，海是博大精深的老师，我是他的学生，现在，我到老师那里听课去了。

感谢命运。为了接纳小小的我，他准备了如此盛大的仪式，如此宽阔的课堂，如此浩瀚的讲稿。你看，海鸥们也飞来了，鲸鱼们也游来了，乌龟们也赶来了，要陪我在波浪里深造。

再见，孩子。再见，岸。从今我与波浪和海风同在，加入大海与天空的永恒辩论。

当然，我还会来看望你的，孩子，晚潮拍岸的时候，请拾起一枚贝壳，带回陆地，带回梦中，你会听见我对你的耳语……